Karl

Boy in a

Bisher von Karl Olsberg im Loewe Verlag erschienen:

Boy in a White Room

Girl in a Strange Land

Boy in a Dead End

Karl Olsberg

BOY IN A DEAD END

Loewe

FSC
www.fsc.org
MIX
Papier aus ver-
antwortungsvollen
Quellen
FSC® C014496

ISBN 978-3-7432-0417-1
1. Auflage 2019
© 2019 Loewe Verlag GmbH, Bindlach
Umschlagfotos: © Ahturner/Shutterstock.com, © Simple Ounce
Umschlaggestaltung: Michael Dietrich
Redaktion: Sarah Braun
Printed in the EU

www.loewe-verlag.de

Für Konstantin

*Wie schlimm auch das Leben erscheinen mag,
es gibt immer etwas, das man noch tun
und bei dem man erfolgreich sein kann.
Solange es Leben gibt, gibt es Hoffnung.*

Stephen Hawking

TEIL 1

HOFFNUNG

1. KAPITEL

Manuel

Vorsichtig spähe ich um die Ecke des verfallenen Bürohauses in die Sackgasse. Sie endet nach ein paar Dutzend Metern an einer provisorischen Mauer, die mit Stacheldraht und wahrscheinlich noch einigen unangenehmen Überraschungen gegen Überklettern gesichert ist. Keine Spur von dem Typ, der John erschossen hat.

Wie kann das sein? Ich habe doch gesehen, wie er gerade eben hier hineingelaufen ist. Hat er ein Stealth Pack eingesetzt, um sich unsichtbar zu machen? Unwahrscheinlich, die sind viel zu selten und wertvoll, um sie in so einer Situation zu verschwenden. Er muss sich in der Ecke hinter dem Autowrack verkrochen haben und wartet vermutlich nur darauf, dass ich dumm genug bin, mich aus der Deckung zu wagen.

Ich schätze die Entfernung ab. Zu weit für eine Handgranate. Vielleicht, wenn ich bis zu dem Müllcontainer da vorne sprinte und sie von dort werfe ...

»Sniper!«, tönt eine Warnung aus meinem Headset.

Ich werfe mich zu Boden. Im selben Moment schlägt eine Kugel in die Mauer über mir ein. Eine Falle! Hätte ich mir denken können.

Der Sniper muss in dem Haus auf der anderen Straßenseite hocken, gegenüber der Einmündung der Sackgasse. Er hat ein Präzisionsgewehr benutzt, das nur eine geringe Schussrate pro

Minute hat, sonst wäre ich schon tot. Aber dem nächsten Schuss werde ich nicht ausweichen können.

Ich springe auf, sprinte im Zickzack los und hechte hinter den Müllcontainer, während mich eine zweite Kugel knapp verfehlt. Zwar bringt mich das aus der Schusslinie des Snipers, doch dem anderen Schützen bin ich nun ausgeliefert, wenn er sich wirklich dort in der Ecke versteckt hat. Rasch entsichere ich eine Granate und werfe sie hinter das verrostete Wrack des SUVs, dessen blaue Seitentür bereits mehrere Einschusslöcher aufweist. Kurz darauf erschüttert die Explosion die Straße. Metallteile fliegen wie Wurfmesser durch die Luft. Eines zischt dicht an meinem linken Bein vorbei.

Ich zähle bis drei, dann renne ich los. Der Sniper verfehlt mich erneut um Haaresbreite, bevor ich das brennende Wrack erreiche. Keine Spur des Feindes, aber dafür entdecke ich einen Abflussschacht. Bingo!

»Hey, Mike, ich glaube, ich habe den Eingang zu deren Homebase gefunden!«, rufe ich triumphierend.

»Echt jetzt?«

»Ja. Ein Abflussschacht, hier am Ende dieser Sackgasse.«

»Okay, ich komme. Gib mir Feuerschutz!«

Ich wechsele die Waffe und nehme durch das Zielfernrohr meines Scharfschützengewehrs das Haus ins Visier, in dem sich der feindliche Sniper verkrochen haben muss. Als ich hinter einer zersprungenen Scheibe im zweiten Stock eine Bewegung wahrnehme, drücke ich ohne zu zögern ab. Natürlich schieße ich daneben, aber ich zwinge ihn in Deckung, während Mike in Schlangenlinien auf mich zuhastet. Sicherheitshalber gebe ich noch einen zweiten Schuss ab, dann ist mein Teamkollege bei mir.

Wir betrachten den Gullydeckel. Auf den ersten Blick sind keine Sprengsätze erkennbar, aber das muss nichts heißen. Besser, wir gehen auf Nummer sicher. Ich lege eine Mine auf den Deckel, stelle den Timer auf zehn Sekunden und aktiviere sie.

»Los!«, rufe ich und gebe einen weiteren Schuss auf das Fenster ab, hinter dem ich den Sniper gesehen habe.

Mike sprintet auf die andere Straßenseite in die Deckung des Müllcontainers und nimmt von dort den Sniper unter Beschuss, während ich ihm folge. Kurz darauf zerreißt eine weitere, noch stärkere Explosion die angespannte Stille.

Wir kehren zu dem Wrack des SUVs zurück, das durch die Explosion der Mine auf die Seite geworfen wurde, doch der Gullydeckel ist unversehrt. Er muss aus Nanokomposit bestehen. Mit Granaten kriegen wir den nicht auf.

»Mist!«, schimpft Mike. »Dafür brauchen wir einen Hochleistungslaser.«

»Stimmt«, erwidere ich. »Aber immerhin wissen wir jetzt, wo der Eingang zum Versteck dieser Typen ist. Wenn wir wieder in der Homebase sind …«

Ein schweres, stampfendes Geräusch unterbricht mich. Im nächsten Moment kommt ein stählerner Koloss um die Ecke. Eine eckige Kanzel, die wie ein Flugzeugcockpit aussieht, steht auf zwei, fast drei Meter hohen Beinen. Links und rechts sind Schnellfeuerkanonen angebracht, die stark genug sind, um den Müllcontainer, das Autowrack und uns in Sägemehl zu verwandeln. Die Kanonen fangen an zu rotieren. Sie benötigen etwa zwei Sekunden, bis sie feuerbereit sind.

»Oh verdammt!«, ruft Mike aus. »Die haben einen Mech! Eine Rakete, schnell!«

Hastig wechsele ich die Waffe und nehme den Mech ins Visier. Die Panzerung der Kanzel ist selbst für meinen tragbaren Raketenwerfer zu stark, doch wenn ich eines der Beine treffe, fällt der Koloss zu Boden und ist kampfunfähig. Dafür habe ich nur einen Schuss frei, aber auf die Entfernung ist das kein Problem.

Gerade als ich abdrücken will, durchzuckt ein heftiger Schmerz meine linke Seite. Ich verreiße den Raketenwerfer. Das Geschoss zischt an dem Mech vorbei und explodiert an der Hauswand hinter ihm.

Im nächsten Moment bricht die Hölle los.

»Sorry, Leute«, sage ich, als das Totenkopfsymbol in meinem Display erscheint. »Hab's vermasselt.« Meine Stimme zittert leicht vor Schmerzen. Die Krämpfe werden in letzter Zeit häufiger trotz der Medikamente.

»Schon gut«, meint Mike. »Wir können ja nicht jedes Mal gewinnen.«

»Aber dieses Mal wäre schon schön gewesen«, mischt sich John ein. »Ausgerechnet gegen die *Evil Vegetables* zu verlieren, kostet uns mindestens vier Plätze im Ranking.«

»Was war denn los?«, fragt Elli. »Du hattest bisher die beste Abschussquote im Team. Und ausgerechnet bei einem Mech, der so groß ist wie ein Scheunentor, schießt du daneben?«

Dass ihre Stimme eher mitleidig als sauer klingt, erschreckt mich. Ahnt sie etwa, dass mit mir etwas nicht stimmt?

»Ich ... ich war abgelenkt«, lüge ich. »Meine Mutter kam rein und wollte was von mir. Tut mir echt leid.«

»Okay, verstehe«, meint John. »Sag ihr beim nächsten Mal, dass sie dich mitten im Turnier nicht stören soll.«

»Wenn ich ihr das sage, kommt sie erst recht rein.«

»Ja, das kenne ich. Na, sei's drum. Wir holen das schon wieder auf«, erwidert John, doch ich höre seiner Stimme an, dass er nicht so recht daran glaubt.

Zwar ist meine Trefferquote immer noch besser als der Durchschnitt in unserem Team, aber sie hat in letzter Zeit immer mehr nachgelassen. Es wird nicht mehr lange dauern und sie werden mich aus dem Team werfen. Dann habe ich nicht einmal mehr das.

Ich verabschiede mich knapp und beende das Spiel.

»Marvin, Display hochklappen.«

Der gebogene Bildschirm, der mir gerade noch die verfallene, düstere Spielwelt von *Team Defense* vorgegaukelt hat, fährt nach oben und ich habe wieder ungehinderten Blick auf mein Zimmer: schräge, hellblau gestrichene Wände, Poster von Mangahelden, die ich früher mal toll fand, ein Regal voller Bücher, die ich nicht einmal mehr selbst öffnen, geschweige denn darin blättern könnte, zwei Sessel, die ich nicht mehr benutze, und ein ebenso überflüssiger Schreibtisch. Nur das monströse Bett, das den Raum beherrscht, ist hier wirklich erforderlich. Es ist eine Spezialkonstruktion der Firma *Carebotics* aus Berlin, genauso wie mein Stuhl.

»Marvin, lege mich ins Bett.«

Ich kann noch sprechen, auch wenn es sich manchmal anfühlt, als hätte jemand eine Socke in meinen Mund gestopft. Mit den Bewegungen klappt es nicht mehr so gut. Meine Beine sind vollständig gelähmt, die Arme zucken unkontrolliert herum, wenn ich versuche, nach etwas zu greifen, deshalb lasse ich es meistens.

Zum Glück habe ich Marvin. Er hat Räder, mechanische Beine, mit denen er Treppen steigen kann, einen Greifarm, den ich durch ein visuelles Interface steuere, und kann natürlich sprechen. Für einen Rollstuhl ist er ein bisschen besserwisserisch und ungefähr so einfühlsam wie ein Stück Brot. Trotzdem fühlt es sich an, als wäre er mein einziger Freund.

Er rollt neben das Bett, hebt die Sitzfläche und die Beinauflage an und senkt die Rückenlehne ab, sodass ich flach liege. Dann neigt er die Auflagefläche zur Seite wie die Kipplade eines Baufahrzeugs, woraufhin ich ins Bett rutsche. Das ist etwas entwürdigend, aber weniger unangenehm, als wenn mich Ralph, der Pfleger, der täglich vorbeikommt, jeden Abend ins Bett legen müsste wie ein Baby.

Im Bett sind natürlich jede Menge Sensoren angebracht, die meinen Schlaf überwachen. Sollten mein zerfallendes Nervensystem endgültig den Geist aufgeben und meine Lungen kollabieren, wird es Alarm schlagen. Marvin ist in der Lage, einen Sauerstoffschlauch in meinen Hals einzuführen und mich zu stabilisieren, bis der Notarzt eintrifft. Zum Glück hat er das noch nie machen müssen, aber irgendwann wird es passieren. Vielleicht erst in ein paar Monaten, vielleicht schon heute Nacht. Sie werden mich dann in der Intensivstation noch eine Weile am Leben halten können, doch trotz aller modernen Technik ist das nur ein Hinauszögern des Unvermeidlichen um höchstens wenige Wochen.

Das Leben ist nun mal eine Sackgasse, für jeden von uns. Der Unterschied ist bloß, dass ich das Ende der Straße bereits sehen kann.

Zu wissen, dass man nicht mehr lange lebt, erspart einem manches. Man muss zum Beispiel nicht darüber nachdenken, welchen Beruf man später mal ergreifen will, ob diese blöde Akne irgendwann verschwindet oder ob man jemals eine Freundin findet. Viele Probleme, die andere Jungen in meinem Alter belasten, habe ich nicht. Aber natürlich ist es trotzdem alles andere als toll.

Die Wahrscheinlichkeit, an amyotropher Lateralsklerose, kurz

ALS, zu erkranken, ist sehr gering, vor allem, wenn man jung ist. Dass sie, so wie bei mir, bereits im Alter von 13 Jahren ausbricht, ist ungefähr so wahrscheinlich wie ein Lotto-Jackpot. Der Physiker Stephen Hawking war 21, als die Krankheit bei ihm diagnostiziert wurde. Die Ärzte gaben ihm nur noch wenige Jahre, doch er wurde 76. Trotz seiner Krankheit hat er unser Bild des Universums revolutioniert. Das hat Dr. Klein zu mir gesagt, als er mir die schlechte Nachricht überbrachte. Es gebe immer eine Chance, hat er behauptet.

Aber ich bin nicht Stephen Hawking. Die Krankheit verläuft bei mir sehr viel schneller und aggressiver als bei ihm. Mir bleibt nicht mehr viel Zeit und es wird keinen Unterschied machen, ob ich gelebt habe, jedenfalls für die meisten Menschen. Meine Eltern und meine Schwester Julia werden natürlich traurig sein. Doch wenn ich tot bin, müssen sie wenigstens nicht mehr mit ansehen, wie ich immer schwächer werde. Ich sehe jeden Tag in ihren Augen, wie mein Anblick Löcher in ihre Seelen frisst.

Wer weiß, vielleicht habe ich ja Glück und wache morgen einfach nicht mehr auf.

»Guten Morgen, Manuel. Wie geht es dir heute?«

»Halt die Klappe, Marvin.«

Ich lebe also noch. Wirre Träume verziehen sich aus meinem Kopf wie Nebel in der Morgensonne. Irgendwas mit einem schwarzen Loch, das plötzlich in meinem Zimmer war, mich aber nicht einfach aufgesogen, sondern im Kreis herumgewirbelt hat. Immer schneller, bis mir schlecht wurde wie damals in der *Wilden Maus* auf dem Dom, kurz bevor ich meine ersten Krampfanfälle hatte.

Durch das Fenster sehe ich blauen Himmel und höre Vögel freudig zwitschern, als ob es etwas zu feiern gäbe.

»Marvin, aufstehen.«

Das ist natürlich nicht wörtlich gemeint. Der Prozess, mit dem mich mein Stuhl gestern ins Bett gekippt hat, vollzieht sich nun umgekehrt. Diesmal ist es meine Matratze, die sich schräg stellt und mich auf Marvins flexible Sitzfläche befördert.

»Marvin, duschen.«

Er rollt mit mir ins Bad, benutzt seinen Greifarm, um mir das Nachthemd auszuziehen (inzwischen klappt das ganz gut, er verhakt sich nur noch selten im Stoff), und aktiviert die Waschautomatik. Sie funktioniert ähnlich wie eine Autowaschanlage, mit Wasserdüsen, die an beweglichen Armen befestigt sind, rotierenden Schwämmen und einem Riesenföhn, der mich abtrocknet. Marvin ist natürlich wasserfest, trotzdem habe ich das Gefühl, dass er die Prozedur nicht besonders mag und jedes Mal froh ist, wenn er mit mir wieder aus dem Bad rollen kann. Er zieht mich an und fährt mich in die Küche.

»Guten Morgen, Schatz!«, ruft Mama eine Spur zu fröhlich, während sie mir den Haferbrei auf den Tisch stellt. An ihren roten Augen sehe ich, dass sie wieder kaum geschlafen hat.

»Guten Morgen«, erwidere ich und versuche ebenfalls, vergnügt zu klingen.

Marvin löffelt mir den Brei in den Mund. Mein Schicksal ist ihm schnurzegal und dafür liebe ich ihn. Für einen Stuhl ist er ganz schön schlau und man kann erstaunlich gute Gespräche mit ihm führen, auch wenn ich weiß, dass er nicht wirklich versteht, worüber er redet. Seine Intelligenz basiert auf einem System namens METIS, das von Google zusammen mit irgendeiner Universität entwickelt wurde. Wofür das eine Abkürzung ist, weiß ich nicht, aber sie haben es so hingedreht, dass die

Anfangsbuchstaben den Namen der griechischen Göttin der Weisheit bilden. Das System soll in der Lage sein, jede beliebige, von Menschen beantwortbare Frage zu verstehen und korrekt zu beantworten, und was mich betrifft, ist Marvin schon ziemlich gut darin. Nur, warum ausgerechnet ich an diesen digitalen Stuhl gefesselt bin, warum diese beschissene Krankheit unser Leben ruiniert und wir nicht einfach eine ganz normale Familie sein können, kann er mir nicht sagen.

Meine Schwester Julia kommt in die Küche. Sie ist drei Jahre älter als ich und macht dieses Jahr Abitur. Ihre langen schwarzen Haare wirken etwas unordentlich. Sie runzelt die Stirn, als sie mich ansieht.

»Du sabberst schon wieder«, stellt sie fest, schiebt Marvins Arm beiseite und wischt mir das Kinn ab.

»Und du siehst aus, als hättest du dir die Haare mit der Klobürste gekämmt«, gebe ich zurück.

»Wenigstens kann ich sie mir selbst kämmen«, erwidert sie schnippisch.

Aus dem Augenwinkel bemerke ich, wie Mama zusammenzuckt. Sie erträgt es kaum, wenn sich Julia über meinen Zustand lustig macht. Dabei ist das für mich viel weniger schmerzhaft als Mitleid. Ich weiß, dass Julia genauso leidet wie meine Eltern, doch im Unterschied zu ihnen hat sie meine Krankheit akzeptiert. Sie nimmt keine falsche Rücksicht, sagt immer, was sie denkt. Sie nimmt mich ernst.

Marvin ist vielleicht mein bester Freund, aber Julia ist viel, viel mehr als das.

»Ich muss los.« Sie gibt mir einen Kuss auf die Wange.

»Hab ich da jetzt etwa einen Lippenstiftabdruck?«, frage ich.

»Ja, aber keine Sorge, Marvin wird schon nicht eifersüchtig sein und bei deinen ganzen Pickeln fällt das kaum auf.«

»Viel Spaß in der Schule. Und grüß mir deinen minderbemittelten Freund.«

Ein Anflug von echtem Ärger spiegelt sich in ihrem Gesicht und für einen Moment bereue ich meine Worte. David ist wirklich keine große Leuchte.

»Mach ich. Und du grüß mir … Ach, entschuldige, du hast ja niemanden außer Marvin, den du grüßen kannst.« Sie grinst.

Autsch.

»Marvin, bewirf Julia mit Haferbrei!«

»Ich habe die Anweisung nicht verstanden«, behauptet mein Stuhl. Ich habe schon länger den Verdacht, dass er das immer dann sagt, wenn er zu etwas keine Lust hat.

Nachdem Julia gegangen ist, kehrt wieder Stille ein. Mama lächelt mich gezwungen an, doch sie bringt es nicht über sich, etwas zu sagen. Sie tut mir mindestens ebenso sehr leid wie ich ihr.

Nach dem Frühstück putzt mir Marvin die Zähne. Dann nimmt mich mein Krankenpfleger Ralph in die Mangel. Er massiert meine Muskeln, dehnt und streckt sie, zerrt mit seinen kräftigen Armen an mir, als wäre ich eine gefühllose Gummipuppe. Dabei habe ich sehr wohl Empfindungen in meinen Gliedmaßen, auch wenn ich sie nicht bewegen kann. Er nennt das Physiotherapie, ich nenne es Folter. Doch ich behalte dabei einen ebenso stoischen und desinteressierten Gesichtsausdruck wie er.

Als ich endlich wieder auf meinem Stuhl sitze, fragt mich Marvin: »Möchtest du etwas spielen? Oder vielleicht einen Holofilm ansehen?«

Ich zögere einen Moment. Die Versuchung ist groß, wieder in die virtuelle Realität von *Team Defense* abzutauchen. Dort bin ich kein sterbender Krüppel. Keiner meiner Teamkollegen weiß, wie es um mich steht und dass ich meinen Avatar nicht mit einem Controller oder mit Gesten, sondern mit den Augen und meiner Wangenmuskulatur steuere. Niemand bemitleidet einen in *Team Defense*. Doch irgendwie kommt es mir immer so vor, als verpasste ich etwas, während ich spiele, als vergeudete ich die letzten, kostbaren Tropfen Leben, die mir noch geblieben sind. Dabei gibt es in meiner Wirklichkeit eigentlich nicht viel zu verpassen. Seit ich nicht mehr in die Schule gehe, habe ich kaum noch Kontakt zu anderen. Jedenfalls nicht in der Realität.

»Nein, danke. Marvin, wie alt werde ich?«

»Du bist 15 Jahre, drei Monate und elf Tage alt.«

»Ich will nicht wissen, wie alt ich bin. Ich will wissen, wie alt ich werde.«

»Morgen wirst du fünfzehn Jahre, drei Monate und zwölf Tage alt sein.«

Nicht schlecht – er hat wieder dazugelernt.

»Wie alt bin ich, wenn ich sterbe?«

»Niemand weiß, wann er stirbt.«

»Stimmt nicht.«

»Stimmt doch.«

»Was ist mit einem zum Tode Verurteilten auf dem elektrischen Stuhl?«

»Ein zum Tode Verurteilter könnte kurz vor der Hinrichtung einen Schlaganfall erleiden und sterben. Oder er könnte begnadigt werden. Oder der Strom fällt aus.«

Wow. Er hat die ganze Zeit den Kontext gehalten und sogar die Assoziation hinbekommen, dass ein elektrischer Stuhl Strom braucht, um zu funktionieren. Na, mit strombetriebenen Stühlen kennt er sich wohl aus.

Es macht mir Spaß, Marvins künstliche Intelligenz zu testen, obwohl ich mir manchmal nicht sicher bin, ob nicht eher ich das Testobjekt bin. Auf jeden Fall lernt er ständig dazu, und jedes Mal, wenn ich eine Lücke in seiner Fähigkeit, meine Fragen zu interpretieren, aufdecke, findet er eine neue Antwort.

Die erste Maschine bestand den Turing-Test, bei dem selbst ein KI-Experte eine Maschine im Chat nicht mehr von einer menschlichen Testperson unterscheiden kann, vor ungefähr zehn Jahren. Trotzdem heißt es, dass Computer noch nicht »richtig« denken können. Aber was genau das eigentlich bedeuten soll, was »Denken« überhaupt ist, darüber sind sich die Experten höchst uneinig.

»Was ist Zeit, Marvin?«

»›Zeit ist die Methode der Natur zu verhindern, dass alles auf einmal passiert.‹ Das hat der Physiker John Wheeler gesagt. Er hat den Spruch angeblich als Graffito an der Wand einer Herrentoilette entdeckt und fand ihn treffend.«

Das ist typisch für ihn: Er beantwortet Wissensfragen mit witzigen Sprüchen, die er irgendwo in den gewaltigen Datengebirgen des Netzes findet. Offenbar hat er festgestellt, dass ich darauf positiver reagiere, als wenn er mir die Wikipedia-Definition vorliest.

»Was ist Zeit?«, wiederhole ich meine Frage.

»Albert Einstein definierte es so: ›Zeit ist, was die Uhr anzeigt.‹«

Er versucht, sich nicht zu wiederholen. Darin ist er besser als die meisten Menschen.

»Ist die Zeit eine Illusion?«, fordere ich ihn erneut heraus.

»Nach der Vorstellung eines Blockuniversums, die sich aus

21

Einsteins allgemeiner Relativitätstheorie ergibt, vergeht die Zeit nicht. Vergangenheit, Gegenwart und Zukunft sind gleich wirklich.«

»Das bedeutet, ich lebe ewig?«

»Das bedeutet, wenn du tot bist, existierst du nicht mehr in der Gegenwart, sondern nur noch in der Vergangenheit.«

Ich bin nicht sicher, ob mich das jetzt beruhigen soll. Wenn Marvin und Einstein recht haben, hieße das, dass mein Leben, so begrenzt es auch sein mag, trotzdem in gewisser Hinsicht ewig ist. Alle, die vor mir gestorben sind, meine Großmutter Klara zum Beispiel, würden immer noch leben, wenn auch in einer Zeitblase, die für mich – jedenfalls für diesen Teil von mir, der heute über das alles nachdenkt – unerreichbar bleibt.

Es würde auch bedeuten, dass wir alle bereits tot sind.

Jedes Mal, wenn ich über solche Dinge grübele, bekomme ich irgendwann einen Knoten im Kopf. Aber gleichzeitig hat es etwas Befreiendes. Manchmal tagträume ich, dass ich in den paar Monaten, die mir noch bleiben, irgendeine bedeutende Entdeckung mache. So wie es Stephen Hawking gelungen ist – zum Beispiel, das Geheimnis der Zeit zu ergründen. Ein Teil von mir weigert sich, die Realität zu akzeptieren, so wie die unbeugsamen Bewohner des kleinen gallischen Dorfes in den alten Comics das Römische Reich einfach ignorieren. Dieser Teil von mir wehrt sich verbissen gegen die Einsicht, dass mein Leben sinnlos und vergeblich ist. Doch ich habe Hawkings *Eine kurze Geschichte der Zeit* dreimal gelesen und auch beim dritten Mal nicht alles verstanden. Ich bin leider kein Genie wie er.

»Ich muss mal«, sage ich.

Was nun passiert, ist bei Weitem nicht so unangenehm, wie wenn mir Ralph den Po abwischen müsste. Da sage noch einer: Früher war alles besser.

2. KAPITEL

Julia

»Meinst du, dein bescheuerter Stuhl kriegt es hin, ein Eis in dein großes Maul zu befördern?«, frage ich und zeige Manuel den Becher, den ich ihm auf dem Rückweg von der Schule gekauft habe. Pistazie, Schokolade und Stracciatella – die Kombination, die er sich immer geholt hat, als er noch selbst zur Eisdiele laufen konnte.

»Wenn nicht, schmiert er es eben in deine Haare.«

Mein Bruder grinst mich schief an. Liegt es daran, dass seine Gesichtsmuskeln weiter degeneriert sind, oder ist es Ausdruck seiner Freude und gespielten Gehässigkeit? Die Frage drängt sich ungebeten in meine Gedanken und trübt ganz schnell die Befriedigung darüber, dass ich ihn überhaupt zum Lächeln gebracht habe.

Ich halte den Becher vor ihn, während Marvins Arm den kleinen Plastiklöffel präzise, aber auch sehr langsam in die Eiskugeln taucht und winzige Mengen davon in Manuels Mund befördert. Es wäre viel schneller und einfacher, wenn ich ihn füttern würde, aber ich weiß, dass er das nicht mag. So nehmen wir beide in Kauf, dass das Eis geschmolzen ist, bevor er es aufessen kann, und klebrige Rinnsale an seinem Kinn herablaufen.

»Danke«, sagt er und seine Augen glänzen. »Das war lieb von

dir. Ich glaube, ich hatte kein Eis mehr, seit …« Er beendet den Satz nicht.

Ich muss schlucken und kämpfe mit den Tränen. Einen Moment lang schweigen wir beide.

»Wärst du so nett, mir den Sabber abzuwischen, oder willst du warten, bis sich die Fliegen auf mich stürzen?«, fragt er.

»Da habe ich keine Angst«, erwidere ich. »Dein Geruch schreckt selbst die hartgesottensten Insekten ab.«

Mit einem Feuchttuch aus seinem Hightech-Bad wische ich ihn sauber.

»Hast du den Bekloppten heute gar nicht mitgebracht?«, fragt er.

Ich zucke zusammen. Sofort verschwindet der spöttische Ausdruck aus seinem Gesicht, als er erkennt, dass er mir unabsichtlich wehgetan hat.

»Ist was nicht in Ordnung?«, fragt er.

»Schon gut. Das mit David war ohnehin nicht für die Ewigkeit.«

»Oh. Es … es tut mir leid … Du weißt, ich habe mich oft über ihn lustig gemacht, aber …«

»David ist ein Arschloch.«

»Willst du darüber reden?«

»Nein.«

Wahrscheinlich habe ich David nie wirklich geliebt und er mich auch nicht, wie man an dem Schulterzucken ablesen konnte, mit dem er sich umdrehte, nachdem ich ihn in die Wüste geschickt hatte. Es war süß, wie er sich anfangs um mich bemüht hat, und ich fühlte mich geschmeichelt von dem Neid und der Eifersucht der anderen Mädchen in unserer Klasse. Immerhin sieht er verdammt gut aus. Er war manchmal ein echter Gentleman, doch ich konnte nie über wichtige Dinge mit ihm reden und habe ihn, wie sich heute Morgen herausstellte, wohl gar nicht wirklich gekannt. Es war höchste Zeit, Schluss zu machen. Trotzdem tut es weh.

Gestern Abend noch waren wir zusammen auf der Geburtstagsparty von Davids bestem Freund Erik – real, nicht in einer Sim. Wir waren beide gut drauf, auch ohne die Pillen, die einer von Eriks weniger vertrauenswürdigen Freunden uns verkaufen wollte, und hatten eine Menge Spaß. Ich habe mich darauf gefreut, ihn heute Morgen wiederzusehen.

Als ich zur Schule kam, stand er gemeinsam mit ein paar Typen, die ich nur flüchtig kenne, vor dem Eingang zum Hauptgebäude. Auch einige Mädchen waren dabei, unter anderem Ricarda aus meiner Parallelklasse, die früher mal mit David zusammen war. Sie lachten alle über etwas und ich ging zu ihnen, weil ich wissen wollte, was so lustig war. Zur Begrüßung gab ich ihm einen Kuss, ohne zu ahnen, dass es der letzte sein würde.

»Guck mal, das hier!«, sagte er und hielt mir einen Zettel vors Gesicht.

Darauf waren einfach gezeichnete Gesichter in verschiedenen Stimmungen zu sehen. Daneben standen Erklärungen der Gesichtsausdrücke: fröhlich, freundlich, neutral, ernst, verwirrt, wütend.

»Das ist meins!«, sagte eines der Mädchen. »Gib es mir zurück!«

Ich hatte sie ein paarmal gesehen, aber noch nie mit ihr gesprochen. Erst jetzt fiel mir auf, dass sie die Einzige in der Gruppe war, die sich nicht zu amüsieren schien.

»Erst musst du mir noch ein paar Fragen beantworten«, rief David. »Was bedeutet das hier?«

Er streckte die Zunge heraus und verdrehte die Augen. Die anderen lachten.

»Gib mir meinen Zettel zurück!«, antwortete das Mädchen.

»Er gehört mir. Du musst ihn mir zurückgeben!«

»Falsche Antwort«, erwiderte David, was noch mehr Gelächter zur Folge hatte.

»Sag mal, was soll das?«, mischte ich mich ein. »Spinnst du jetzt, oder was? Gib ihr den Zettel zurück!«

»Jetzt sei doch nicht so eine Spaßbremse! Sie kriegt ihn ja gleich. Aber erst muss sie noch ein paar Fragen beantworten, okay? Kara kann keine Gesichtsausdrücke deuten und hat keinen Sinn für Humor, also merkt sie auch gar nicht, dass wir sie verarschen.«

»Das merke ich sehr wohl«, erwiderte das Mädchen ernst. »Gib mir meinen Zettel zurück! Ich muss ihn haben. Ich komme zu spät zum Unterricht. Ich darf nicht zu spät zum Unterricht kommen!«

Kein Zweifel, diese Kara war ein bisschen seltsam drauf. Aber ebenso offensichtlich war es, dass sie sich sehr unwohl fühlte und sich David und die anderen auf ihre Kosten amüsierten. Und das machte mich verdammt wütend.

»Gib ihr jetzt den Zettel, du Idiot!«, zischte ich.

Er grinste mich an und hielt das Blatt außer Reichweite. »Hol ihn dir doch!«

»Ich muss zum Unterricht!«, rief Kara und es klang, als wäre sie kurz davor, in Tränen auszubrechen. »Ich darf nicht zu spät zum Unterricht kommen!«

Mit einem Satz griff ich nach dem Zettel und erwischte ihn, doch David ließ nicht los, sodass das Papier zerriss.

»Oops!« David lachte und ließ seine Hälfte los.

»Du Blödmann!«, schnauzte ich ihn an, während ich Kara den zerrissenen Zettel gab.

»Er ist kaputt!«, stellte sie fest. »Du hast ihn kaputt gemacht!«

»Tut mir leid«, sagte ich, obwohl es ja nicht meine Schuld war.

»Ich muss zum Unterricht. Ich darf nicht zu spät zum Unterricht kommen.«

Damit schob sich Kara an den anderen vorbei und verschwand im Schulgebäude.

»Sag mal, spinnst du jetzt?«, fuhr ich David an. »Was hast du dir dabei gedacht? Macht es dir Spaß, dich über Schwächere lustig zu machen?«

»Nun reg dich doch nicht so auf.«

»Ja, ehrlich, wir haben ihr doch gar nichts getan«, mischte sich ein anderer Typ ein.

»Nichts getan?«, entgegnete ich. »Habt ihr nicht mitgekriegt, wie verzweifelt sie war? Das war Mobbing!«

»Hey, jetzt komm mal wieder runter«, sagte David. »Nur, weil dein Bruder behindert ist …«

Ich starrte ihn bloß an und mir war, als sähe ich ihn zum ersten Mal. Er kam mir auf einmal hohl vor wie eine gut aussehende Schaufensterpuppe, sein trainierter Körper und sein Lächeln unecht und leer. Manuel hatte verdammt recht, als er beim Frühstück behauptete, David sei ein Dummkopf.

»Das war's«, erklärte ich ruhig. »Ich will mit dir nichts mehr zu tun haben.«

Nun war es an ihm, mich sprachlos anzustarren.

»W...was?«, brachte er heraus. »Echt jetzt? Du ... du machst mit mir Schluss? Einfach so? Bloß, weil ich eine Behinderte verarscht habe?«

»Der Einzige, der hier behindert ist, bist du.«

»Autsch, das saß«, kommentierte Ricarda. Sie schien nicht traurig darüber zu sein, dass ich David den Laufpass gab. Ich warf ihr einen giftigen Blick zu.

»Na ... na gut, wie du willst«, sagte David mit einem Schulterzucken, drehte sich um und betrat das Schulgebäude. Wir haben seitdem kein Wort mehr miteinander gesprochen.

In der Pause suchte ich Kara auf dem Schulhof. Sie stand ganz allein in einer Ecke und schien mit sich selbst zu reden. Denn sie bewegte die Lippen, hatte aber kein Headset auf. Ich ging zu ihr und hielt ihr einen Zettel hin, den ich während des Matheunterrichts gezeichnet hatte.

»Hier, der ist für dich.«

Sie nahm das Blatt und betrachtete es mit gerunzelter Stirn.

»Die Gesichter sehen anders aus als auf dem richtigen Zettel«, stellte sie fest.

»Tut mir leid, ich kann nicht so gut malen. Kannst du trotzdem verstehen, was ich mit den Gesichtsausdrücken meine?«

»Ja.« Sie deutete auf das letzte Gesicht. »›Stinksauer‹ steht nicht auf dem richtigen Zettel.«

»Ich weiß.«

»Warst du stinksauer auf David?«

»Ja.«

»Warst du stinksauer auf David, weil er mir den Zettel weggenommen hat?«

»Ja.«

28

»Du bist nett. Ich bin Kara.«

»Ich finde dich auch nett, Kara. Ich heiße Julia.«

»Ich habe das Asperger-Syndrom«, erklärte sie. »Das ist keine Krankheit, sondern ein besonderes Persönlichkeitsmerkmal. Ich kann manche Dinge nicht so gut wie die meisten Menschen. Ich kann zum Beispiel Gesichtsausdrücke nicht so gut deuten. Ich nehme immer alles wörtlich, auch wenn es nicht so gemeint ist. Dafür kann ich mir ziemlich gut Dinge merken. Und ich habe 15 Punkte in Mathe.«

»Cool«, erwiderte ich.

Sie zog ihre Stirn kraus. »War das Sarkasmus?«

»Nein, das war mein Ernst. Ich finde Leute cool, die gut in Mathe sind. Mein Bruder ist auch ziemlich gut in Mathe. Jedenfalls war er es, als er noch zur Schule ging.«

»Warum geht er nicht mehr zur Schule? Ist er älter als du?«

»Er hat amyotrophe Lateralsklerose«, erwiderte ich. »Das ist eine Krankheit, bei der die Muskeln degenerieren. Man wird gelähmt und … und irgendwann versagen die Lungen und man stirbt.«

»Ach so«, sagte sie so unaufgeregt, als hätte ich ihr gerade erklärt, dass mein Bruder blonde Haare hat. Mir kam der Gedanke, dass die beiden sich gut verstehen würden.

»Würdest du meinen Bruder gern mal kennenlernen?«

»Nein«, sagte sie ungerührt. »Ich mag keine Fremden.«

»Wenn du ihn näher kennen würdest, wäre er kein Fremder mehr.«

»Ich weiß. Trotzdem … Ich muss jetzt nach Hause.«

Damit drehte sie sich um und verschwand mit staksenden Schritten, während ich ihr schulterzuckend nachsah.

»Hast du eigentlich schon mal darüber nachgedacht, was Zeit ist?«, holt mich Manuel ins Hier und Jetzt zurück. Es ist süß, wie er versucht, mich von meinem Kummer abzulenken.

»Ist Zeit nicht das, was die Uhr anzeigt?«, versuche ich mich an einer lustigen Antwort, obwohl mir nicht nach Scherzen zumute ist.

Manuel nickt anerkennend. »Das hat Albert Einstein auch gesagt.«

»Es ist 17 Minuten vor vier«, bemerkt Marvin, der entweder meinen Satz falsch interpretiert hat oder einfach irgendetwas zur Diskussion beitragen will.

Wir müssen beide lachen.

»Ich glaube, die Zeit ist nur eine Illusion«, meint Manuel. »Sie vergeht gar nicht wirklich. Es kommt einem nur so vor, als gäbe es einen Unterschied zwischen Vergangenheit, Gegenwart und Zukunft.«

Wie schon oft kann ich seinen Gedanken kaum folgen. Obwohl er drei Jahre jünger ist als ich, kommt er mir manchmal viel erwachsener vor und auf jeden Fall klüger.

»Wie meinst du das?«

»Denk doch mal nach: Es kann gar keine Gegenwart geben, denn jeder Gedanke ist in dem Moment, wo du ihn denkst, bereits gedacht und somit Vergangenheit. Und wenn es keine Gegenwart gibt, dann ergibt unsere ganze Vorstellung von Zeit, die vergeht, keinen Sinn. Ich stelle mir das ungefähr so vor wie bei einem Buch: Die Sätze stehen in einer Reihenfolge und wenn du sie liest, kommt es dir so vor, als entstünde eine lebendige Geschichte. Wenn du Seite 30 liest, dann scheint das die Gegenwart zu sein und das, was auf den Seiten davor steht, liegt scheinbar in der Vergangenheit, während Seite 34 und Seite 112 noch in der Zukunft sind. Aber in Wirklichkeit ist das ganze Buch schon geschrieben und alle Sätze sind gleichzeitig da.«

Wieder mal habe ich einen Kloß im Hals, als ich darüber nachdenke, was aus Manuel hätte werden können, was er hätte erreichen können, wenn ihm das verdammte Schicksal nur eine Chance gegeben hätte. Wer weiß, vielleicht hätte er sogar sein großes Vorbild Stephen Hawking noch übertroffen.

»Vielleicht ... hast du recht«, sage ich, weil mir nichts Besseres einfällt. Dann wende ich mich ab und lasse ihn allein, damit er meine Betroffenheit nicht bemerkt.

Mama sitzt im Wohnzimmer, die Holobrille auf der Nase, und fuchtelt in der Luft herum. In den Gläsern spiegeln sich winzige Patiencekarten, die vor ihr in den Raum projiziert werden.

»Hallo«, sage ich.

»Hallo.«

Sie dreht sich nicht zu mir um, sondern beschäftigt sich weiter mit ihrem Spiel. Ich nehme es ihr nicht übel, denn ich weiß, dass sie ständig am Rand eines Nervenzusammenbruchs balanciert. Es muss schrecklich sein zuzusehen, wie das eigene Kind stirbt. Vielleicht sogar noch schrecklicher, als wenn es der eigene Bruder ist.

Einen Moment zögere ich, sie erneut zu unterbrechen, doch ich weiß, dass es ihr nicht wirklich hilft, wenn sie dauernd vor der Realität flieht. Mir geht es erst besser, seit ich das kapiert habe, und Manuel braucht sie mindestens so dringend wie mich.

»Wann kommt Papa wieder?«, unternehme ich einen Versuch, so etwas wie ein Gespräch mit ihr in Gang zu bringen.

»Morgen Abend, wie immer«, sagt sie, ohne mich anzusehen.

Wut keimt in mir auf und ich will ihr die blöde Brille von der Nase reißen. Stattdessen hole ich tief Luft. Wenn wenigstens mein Vater hier wäre und ihr beistünde. Aber der ist die Woche über unterwegs. Das war schon immer so. Er ist Unternehmensberater und arbeitet bei seinen Kunden vor Ort. Trotzdem habe ich den Verdacht, dass er sich in die Arbeit stürzt, um vor der traurigen Wirklichkeit zu fliehen. Ein paarmal haben wir darüber gesprochen, dass er sich mal eine Auszeit nehmen und sich mehr um die Familie kümmern wolle. Doch jedes Mal ging es gerade nicht, weil er unbedingt noch dieses eine absolut kritische Projekt zu Ende bringen musste.

Seufzend stehe ich auf, gehe in die Küche und mache mir einen Tee. Jetzt habe ich nicht mal mehr David, der mich aus meiner trüben Stimmung reißen kann. Er mag ein Dummkopf sein, aber er hat es trotzdem immer wieder geschafft, mich zum Lachen zu bringen. Vielleicht sollte ich ihm noch eine Chance geben. Aber was mache ich mir vor? Vermutlich ist er froh, dass er mich los ist, und hängt jetzt mit Ricarda ab oder einem anderen Mädchen aus unserer Klasse.

Das Leben kann manchmal ganz schön beschissen sein.

3. KAPITEL

Manuel

Als Papa am Freitag spätabends nach Hause kommt, wirkt er irgendwie verändert. Zuerst weiß ich nicht genau, was es ist: Er umarmt mich unbeholfen, so wie er es immer tut, seine Bartstoppeln kitzeln meine Wange und ich rieche die für ihn typische Mischung aus Schweiß und Aftershave. Er redet nicht viel mit mir, auch das ist normal – ich weiß, er hat Angst, unabsichtlich etwas zu sagen, das mich verletzen könnte. Doch als er sich an der Tür noch einmal zu mir umdreht, um mir eine gute Nacht zu wünschen, erkenne ich etwas in seinem Gesicht: eine Entspanntheit, die ich dort schon lange nicht mehr gesehen habe, ein Glimmen in seinen Augen.

Hat er die Situation endlich akzeptiert und sich mit meinem Schicksal abgefunden? Das wäre eine große Erleichterung. Oder hat er womöglich mit dem Neurologen gesprochen, der mich behandelt, und der hat ihm etwas gesagt, was ihm neuen Mut gemacht hat? Nein, das ist unwahrscheinlich. Als ich das letzte Mal dort war, konnte ich an der Miene des Arztes und seiner bemüht zuversichtlichen Stimme erkennen, dass er die Hoffnung aufgegeben hat. Selbst wenn es irgendeine neue Therapiechance gäbe, käme sie nicht mehr rechtzeitig.

Mir wird flau im Magen, als ich daran denke, wie wir das letzte

Mal Hoffnung schöpften. Das war vor etwas mehr als einem Jahr. Papa kam damals nach Hause, ein breites Grinsen im Gesicht. »Ich habe vorhin mit Dr. Klein telefoniert«, sagte er. »Es gibt da eine neue experimentelle Gentherapie. Sie wurde bisher noch nie an Menschen ausprobiert, aber in Tierversuchen hat sie sehr gut angeschlagen.«

Wenn man so verzweifelt ist wie wir, dann klammert man sich an jeden Strohhalm. Ich bekam regelmäßig Spritzen und eine Zeit lang sah es so aus, als würde die Therapie wirken. Wir waren voller Hoffnung und es schien, als würde wieder so etwas wie Normalität in unser Familienleben zurückkehren. Doch dann kam der Tag der Wahrheit. Wir fuhren außerplanmäßig ins Krankenhaus, weil sich meine Krampfanfälle in den letzten Tagen wieder gehäuft hatten. Dr. Klein untersuchte mich und sein Gesicht wurde immer ausdrucksloser. Schließlich brauchte er zwei Anläufe, um mir die Wahrheit zu sagen: Die Gentherapie hatte nicht nur nicht funktioniert, sie schien die Degeneration meiner Nervenzellen sogar noch zu beschleunigen.

Wir haben eine Woche lang fast überhaupt nicht miteinander gesprochen. Mein Vater verschwand in irgendeinem Projekt und Mama schlich mit ausdruckslosem Gesicht und leeren Augen durchs Haus, mechanisch wie ein Roboter. Irgendwann schafften wir es, wieder so miteinander umzugehen wie vor der missglückten Therapie. Julia machte sogar wieder ihre geschmacklosen Witze über meinen Zustand, von denen sie weiß, dass sie mir das Leben ein bisschen erleichtern. Doch Mama und Papa haben sich von diesem Rückschlag nie ganz erholt.

Wenn es nicht Hoffnung ist, was sonst könnte die Miene meines Vaters so aufhellen? Hat er womöglich eine Affäre? Eine

Trennung meiner Eltern ausgerechnet jetzt wäre das Schlimmste, was passieren könnte. Auch wenn sie mir niemals die Schuld daran geben würden, wüsste ich doch, dass meine Krankheit und die Belastung, die ich für sie darstelle, der Auslöser wären.

Marvin löscht das Licht, doch ich kann nicht einschlafen. Während ich so daliege und sich meine Gedanken wieder mal im Kreis drehen, höre ich plötzlich Stimmen. Das Schlafzimmer meiner Eltern liegt am anderen Ende des Flures. Dass ich es mitbekomme, bedeutet, dass sie ziemlich laut reden.

Die Stimmen werden energischer und es wird deutlich, dass die beiden streiten, auch wenn ich nicht verstehe, worüber. Irgendwann verstummen sie. Dennoch hallt die verzweifelte Stimme meiner Mutter noch lange in meinem Kopf nach.

Am nächsten Morgen sitzen wir stumm am Frühstückstisch. Meine Eltern blicken sich nicht an und der Knoten in meinem Magen zieht sich weiter zusammen.

»Hast du Lust, spazieren zu gehen?«, fragt mich Julia, nachdem sie meinen Teller abgeräumt hat.

»Du meinst, du gehst und ich fahre«, stelle ich klar.

»Von mir aus«, sagt sie bloß. Dass sie keine ihrer Spitzen gegen mich abfeuert, zeigt, dass auch sie etwas belastet.

Von unserem Haus in Poppenbüttel im Hamburger Norden ist es nicht weit bis zum Alsterlauf. Es ist ein herrlicher Sommertag. Spaziergänger sind unterwegs, Hunde spielen miteinander, Drohnen schwirren durch die Luft.

Eine Weile geht Julia schweigend neben Marvin und mir her, bis ich endlich den Mut finde, sie zu fragen: »Weißt du, was los ist?«

»Das wollte ich eigentlich gerade dich fragen«, erwidert sie.

»Mit Papa stimmt irgendwas nicht. Er ist ... seltsam. Und Mama wirkte heute Morgen sogar noch angespannter als sonst.«

»Hat er etwas zu dir gesagt, als er gestern Abend zu dir gekommen ist?«

»Nein. Aber er schien irgendwie verändert. Entspannter.« Julia runzelt die Stirn. »Besonders entspannt kam er mir heute Morgen nicht vor.«

»Nein. Die beiden haben gestern Abend noch gestritten. Meinst du ... meinst du, sie lassen sich scheiden?«

Sie bleibt stehen und sieht mich überrascht an. »Wie kommst du darauf?«

»Was könnte es denn sonst sein?«

»Keine Ahnung. Aber eins weiß ich: Papa und Mama werden sich garantiert nicht scheiden lassen. Schon dir zuliebe würden sie das niemals tun.«

»Vielleicht warten sie, bis ich tot bin.«

Endlich wieder ein frecher Spruch von ihr: »Dann stirb halt nicht.«

»Alles klar«, erwidere ich.

Eine Drohne schwebt heran und umkreist uns, während ihr Kameraauge auf mich gerichtet ist. Wahrscheinlich ein Streamer, der hofft, mit dem Freak im Rollstuhl ein paar zusätzliche Views zu erzielen.

»Verschwinde, du blöder Stalker!«, ruft Julia und schlägt mit dem Arm danach, doch die Drohne weicht ihr mühelos aus.

»Soll ich die Drohne identifizieren und den Besitzer wegen Verletzung der Privatsphäre melden?«, fragt Marvin.

»Nein, lass ihn«, sage ich. »Ich bin es gewohnt, dass mich irgendwelche Trolle anglotzen.«

Wer immer die Drohne steuert, scheint vor Marvins Drohung und meinen Worten zu erschrecken, denn das lästige Ding schwirrt mit einem Aufjaulen seiner Rotoren davon.

»Soll ich Papa einfach mal fragen, was los ist?«, schlage ich vor.

Sie zuckt mit den Schultern. »Du weißt doch, wie Papa ist.«

Ich versuche es trotzdem. Als wir nach Hause kommen, steuere ich Marvin ins Arbeitszimmer meines Vaters. Er klappt das Holodisplay hoch, als er mich sieht.

»Oh, hallo, Manuel. Wie geht … Äh, ich meine, was kann ich für dich tun?«

Als ich ihn genauer betrachte, wirkt er irgendwie nervös, als hätte er etwas zu verbergen. Er war schon immer ein schlechter Schauspieler. Schon als Vierjähriger habe ich ihm am Gesicht angesehen, dass die Sache mit dem Weihnachtsmann nicht stimmen konnte.

»Du hast dich gestern mit Mama gestritten.«

Er läuft rot an. »Das … das hast du gehört? Das tut mir leid. Wir hätten nicht so laut sein dürfen.«

»Wollt ihr euch trennen?«

Seine Augen weiten sich. »Was?«

»Ihr müsst keine falsche Rücksicht auf mich nehmen«, sage ich, kann aber nicht verhindern, dass sich Tränen in meine Augen drängen. »Ich weiß, dass ihr denkt, ich könnte das nicht verkraften, aber ich … ich bin stärker, als ihr glaubt. Und ich will nicht, dass ihr euch meinetwegen verstellen müsst.«

Er schüttelt den Kopf. »Woher hast du denn diesen Unsinn? Ich liebe deine Mutter! Wie kommst du darauf, dass wir uns trennen wollen?«

Ich kann keine Unaufrichtigkeit in seinem Gesicht erkennen.

»Was ist es dann?«

Er weicht meinem Blick aus. »Es ist doch ganz normal, dass sich Erwachsene mal streiten. Das haben wir schon in der ersten Woche gemacht, als wir ein Paar waren, und sogar in unserer Hochzeitsnacht. Mittlerweile sind wir 20 Jahre verheiratet und wir streiten uns immer noch regelmäßig. Da ist nichts dabei.«

Das war definitiv eine Lüge. Das gestern war kein gewöhnlicher Streit und er hatte etwas mit mir zu tun. Das spüre ich. Doch sosehr ich auch nachbohre, mein Vater bleibt ausweichend. Also versuche ich es bei Mama, aber alles, was ich damit erreiche, ist ein Heulkrampf.

Frustriert suche ich Julia auf. Sie liegt auf ihrem Bett und liest ein Buch – ein richtiges, aus Papier. Auf dem Cover ist ein halb nackter Mann zu sehen, der eine Frau in einem antiken Ballkleid im Arm hält. Als Julia meinen Blick bemerkt, legt sie das Buch rasch zur Seite, als wäre es ihr peinlich.

»Hast du was rausgekriegt?«

»Nein. Aber ich bin sicher, es hat etwas mit mir zu tun.«

Ich erzähle ihr, wie die beiden auf meine Fragen reagiert haben.

Julia runzelt die Stirn. »Das ist wirklich seltsam. Ich verstehe das nicht. Warum reagieren die beiden so unterschiedlich? Wenn es etwas mit dir zu tun hätte, dann müssten sie doch eigentlich einer Meinung sein. Jedenfalls waren sie das bisher immer. Über eine neue medizinische Chance würden sie sich doch auf jeden Fall beide freuen.«

»Vielleicht ist es irgendeine neue, unerprobte Therapie«, spekuliere ich, »und sie sind sich uneinig, ob man das Risiko eingehen sollte.« Ich kann nicht verhindern, dass mein Puls bei diesem Gedanken vor Hoffnung schneller wird.

»Quatsch. Was haben wir denn zu verlieren? Wenn es auch

nur die geringste Chance gäbe, würden sie es beide versuchen wollen, da bin ich sicher.«

»Also doch eine Affäre?«

Julia schüttelt den Kopf. »Glaube ich nicht.«

Wir raten noch eine Weile herum, doch uns fällt nichts ein, was das seltsame Verhalten der beiden erklären könnte. Irgendwann taucht Julia wieder in die heile Welt ihres Liebesromans ab, während ich mich in die nicht ganz so heile, aber trotz aller bösen Überraschungen wenigstens berechenbare Welt von *Team Defense* zurückziehe. Dort ist stets klar, wer Feind und wer Freund ist, und der Tod nicht mehr als ein vorübergehendes Ärgernis.

Zum Mittagessen ist Papa nicht da. Mama ist nur die knappe Aussage zu entlocken, er habe einen Termin. Erst spätabends kommt er zurück. Ich liege bereits im Bett, aber natürlich kann ich nicht schlafen.

Es dauert nicht lange und wieder höre ich laute Stimmen. Doch diesmal finde ich mich nicht damit ab. Ich weise Marvin an, die Kameradrohne zu starten, die ich vorletztes Jahr zum Geburtstag bekommen habe. Er projiziert das Kamerabild auf mein Display. Ich steuere den Flugkörper aus meiner Zimmertür und den Flur entlang. Es ist ein seltsames Gefühl, so virtuell durch unser Haus zu schweben, fast, als wäre alles um mich herum auch nur eine Illusion. Der Gedanke schießt mir durch den Kopf, dass das vielleicht stimmen könnte – dass womöglich unsere Welt nur eine Computersimulation ist. Würde es etwas ändern? Ich bin mir nicht sicher.

»Marvin, Position der Drohne halten.« Ich flüstere unwillkürlich, obwohl meine Eltern mich sicher nicht hören können. Marvin versteht mich trotzdem.

Die Drohne schwebt jetzt genau vor der Tür des Schlafzimmers meiner Eltern. Ihr Stereomikrofon blendet das gleichmäßige Surren der Rotoren aus, sodass ich die Stimmen deutlich verstehen kann.

»… ein Recht darauf, so eine Entscheidung selbst zu treffen, finde ich«, sagt mein Vater gerade. Man hört ihm an, dass er sich bemüht, ruhig zu bleiben.

»Da gibt es nichts zu entscheiden!«, ruft meine Mutter. Ihre Stimme bebt vor Zorn. »Das … das kommt nicht infrage! Auf keinen Fall!«

»Aber es ist die einzige Chance, die wir noch haben. Kapierst du das denn nicht?«

»Du bist es, der es nicht kapiert. Es gibt Schlimmeres als den Tod, verstehst du das? Ich … ich weiß auch nicht, warum Gott uns dieses Schicksal aufbürdet, aber … aber wenn es sein Wille ist, dann müssen wir …«

Der Rest geht in einem Weinkrampf unter.

»Komm mir jetzt bitte nicht wieder mit diesem Schwachsinn!« Die Stimme meines Vaters ist nun ebenfalls laut und aggressiv. »Wo war er denn in den letzten Jahren, dein gütiger Gott? Glaubst du etwa, wir haben das alles verdient? Glaubst du, Manuel hat es verdient?«

»Ich … ich weiß nicht«, schluchzt Mama. »Aber ich werde nicht zulassen, dass … dass du und dieser Henning Jaspers …«

»Warte mal«, unterbricht mein Vater sie. »Hörst du das?«

Oh, oh. So schnell ich kann, steuere ich die Drohne zurück in mein Zimmer. Eine Sekunde später höre ich, wie sich eine Tür schließt. Mit klopfendem Herzen warte ich darauf, dass mein Vater in mein Zimmer kommt. Absurderweise habe ich Angst davor, dass er wütend auf mich ist, obwohl es nun wirklich nichts gibt, womit er mich wirksam bestrafen könnte. Doch ich bleibe allein.

Henning Jaspers. Natürlich kenne ich den Namen – er ist einer der Gründer der Firma *Dark Star*, die mein Lieblingsspiel entwickelt hat. In der Spielerszene ist sein Partner Marten Raffay wesentlich bekannter, der geniale Kopf hinter *Team Defense*, während Jaspers sich um Vertrieb und Finanzen kümmert. Aber warum streiten meine Eltern ausgerechnet über ihn? Hat mein Vater irgendetwas in Bezug auf das Spiel vor? Vielleicht hat er mit Jaspers gesprochen und ihn gebeten, mir irgendein seltenes Spezial-Item zu besorgen, wie zum Beispiel einen Quantenimpulsmodulator, mit dem man kleine schwarze Löcher erzeugen und ganze gegnerische Hauptquartiere mit einem Schuss vernichten kann, oder einen Teleportationshelm.

Aber warum dann der Streit? Meine Mutter hat nie viel von Computerspielen gehalten, sie fand immer, ich sollte lieber Bücher lesen. Doch seit meiner Krankheit hat sie ihren Widerstand aufgegeben und ich darf so oft und so lange spielen, wie ich will. Ich kann mir nicht vorstellen, dass die beiden sich derart in die Haare kriegen würden, nur weil mein Vater mir eine Freude machen will.

So angestrengt ich auch darüber nachdenke, ich finde keine Erklärung. Ich versuche, zur Ruhe zu kommen und einzuschlafen, doch auch das gelingt mir nicht. Schließlich gebe ich auf.

»Marvin, googele Henning Jaspers.«

Das meiste, was die Suchmaschine über ihn ausspuckt, ist uninteressant: Wirtschaftsnachrichten, Holos von Jaspers auf irgendwelchen Konferenzen. Doch dann entdecke ich ein Interview, das eine Holobloggerin namens Elena Marinewski vor ein paar Monaten gepostet hat. Als ich es ansehe, bleibt mir fast das Herz stehen.

4. KAPITEL

Julia

»Was zum Teufel ist eigentlich mit euch los?«, stelle ich Papa zur Rede, bevor er sich wieder hinter seinem Schreibtisch verschanzen kann. Manuel ist gerade unter der Dusche, bekommt also nichts mit.

»Was meinst du?«, mimt er den Ahnungslosen.

»Ihr streitet so laut, dass man es draußen auf der Straße hören kann. Offensichtlich hat es etwas mit Manuel zu tun, aber ihr haltet es nicht für nötig, ihn einzuweihen. Findest du nicht, er macht schon genug durch?«

Er senkt den Blick und sofort bereue ich meinen vorwurfsvollen Tonfall.

»Es tut mir leid«, sagt er. »Ich ... ich hatte eine dumme Idee. Ich wollte nicht, dass er hört ... wie wir streiten.«

»Was denn für eine Idee?«

»Wie gesagt, sie war dumm.«

»Kannst du sie mir vielleicht trotzdem verraten?«

Endlich sieht er mich wieder an. Seine Augen wirken müde. »Ich habe Mama versprochen, nie wieder darüber zu reden. Bitte ... akzeptiere das.«

Die Art, wie er es sagt, macht mir klar, dass mehr daran hängt als nur sein Seelenfrieden. Die beiden haben offenbar einen sehr ernsten Streit. So habe ich meinen Vater jedenfalls noch nie erlebt.

Ich nicke, dann gehe ich zu Mama, die in der Küche Gemüse fürs Mittagessen schnippelt, obwohl das der Küchenautomat mit einem Knopfdruck für sie erledigen könnte.

»Kannst du mir vielleicht sagen, worüber du mit Papa gestritten hast? Er will nicht darüber reden.«

»Ich auch nicht«, erwidert sie, den Blick starr auf die gelbe Paprikaschote auf dem Schneidebrett gerichtet.

Frustriert werfe ich die Hände in die Luft. »Was soll denn das? Ist euch nicht klar, dass Manuel eure Streitereien mitbekommt und sich Sorgen macht? Er hatte sogar Angst, ihr könntet euch trennen!«

Ihre Hände erstarren. Langsam dreht sie sich zu mir um. Ihre Augen sind rot.

»Wir ... wir trennen uns nicht.«

Es klingt so, als wäre sie sich da nicht sicher, und ich begreife, dass die Lage zwischen den beiden noch ernster ist, als ich dachte.

»Kannst du mir bitte sagen, worum es bei eurem Streit ging?«

»Ich ...«, beginnt sie, doch in diesem Moment ertönt der Gong der Delivery Box.

Mama verlässt die Küche, als wäre es das Dringendste auf der Welt, sofort nachzusehen, was *Amazon Surprise* uns heute geliefert hat. Sie hat mir mal erzählt, dass man früher, als ich klein war, noch umständlich alles selbst bestellen musste, was man haben wollte. Inzwischen erfüllt uns *Amazon* unsere Wünsche, bevor wir überhaupt wissen, dass wir sie haben. Jeden Tag erhalten wir von einem automatischen Fahrzeug eine Lieferung in unsere persönliche Delivery Box an der Straße. Man nimmt sich die Dinge heraus, die man behalten will. Wenn man etwas nicht möchte, lässt man es einfach in der Box und es wird am nächsten Tag wieder abgeholt, kostenlos natürlich. Es kommt nur noch selten vor, dass wir etwas explizit bestellen müssen, und meistens behalten wir alles, was in der Box ist. Manche meiner Klassenkameraden behaupten, die Maschine würde uns manipulieren und uns Sachen liefern, die wir gar nicht bräuchten. Aber ich kann das nicht bestätigen. Für mich ist es einfach nur praktisch und selbst Mama, die sonst eher kritisch gegenüber künstlicher Intelligenz eingestellt ist, findet nichts dabei.

Jetzt allerdings ärgert es mich, dass ihr diese blöde Lieferung anscheinend wichtiger ist als ich. Fassungslos starre ich ihr nach, dann stampfe ich aus der Küche und knalle die Tür hinter mir zu. Als ich die Treppe hinaufsteige, kommt Manuel gerade aus dem Badezimmer gefahren.

»Ich muss dir was zeigen«, sagt er.

Ich stutze. Ein seltsames Leuchten glimmt in seinen Augen.

»Hast du was rausgekriegt?«

Er grinst schief. »Ich glaube schon.«

Was zur Hölle kann es sein, das ihn zum Grinsen bringt und meine Mutter an den Rand eines Heulkrampfes?

»Setz deine Holobrille auf«, weist er mich an. »Marvin, *share* mein Display mit Julia. Starte das Holo.«

Meine 3-D-Brille wird undurchsichtig, als ich die Aufforderung zur Übernahme von Marvins Stream bestätige, und eine junge Frau erscheint vor einem futuristischen Gebäude und lächelt mich an. Der Wind weht durch ihre langen, blonden Haare. Vor ihr taucht ein animierter Schriftzug auf: *Elena muss es wissen.*

Das Bild verschwindet und ich befinde mich in einem Arbeitszimmer. Alte, ledergebundene und vermutlich ziemlich wertvolle Bücher füllen die Regale an den Wänden. Eine Actionfigur auf dem großen Schreibtisch bildet einen merkwürdigen Kontrast zu der ansonsten altmodisch wirkenden Einrichtung. Ein etwa 50-jähriger Mann sitzt in einem hohen Ledersessel gegenüber der jungen Frau aus dem Vorspann. Sie trägt eng anliegende Kleidung aus diesem neuen Material, das die Farbe verändern kann und in langsamen, waagerechen Wellen zwischen Dunkelblau und Türkisgrün changiert.

»Hallo und willkommen zu einer neuen Ausgabe von *Elena muss es wissen*«, sagt sie und sieht dabei direkt in die Kameradrohne. »Heute spreche ich mit Henning Jaspers, der den meisten von euch als Gründer der *Dark Star Studios* bekannt sein dürfte, den Entwicklern des weltweit erfolgreichen Spiels *Team Defense*.«

Ich stutze. Der Gründer der Firma, die Manuels Lieblingsspiel entwickelt hat? Ich kann ja verstehen, dass das Interview Manuel interessiert, aber warum will er es mir unbedingt zeigen? Was hat das mit dem Streit unserer Eltern zu tun?

»Henning, du bist aber nicht nur Spieleentwickler, sondern auch Investor, richtig?«, fährt Elena fort.

»Eigentlich bin ich nie Spieleentwickler gewesen«, erwidert Jaspers. Seine Stimme ist angenehm und er hat ein sympathisches Lächeln. »Ich verstehe davon nicht allzu viel. Die Spiele waren immer Martens Ding. Ich bin eher der Kaufmann.«

»Ein sehr erfolgreicher Kaufmann, wie wir wissen. Seit dem Börsengang von *Dark Star* bist du Milliardär und investierst nun selbst in Start-ups. Über eines davon wollen wir heute reden: die belgische Firma *Nofinity*. Kannst du uns kurz erklären, was das Unternehmen macht?«

»Natürlich, gern. *Nofinity* hat sich vorgenommen, das größte Problem zu lösen, mit dem die Menschheit seit Anbeginn der Zeit zu kämpfen hat. Ich meine nicht Armut, Hunger, Krankheiten oder Krieg, das sind sozusagen nur die Symptome. Das eigentliche Problem dahinter, das wir lösen wollen, ist der Tod.«

Erschrocken schnappe ich nach Luft. Ist das ein Scherz?

»Ihr wollt Menschen unsterblich machen?«, fragt Elena.

»Na ja, nicht im wörtlichen Sinn. Nichts währt ewig. Aber wir können das mögliche Lebensalter von Menschen drastisch erhöhen – von höchstens etwas über hundert auf viele Tausend, vielleicht sogar Millionen Jahre.«

»Das klingt wie Science-Fiction.«

»Das ist Science-Fiction – noch. Aber wir sind auf dem Weg dorthin bereits ein gutes Stück vorangekommen.«

»Und wie genau soll das funktionieren?«

»Indem wir den menschlichen Geist quasi aus dem Körper herausholen und ihn in ein besseres, langlebigeres und einfacher zu reparierendes Gefäß übertragen.«

»In eine Maschine.«

»Richtig. Das, was uns ausmacht, sind ja nicht Arme und Beine oder Augen und Ohren – es gibt Personen, die haben all das nicht und sind trotzdem immer noch Menschen. Auch das Gehirn ist es streng genommen nicht, was unser Menschsein definiert. Das, was wir im tiefsten Inneren sind, unsere Essenz sozusagen, sind unsere Gedanken und Erinnerungen, Wünsche und Ziele, Hoffnungen und Sorgen, Liebe und das, wovor wir Angst haben. Das Gehirn ist nur die Hardware, auf der diese

Software, unsere Seele, wenn du so willst, läuft. Und so, wie man bei einem Computer die Software auf ein anderes Gerät überspielen kann, so wollen wir das auch beim Menschen tun.«

»Du glaubst also, dass der Mensch eine Seele hat?«

»Nicht in dem Sinn, wie es die Kirche lehrt. Die Seele ist kein merkwürdiges Gespinst, das uns von irgendeinem Gott eingehaucht wurde und nach dem Tod aus dem Körper entweicht, um in den Himmel davonzuschweben. Die Seele in dem Sinn, wie ich es meine, ist schlicht und einfach Information. Und Information kann man lesen, speichern und weiterverarbeiten. Wenn es uns gelingt, alle Informationen, die einen Menschen ausmachen, aus seinem Körper zu extrahieren und in eine Maschine zu übertragen, dann können wir sie unbegrenzt speichern. Und noch mehr als das: Wir können die Rechenleistung, die diesem Menschen zur Verfügung steht, vervielfachen, ihn also sehr viel intelligenter machen.«

Ich kann kaum glauben, was ich da höre. Kann es etwa sein, dass Manuel und Papa diesen Schwachsinn für bare Münze nehmen?

»Aber … ist er dann noch ein Mensch?«, will die Interviewerin wissen.

»Das ist eine interessante Frage. Was würde ein Höhlenbewohner aus der Steinzeit sagen, wenn er einem modernen Menschen mit einer Holobrille und einem Exoskelett, wie sie das US-Militär neuerdings einsetzt, begegnen würde? Wenn er sähe, dass dieser Mensch auf alles Wissen der Welt zugreifen, jede Sprache verstehen, Zehnmetersprünge machen und 300 Kilo Last tragen kann, würde er die Frage, ob das ein Mensch ist, wohl verneinen und ihn vielmehr für einen Gott halten. Vielleicht ist ein in eine

Maschine übertragener menschlicher Geist das, was der Philosoph Nietzsche einen ›Übermenschen‹ genannt hat – eine Weiterentwicklung des Menschen, die nächste Stufe sozusagen. Wir haben uns in der Geschichte durch neue Technologien schon immer verändert, und zwar, wie ich glaube, zum Besseren. Das Leben auf der Erde ist in den letzten Jahrzehnten immer angenehmer geworden. Viele Krankheiten wurden besiegt, Armut und Kriege haben abgenommen, die Lebensqualität hat sich in fast allen Ländern erhöht und in Deutschland leben wir heute im Schnitt 30 Jahre länger als noch vor 200 Jahren. Warum sollten wir jetzt auf einmal damit aufhören, die Welt zu verbessern?«

»Aber es gibt doch auch Gefahren der Technik, oder?«

»Natürlich gibt es die und es wäre leichtsinnig, sie nicht ernst zu nehmen. Fortschritt ist nun mal nicht ohne Risiken. Aber insgesamt bewegen wir uns in die richtige Richtung. Wenn wir es schaffen, die nächste Barriere zu durchstoßen und uns von unseren relativ anfälligen biologischen Körpern zu befreien, haben wir auf einen Schlag fast alle Probleme gelöst, mit denen die Menschheit je zu kämpfen hatte: Hunger, Krankheiten, Armut, Schmerzen. Auch Kriege werden der Vergangenheit angehören, denn es wird keinen Mangel mehr geben. Alles, was wir dann noch brauchen, ist Energie und davon liefert unsere Sonne mehr als genug. Die Erde hat vielleicht Platz für zehn Milliarden Menschen, dann wird es hier schon ziemlich eng und ungemütlich. In Computern können wir locker tausendmal so viele Gehirne speichern und die Technik entwickelt sich ja ständig weiter. Wir müssen nicht absurd langwierige und hoch riskante Reisen zu fernen Planeten antreten, um neuen Lebensraum für uns zu erobern – wir müssen nur die unendlichen virtuellen Welten direkt vor unserer Nase betreten.«

»Und wie genau soll das funktionieren? Wie wollt ihr den Geist eines Menschen aus seinem Körper holen?«

»Wie gesagt, noch sind wir nicht ganz so weit. Wir können bereits die Informationen in einem Gehirn auslesen, die ja in den Verbindungen der Neuronen gespeichert sind. Wir nennen diesen Prozess ›Scannen‹. Doch dabei wird leider das Gewebe zerstört. Es versteht sich von selbst, dass diese Prozedur aus ethischen Gründen beim Menschen nicht durchgeführt werden kann, außer vielleicht in extremen Ausnahmefällen, wenn jemand unheilbar krank ist und nur noch kurze Zeit zu leben hat …«

»Marvin, Pause«, sagt Manuel.

Die Szene friert ein. Ich reiße mir die Holobrille vom Kopf und starre ihn an.

»Das … das ist jetzt nicht dein Ernst!«

Er grinst schief. »Ich weiß, es klingt utopisch. Aber schau dir das Video erst zu Ende an, bevor du dein Urteil fällst.«

»Manuel, du glaubst doch nicht wirklich, dass irgend so ein Spinner deinen Geist aus deinem Körper holen und in einen Computer hochladen kann?«

Er wirkt verletzt, als er antwortet: »Schau es dir zu Ende an.«

Ich schüttele den Kopf, setze jedoch die Brille wieder auf.

»Marvin, fortfahren.«

»… aber mit Tieren haben wir es schon gemacht und die Ergebnisse sind ziemlich erstaunlich. Warte, ich zeige es dir.«

Das Arbeitszimmer verschwindet und ich befinde mich stattdessen in einem annähernd quadratischen virtuellen Raum. Die

Wände sind weiß und ohne Dekoration. Auf dem Boden stehen ein Katzenkörbchen, ein Fressnapf und eine flache Kiste mit Katzenstreu, daneben liegen ein Ball und eine Plüschmaus. Eine getigerte Katze läuft im Raum herum, bei ihr sind zwei simulierte Menschen, die Henning Jaspers und *Elena* grob ähneln. Das Tier beachtet die beiden nicht.

»Wir befinden uns jetzt in einer Computersimulation, die *Nofinity* entwickelt hat«, erklärt Elena.

Jaspers zeigt auf die Katze. »Das da ist Hades. Er ist das erste höhere Lebewesen, dessen Gehirn vollständig gescannt und in eine Maschine übertragen wurde. Und wie man sieht, ist es ihm nicht schlecht bekommen. Hades weiß nicht, dass die Welt, in der er jetzt lebt, nur simuliert ist.«

»Was ich sehe, ist eine virtuelle Katze in einem virtuellen Raum«, erwidert Elena und ihre Stimme spiegelt meine Skepsis wider. »So was gibt es doch in Computerspielen schon lange.«

»Schon möglich. Aber Hades ist nicht bloß ein simpler Algorithmus, der so tut, als wäre er eine Katze. Pass auf.«

Plötzlich erscheint aus dem Nichts eine Frau in dem Raum. Sie hat schwarze Haare und trägt einen weißen Kittel. Als sie sich zu der Katze herabbeugt, sagt sie: »Hades, mein Kleiner! Komm zu mir!«

Die Katze dreht den Kopf, läuft auf die virtuelle Frau zu und reibt sich an ihren Beinen, wobei sie ein wohliges Schnurren ausstößt.

»Das da ist eine Simulation von Hades' menschlicher Bezugsperson, der Tierärztin Dr. Chantal Villeneuve. Hades ist in unserem Labor aufgewachsen, wo sie sich jeden Tag um ihn gekümmert hat. Nachdem wir sein Gehirn gescannt hatten, waren wir äußerst gespannt, ob er Dr. Villeneuve in der virtuellen Welt wiedererkennen würde. Wie du siehst, ist er direkt auf sie zugelaufen, wohingegen er auf unsere Anwesenheit kaum reagiert. Das ist der Beweis, dass es sich hier tatsächlich um Hades handelt und nicht um irgendeine Katzensimulation.«

Sehr überzeugend erscheint mir dieser »Beweis« nicht gerade. Es wäre für jemanden wie Jaspers sicher ein Leichtes, eine virtuelle Katze programmieren zu lassen, die auf eine bestimmte virtuelle Person positiv reagiert. Andererseits hat es ein Milliardär wie er wohl nicht nötig zu betrügen. Gegen meinen Willen fasziniert beobachte ich, wie die virtuelle Frau mit der Katze spielt, ihr den Ball hinwirft und ihr schließlich etwas Futter in den Napf schüttet, das das Tier gierig verschlingt.

»Eine simulierte Katze braucht Futter?«, fragt die Interviewerin.

»Nicht wirklich«, erwidert Jaspers. »Aber ihre Katzeninstinkte sind alle intakt – ihr Spieltrieb und auch der Appetit. Natürlich würde sie nicht verhungern, aber wir füttern sie trotzdem regelmäßig. Wir wollen ja, dass Hades sich wohlfühlt. Er geht sogar aufs Katzenklo.«

»Was ist mit dem Geruch? Merkt daran so eine Katze nicht, dass die Umgebung, in der sie ist, nicht real ist?«

»Gerüche können wir natürlich auch simulieren, ebenso wie den Tastsinn. Glaub mir, für Hades fühlt sich das Leben in diesem Raum genauso echt an wie das, was er vorher hatte. Wir könnten ihm auch einen Garten simulieren oder einen ganzen Wald, in dem er sich austoben könnte. Aber er ist wie gesagt im Labor aufgewachsen und war nie in der freien Natur, deshalb würde ihm das bloß Angst machen.«

Mir tut das Tier leid – für immer in diesem schmucklosen würfelförmigen Raum eingesperrt zu sein, der nicht einmal Türen oder Fenster hat. Andererseits ist es trotz allem bloß ein Computerprogramm. Kann einem Software wirklich leidtun?

Das Holo endet kurz darauf.

»Was denkst du?«, fragt mich Manuel.

»Du glaubst, das ist es, worüber Papa und Mama streiten?«

Er nickt. »Ich habe … gehört, wie Papa den Namen Henning Jaspers benutzt hat. Ich habe ihn gegoogelt und das hier gefunden.«

Es würde erklären, warum Papa auf einmal so gut gelaunt war und Mama sauer auf ihn ist. Er war schon immer ein Optimist, jemand, der in jedem Problem eine Chance gesehen hat, während Mama die Skeptikerin ist – ich komme wohl eher nach ihr. Doch Manuel scheint von Papas Optimismus angesteckt zu sein und das Video für bare Münze zu nehmen.

Es zerreißt mir das Herz, doch ich muss seine Hoffnungen zerstören, am besten jetzt gleich, bevor sie sich in seinem Kopf festsetzen können.

»Manuel«, sage ich und blicke ihm fest in die Augen. »Das ist Unsinn. Auch wenn es eines Tages so einen Upload geben könnte, es ist noch lange nicht so weit, das hat Jaspers doch selbst gesagt. Ein menschliches Gehirn ist nun mal was anderes als das einer Katze.«

»Jaspers hat gemeint, dass man es bei Menschen aus ethischen Gründen nicht anwenden kann, außer vielleicht bei Todkranken, die nicht mehr lange zu leben haben.« Er lacht humorlos. »Diese Bedingung erfülle ich wohl.«

Ich weiß nicht, was ich darauf antworten soll.

»Was habe ich denn zu verlieren?«, fragt er und in seinen Augen glüht Trotz. »Warum können wir nicht wenigstens mal mit Henning Jaspers sprechen?«

Ratlos schüttele ich den Kopf. Ich habe es immer als meine Aufgabe angesehen, Manuel zu beschützen, so gut es geht. Gegen seine Krankheit bin ich machtlos, aber zumindest kann ich versuchen, ihn vor Kränkungen anderer in Schutz zu nehmen und ihm die Zeit, die er noch hat, so angenehm wie möglich zu machen. Doch wie soll ich ihn vor falscher Hoffnung bewahren? Wie kann ich verhindern, dass er noch einmal so enttäuscht wird wie damals nach der missglückten Gentherapie?

Tränen rinnen über meine Wangen.

»Ich … ich …«, beginne ich, doch ich weiß nicht, wie ich den Satz vollenden soll. »Ich rede mal mit Mama darüber«, sage ich schließlich.

5. KAPITEL

Manuel

Julia hat natürlich recht, wie immer: Es ist Schwachsinn. In meinem Kopf gehe ich die Argumente durch, die dafür sprechen, dass die Idee, meinen Geist in einen Computer hochzuladen, nie und nimmer funktionieren kann.

Erstens: Eine Katze ist kein Mensch. Das menschliche Gehirn hat mindestens vierhundertmal so viele Neuronen – das habe ich gegoogelt.

Zweitens: Auch wenn das Verhalten der Katze im ersten Moment so aussieht, als würde sie ihre Pflegerin wiedererkennen, können wir nicht wissen, was im Inneren der Katzensimulation vorgeht, an was sie sich erinnert und ob sie wirklich ein Bewusstsein hat. Sofern Katzen überhaupt ein Bewusstsein haben können.

Drittens: Selbst im optimistischsten Fall wird es noch Jahrzehnte dauern, bis man wirklich in der Lage ist, ein menschliches Gehirn vollständig im Computer zu simulieren. Das ist jedenfalls laut Marvin die Meinung der meisten Experten für künstliche Intelligenz.

Viertens: Henning Jaspers ist ein begnadeter Verkäufer. Es ist sein Job, das Start-up, in das er sein Geld gesteckt hat, zu hypen. Wer weiß, wie viele Katzen dran glauben mussten, bis Hades es schließlich geschafft hat.

Fünftens … Mir fällt kein fünftes Argument ein, aber vier reichen locker, um zu erkennen, dass Julia und Mama recht haben. Warum bin ich dann trotzdem nicht überzeugt? Warum gelingt es mir nicht, den Hoffnungsfunken auszulöschen, der in mir glimmt?

Julia kommt in mein Zimmer. Ihre Miene ist ernst.

»Kommst du mal bitte mit? Mama und Papa möchten mit dir sprechen.«

»Marvin, folge Julia.«

Mein Stuhl stapft gehorsam hinter ihr die Treppe herunter und trägt mich ins Wohnzimmer, wo Mama und Papa bereits warten. Mir fällt sofort auf, dass sie sich in die beiden Sessel gesetzt haben, die am weitesten voneinander entfernt sind. Sie sehen aneinander vorbei, so als wäre die Einrichtung – weiße Ledermöbel, abstrakte Gemälde in intensiven Farben, ein weiß lackiertes Sideboard mit silbernen Bilderrahmen, eine Wand voller Bücher, die fast alle Mama gehören – interessanter als die Menschen im Raum. Regen prasselt gegen die bodentiefen Fenster, die einen Blick auf den Garten erlauben, mit dessen Pflege Mama viel Zeit verbringt. Julia platziert sich auf dem Sofa zwischen unseren Eltern, während ich Marvin auf die andere Seite des gläsernen Couchtischs lenke.

»Julia sagte, du hättest dir Sorgen wegen unseres dummen Streits über das Holo-Interview mit Henning Jaspers gemacht«, beginnt Papa. »Es … es tut mir leid, wenn ich dir Schmerzen bereitet habe, Manuel. Ich … ich wollte dich damit nicht belasten, aber … ich habe bloß versucht, dir zu helfen …«

»Helfen?«, fragt Mama. »Indem du ihm falsche Hoffnungen machst? Weißt du etwa nicht mehr, wie es war, als … als …« Sie bricht in Tränen aus.

»Hört auf damit!«, gehe ich dazwischen. »Papa hat es gut gemeint und ich bin alt genug, für mich selbst zu entscheiden.«

Mama sieht mich erschrocken an. »Soll das … soll das etwa heißen, du … du willst ernsthaft …«

Ihr Blick ist so voller Schmerzen, dass ich mich genötigt fühle, mich zu rechtfertigen.

»Was habe ich denn zu verlieren? Selbst wenn die Chance, dass es funktioniert, nur ein Prozent beträgt – wäre es nicht vernünftig, es wenigstens zu versuchen? Was macht es für einen Unterschied, ob ich ein paar Wochen früher oder später sterbe?«

Mama wirft einen eiskalten Blick zu Papa, bevor sie sich mir zuwendet.

»Verstehst du es denn nicht? Es *kann* nicht funktionieren. Das ist völlig ausgeschlossen. Eine Maschine kann niemals ein Mensch sein. Sie kann keine Seele haben!«

Besser, ich schlucke die Antwort herunter, die mir auf der Zunge liegt. Wie so viele andere Menschen klammert sich Mama verzweifelt an den Glauben, dass der Tod nicht das Ende ist und es danach irgendwie weitergeht. Ich dagegen glaube weder an Gott noch an ein Schicksal oder auch nur an den Sinn des Lebens. Das Märchen vom Paradies erscheint mir noch weiter hergeholt als das vom Osterhasen. Tot zu sein, ist doch im Grunde dasselbe, wie noch nicht geboren zu sein – es bedeutet gar nichts. Nur das Leben selbst zählt, wie kurz es auch sein mag. Doch ich bringe es nicht übers Herz, ihr ihre einzige Hoffnung zu rauben.

»Wir wissen doch gar nicht, was das ist, die Seele«, versuche ich einen Kompromiss. »Vielleicht stimmt es ja, was Henning Jaspers sagt, und sie ist bloß Information. Ich finde, das ergibt durchaus Sinn.«

»Manuel hat recht«, sagt Papa. »Wir können nicht wissen …«

»Das ergibt überhaupt keinen Sinn«, fällt Mama ihm ins Wort. »Wie könnte etwas, das wir Menschen gebaut haben, eine Seele haben? Es ist diese verdammte Überheblichkeit, die die Menschheit ins Verderben stürzen wird – der Glaube, dass wir so mächtig sein können wie Gott, oder sogar noch mächtiger. Du hast doch diesen Jaspers gehört. Er hat Soldaten mit Göttern verglichen.«

»Komm mir nicht schon wieder mit deiner Religion!« Papas Gesicht ist rot vor Zorn. »Was ist das denn für ein Gott, der zulässt, was mit Manuel passiert? Der unschuldige Kinder verhungern oder in Kriegen umkommen lässt? Der tatenlos zusieht, wie jeden Tag unbeschreibliche Gräueltaten begangen werden? Sollen das etwa Güte und Barmherzigkeit sein? Ob es einen Schöpfer gibt oder nicht, er wird uns nicht helfen. Wir sind auf uns allein gestellt.«

»Bloß, weil du den Sinn hinter alldem nicht verstehst, heißt das noch lange nicht, dass es keinen gibt!«, widerspricht Mama. »Was, wenn der Tod nicht das Ende ist? Was, wenn dieser Jaspers Manuel die Chance auf ein ewiges Leben raubt, indem er ihn in eine Maschine einsperrt? Seine Seele wäre auf ewig darin gefangen und du wärst schuld!«

Sie zeigt mit dem Finger auf Papa und ihre Miene drückt solche Wut und Abscheu aus, dass er erbleicht und sie nur sprachlos anstarrt. Mir läuft ein Schauer über den Rücken, als ich mir vorstelle, was wäre, wenn sie recht hätte – wenn ich mich freiwillig in ein Gefängnis begeben würde, statt ins Paradies zu kommen oder, wie es die Hindus glauben, in einem anderen Körper wiedergeboren zu werden. Aber das ist Unsinn, nichts als Wunschdenken. Es gibt keinen Gott, keine Wiedergeburt und erst recht kein Paradies.

»Schluss jetzt!«, ruft Julia. Auch ihre Augen sprühen vor Zorn.

»Statt euch hier wie die kleinen Kinder zu zanken, könntet ihr vielleicht mal auf das hören, was Manuel dazu zu sagen hat!«

Die drei sehen mich mit Schmerz und Hoffnungslosigkeit in ihren Augen an. Papa wäre sicher enttäuscht, wenn ich Mama recht geben würde. Doch er würde vermutlich darüber hinwegkommen. Immerhin ist die Chance, dass an der Sache was dran ist, ja wirklich winzig. Mama dagegen würde es das Herz brechen, wenn ich mich auf seine Seite schlagen würde. Der Bruch zwischen den beiden wäre womöglich nie wieder zu kitten. Bei all dem Leid, das ich den beiden schon zugefügt habe, will ich nicht auch noch ihre Ehe zerstören.

Trotzdem fällt es mir schwer, die Hoffnung, die gerade erst in mir aufgekeimt ist, wieder auszulöschen. Ich schlucke.

»Mama hat recht. Es wird höchstwahrscheinlich nicht funktionieren.«

Papa wirkt verletzt. Er sieht Mama an, dann senkt er den Kopf und schüttelt ihn langsam. Plötzlich wird mir klar, dass er ihr das niemals verzeihen wird. Wenn ich tot bin, wird er ihr sein Leben lang Vorwürfe machen, weil sie mir die einzige Überlebenschance genommen hat, wie gering sie auch gewesen sein mag. Egal, wie ich mich entscheide, der Konflikt zwischen den beiden wird sich nur noch vertiefen.

»Andererseits …«, beginne ich.

»Andererseits was?«, fährt mich Mama an. »Kommst du jetzt wieder damit, du hättest nichts zu verlieren? Das stimmt nicht! Du hast mehr zu verlieren, als du ahnst! Dieses irdische Leben ist nur ein Bruchteil unserer Existenz. Ich flehe dich an, wirf das, was danach auf dich wartet, nicht einfach weg!«

»Woher weißt du das eigentlich?«, fragt Papa kühl.

»Woher weiß ich was?«

»Dass dieses irdische Leben nicht alles ist. Dass es nur ein Bruchteil unserer Existenz ist, wie du sagst.«

»Ich … ich weiß es einfach!«, behauptet sie.

Eine Pause entsteht. Ich weiß nicht, wie ich sie beenden kann, ohne alles nur noch schlimmer zu machen. Doch Julia kommt mir zu Hilfe.

»Wir wissen alle nicht, was richtig ist und was nicht«, sagt sie. »Warum reden wir nicht einfach mal mit Henning Jaspers? Wer weiß, vielleicht sagt er uns ja, dass ein menschliches Gehirn zu scannen technisch noch gar nicht möglich ist. Dann brauchen wir uns hier nicht weiter herumzustreiten.«

Man kann spüren, wie der Druck aus dem Raum entweicht, als hätte jemand ein Ventil geöffnet.

»Das ist ein guter Vorschlag«, meint Papa und lächelt sogar ein bisschen. »Bevor man eine wichtige Entscheidung trifft, sollte man immer erst alle verfügbaren Informationen sammeln.«

Mamas Gesicht ist wie versteinert, doch sie widerspricht nicht. Vielleicht begreift sie, dass dieser Kompromiss der einzige Ausweg aus der Krise ist.

Wieder sehen mich alle erwartungsvoll an.

»Einverstanden«, stimme ich zu.

»Ich habe Jaspers letztes Jahr auf einer Konferenz kennengelernt«, sagt Papa. »Ich rufe gleich morgen mal in seiner Firma an und versuche, einen Termin zu machen.«

Bevor jemand widersprechen kann, verlässt er den Raum. Mama vergräbt ihr Gesicht in den Händen. Nach einer Minute des Schweigens blickt sie mich mit geröteten Augen an.

»Dieser Jaspers wird dir sagen, das sei alles kein Problem«, behauptet sie. »Ich kenne diese Typen: Sie halten sich für unbesiegbar. Sie glauben, dass sie alle Probleme mit Technik und Geld lösen können. Aber sieh dir doch nur an, was sie mit dieser Einstellung angerichtet haben: Klimawandel und Artensterben, überall auf der Welt Armut, Hunger, Kriege und Terrorismus, Massenarbeitslosigkeit, weil Maschinen den Menschen immer mehr Jobs wegnehmen, die USA und China am Rand eines Atomkriegs.«

In dem Holo hat Jaspers genau das Gegenteil gesagt – die Welt sei durch Technik immer besser geworden. Wer von beiden hat recht? Ich habe keine Ahnung.

Erleichtert, dass das unangenehme Gespräch vorbei ist, steuere ich Marvin aus dem Raum und zurück in mein Zimmer. Julia folgt mir.

»Danke«, sage ich. »Ohne dein Eingreifen hätten sich die beiden so in die Haare gekriegt, dass sie sich am Ende doch noch getrennt hätten.«

»Die Situation ist für beide sehr schwierig«, meint sie. »Ich kann Mama verstehen. Ehrlich gesagt traue ich diesem Jaspers auch nicht. Er kam mir in dem Holo ein bisschen arrogant und überheblich vor.«

»Warten wir doch einfach ab, was er uns mitzuteilen hat«, erwidere ich. »Dann können wir immer noch entscheiden, ob wir ihm trauen. Ich ... ich weiß bloß nicht, worauf ich hoffen soll: dass er erklärt, es sei technisch unmöglich, und dieser unselige Streit endlich beendet ist oder ...«

Sie nickt, dann grinst sie schief. »Ich sage das nur ungern, aber du bist ziemlich tapfer, weißt du das?«

Ich grinse zurück. »Ich sage das nur ungern, aber du auch.«

6. KAPITEL

Julia

Ein schlicht eingerichteter Konferenzraum in einem Gebäude am Hamburger Hafenrand. Wir sitzen schweigend um einen langen Tisch herum, auf dem Mineralwasserflaschen, eine Kaffeekanne und eine Schale voller Kekse unberührt stehen – Mama, Papa und ich auf eleganten Lederstühlen, Manuel natürlich auf Marvin. Eine der Wände ist mit LED-Tapete beklebt, die eine animierte Szenerie aus *Team Defense* wiedergibt: im Vordergrund eine blühende Hügellandschaft, dahinter in der Ferne die ausgebrannten Ruinen einer Stadt – als wäre dies eine düstere Vision einer Zukunft ohne Menschen. Ein Containerfrachter gleitet träge vor den bodentiefen Glasfenstern vorbei und zerstört die Illusion. Dahinter bewegen sich Kräne und Containerbrücken, als tanzten sie in Zeitlupe nach einer komplizierten Choreografie. Früher arbeiteten hier Tausende Menschen, um die Schiffe zu be- und entladen, heute geschieht fast alles automatisch, wie ich vor zwei Jahren auf einem Schulausflug gesehen habe. Auch die Lkws, die die Container abholen und in ganz Deutschland verteilen, fahren größtenteils führerlos.

Welche Jobs werden noch existieren, wenn ich mit meinem Studium fertig bin oder wenn ich so alt bin wie Papa? Unternehmensberater wie ihn wird es wohl immer geben und sei es nur,

weil die Bosse der Roboterfirmen Sündenböcke für ihre Manage-
mentfehler brauchen. Programmierer vermutlich auch, obwohl
ich mir da nicht so sicher bin, denn viele der künstlichen Intelligenzen, die überall im Einsatz sind, entwickeln sich auch ohne
menschliche Hilfe weiter. Wie auch immer, für Informatik bin
ich ohnehin nicht klug genug. Ich habe überlegt, Psychologie zu
studieren, aber auch auf diesem Gebiet gibt es mittlerweile Maschinen, die erstaunliche Therapieerfolge vorweisen können.
Was also soll ich später mal werden?

Seit die Bundesregierung das bedingungslose Grundein-
kommen beschlossen hat, muss man sich darum angeblich keine
Sorgen mehr machen. Warum nicht im Schlaraffenland leben, in
dem die Maschinen alle unangenehmen Arbeiten verrichten und
einem eine Drohne auf Bestellung eine gebratene Taube liefert?
Doch die Vorstellung, den ganzen Tag nur zu Hause zu hocken,
ohne Aufgabe, ohne Ziel, erschreckt mich. Natürlich könnte ich
Kinder bekommen und mich darauf konzentrieren, sie groß-
zuziehen, so wie Mama. Aber reicht mir das als Lebensinhalt?
Und was, wenn ich Ähnliches durchmachen müsste wie sie?
Amyotrophe Lateralsklerose ist genetisch bedingt. Will ich wirklich das Risiko eingehen, nicht nur meinen Bruder an diese abscheuliche Krankheit zu verlieren, sondern auch noch mein Kind?

Ich werde aus meinen trüben Gedanken gerissen, als die Tür aufgeht und Henning Jaspers eintritt. Er ist fast zwei Meter groß, sodass er unter dem Türrahmen unwillkürlich leicht den Kopf ein-
zieht. Er trägt Jeans, Turnschuhe und einen schlichten dunkelblauen
Pullover. Seine Augen wirken wach hinter der dünnen silbernen
Brille, die keinerlei Projektionsspiegelungen erkennen lässt.

»Bitte entschuldigen Sie, dass ich Sie habe warten lassen«, sagt er mit der angenehm kräftigen Stimme, die ich aus dem Holo kenne. »Ich hatte noch einen Call mit den Kollegen in den USA. Sie wissen ja, was da drüben zurzeit los ist.«

Papa springt auf und reicht Jaspers mit einer leicht unterwürfigen Körperhaltung die Hand. »Vielen Dank, dass Sie sich die Zeit nehmen, Herr Jaspers. Wir wissen das wirklich zu schätzen.« Der Milliardär nickt und wendet sich meinem Bruder zu. »Du musst Manuel sein. Es freut mich, dich kennenzulernen. Cooler Stuhl, den du da hast.«

»Danke«, sagt Marvin.

Jaspers guckt verdutzt, als wäre er sich nicht sicher, ob Manuel oder der Stuhl geantwortet hat.

»Er ist manchmal ein bisschen vorlaut, aber schon recht praktisch«, kommentiert mein Bruder.

»Wer ist hier vorlaut?«, fragt Marvin.

Jaspers lacht dröhnend. »So einen Stuhl brauche ich auch!«, meint er. Doch als er Mamas Blick bemerkt, wird er sofort wieder ernst. »Entschuldigen Sie, das war vielleicht unpassend. Ich wollte mich nicht über dich lustig machen, Manuel.«

»Ehrlich gesagt ist es mir lieber, wenn die Leute sich über mich lustig machen, als wenn sie gar nichts sagen, weil sie Angst haben, mich zu verletzen«, erwidert Manuel.

Jaspers nickt. »Du lässt dich nicht so leicht unterkriegen, habe ich recht? Aber Entschuldigung, ich bin unhöflich.«

Er kommt um den Tisch herum zu Mama und mir und reicht uns die Hände. Mama sagt nichts. Ich murmele irgendeine Begrüßungsfloskel, während er mir mit ernstem Blick in die Augen schaut. Sein Händedruck ist angenehm, nicht zu fest, nicht zu locker, nicht zu lang.

Er setzt sich ans Kopfende des Tisches.

»Ich muss sagen, ich finde es sehr mutig von Ihnen, dass sie hergekommen sind«, beginnt er das Gespräch. »Wenn Manuel mein Sohn wäre, ich weiß nicht, ob ich den Mumm dazu hätte. Wir Menschen neigen ja leider dazu, alles Unangenehme zu verdrängen und oft erst zu handeln, wenn es bereits zu spät ist.«

»Es fällt schwer, Manuels Situation zu verdrängen, wenn man ihn jeden Tag sieht«, sagt Mama kühl.

Jaspers ignoriert ihren vorwurfsvollen Tonfall. »Jedenfalls ist es gut, dass Sie gekommen sind, auch wenn ich Ihnen leider wenig Hoffnung machen kann.«

»Was meinen Sie damit?«, fragt Papa.

»Sie haben ja das Holo gesehen. Mit Hades, dem Kater, haben die Jungs in Belgien einen, wie ich finde, bemerkenswerten Erfolg erzielt. Aber, um die Wahrheit zu sagen, ein menschliches Gehirn ist doch etwas ganz anderes. Eine Katze hat ungefähr 250 Millionen Neuronen, die im Durchschnitt mehrere Hundert Synapsen, also Verbindungen mit anderen Neuronen, bilden. Ein Mensch besitzt etwa hundert Milliarden Neuronen und mehr als hundert Billionen Synapsen. Das menschliche Gehirn ist mindestens tausendmal so komplex wie das von Hades.«

»Heißt das, Ihre Rechen- oder Speicherkapazitäten reichen dafür nicht aus?«, fragt Papa.

»Nein, nein, daran liegt es nicht. Um hundert Billionen Synapsen mit einer Auflösung von 64 Bit abzubilden, braucht man nur ungefähr tausend Terabytes Speicherplatz. Auch die Rechenleistung ist nicht der Punkt. Mit modernen Lightwave-Parallelrechnern übertreffen wir die Leistungsfähigkeit eines menschlichen Gehirns bereits und im schlimmsten Fall würde die

Simulation einfach etwas langsamer laufen. Das Problem ist die Genauigkeit der Laserabtastung. Dabei können Fehler entstehen und die summieren sich umso mehr, je komplexer die Struktur ist, die gescannt wird. Niemand kann sagen, wie sich diese Fehler beim Scannen eines menschlichen Gehirns auswirken werden, denn das ist noch nie versucht worden.«

Während Manuel und Papa enttäuscht dreinblicken, wirkt Mama ein wenig entspannter. Mein Plan scheint aufzugehen, den Konflikt meiner Eltern zu entschärfen, indem sich die vermeintliche Chance in Luft auflöst. Doch damit wird Manuel auch die Hoffnung geraubt, die ihn in den letzten Tagen so lebendig und fröhlich gemacht hat wie schon seit Monaten nicht mehr.

Wie auch immer, es liegt nicht mehr in meiner Hand, was geschieht.

»Was könnte schlimmstenfalls passieren, wenn es beim Scannen Fehler gibt?«, fragt Manuel.

»Genau weiß das niemand, aber es gibt eine breite Palette von möglichen Auswirkungen«, sagt Jaspers. »Gedächtnisverlust, Einschränkungen der Wahrnehmung oder der Denkfähigkeit, eventuell Charakterveränderungen. Du wärst vielleicht nicht hundertprozentig du selbst.«

»Das ist alles?«, fragt Papa. »Es besteht nicht die Gefahr, dass die Simulation überhaupt nicht funktioniert?«

Jaspers schüttelt den Kopf. »Nein. Das menschliche Gehirn ist sehr komplex, aber es hat auch in hohem Maße redundante und sehr flexible Strukturen. Menschen, die bei Unfällen oder Operationen einen Teil ihres Gehirns verlieren, können die dadurch verlorenen Fähigkeiten oft wiedererlangen, indem einfach andere

Teile des Gehirns die Aufgaben übernehmen. Und notfalls können wir Fehler auch reparieren – in gewissen Grenzen jedenfalls.« Mamas Miene ist bei seinen Worten zunehmend finsterer geworden. »Sie reden, als wäre das Gehirn bloß eine Maschine!«, sagt sie mit bebender Stimme. »Als müsste man nur hier und da ein paar Regler justieren und schon läuft alles. Aber Manuel ist keine Maschine, er ist ein Mensch! Man kann ihn nicht einfach reparieren wie ein altes Auto!«

»Ich verstehe Ihre Sichtweise«, sagt Jaspers ernst. »Aber ich teile sie nicht. Ich bin Materialist. Für mich ist der Mensch tatsächlich eine sehr komplizierte Maschine, geschaffen von der Evolution. Alles, was im Gehirn passiert, gehorcht den Naturgesetzen. Wir verstehen diese Prozesse mittlerweile gut genug, um sie im Computer zu simulieren. Natürlich ist eine Simulation nicht dasselbe wie das Objekt, das man simuliert. Aber das, was uns ausmacht – unsere Persönlichkeit, unsere Gedanken und Erinnerungen, Hoffnungen und Wünsche –, sind nichts anderes als Informationen. Sie sind in der Hardware unseres Gehirns gespeichert, aber Information ist grundsätzlich unabhängig davon, wie und wo sie verarbeitet wird. Dadurch, dass man sie in ein anderes Speichermedium überträgt, verändert sich der Inhalt nicht. Ein exakt simuliertes Gehirn denkt und fühlt dasselbe wie sein echtes Vorbild.«

»Sie klingen wie ein Gebrauchtwagenverkäufer!«, zischt Mama.

Papa sieht sie erschrocken an, doch Jaspers scheint die Beleidigung kaltzulassen.

»Glauben Sie mir, ich verstehe vollkommen, dass dies ein sehr schwieriges Thema für Sie ist«, sagt er. »Wir alle haben unsere individuelle Sicht auf die Welt. Ich kann Ihnen nicht beweisen, dass meine Meinung richtig ist und es keinen Gott gibt, ebenso wenig, wie ich Ihnen beweisen kann, dass nicht irgendwo zwischen Erde und Mars eine Porzellanteekanne die Sonne umkreist, wie es der Philosoph Bertrand Russell einmal formuliert hat. Oder etwa ein fliegendes Spaghettimonster.«

»Denken Sie etwa, Ihre Argumente werden glaubhafter, indem Sie sich über Religion lustig machen?«, fragt Mama. »Sie wissen nichts! Sie werden noch an Ihrer Überheblichkeit zugrunde gehen!«

»Maria, bitte!«, schaltet sich Papa ein.

»Meiner Ansicht nach ist an Religion gar nichts lustig«, entgegnet Jaspers ruhig. »Sie hat den Menschen nur geschadet, indem sie den Blick auf die Wirklichkeit verbaut, Mord und Totschlag gerechtfertigt und Wissenschaft und Meinungsfreiheit unterdrückt hat. Sie ist stets als Machtinstrument missbraucht worden. Gottes Wille war schon immer irgendwie genau das, was der jeweilige Herrscher gerade wollte. Etliche Millionen Menschen wurden aus religiösen Gründen umgebracht, eingesperrt, gefoltert. Und noch nie hat jemand auch nur den kleinsten Beweis für irgendeine Art von göttlichem Eingriff oder Wunder geliefert, der einer objektiven, kritischen Betrachtung standgehalten hätte. Dagegen beweist uns die moderne Technik jeden Tag, dass das, was die Wissenschaft über die Natur herausgefunden hat, richtig ist – sonst würden weder Ihre Holobrille noch Manuels Stuhl funktionieren. Aber ich kritisiere Sie nicht für Ihren Glauben. Letztlich kommt es nicht darauf an, woran man glaubt, sondern was man tut.«

»Da haben Sie verdammt recht!«, ruft Mama und ihre Augen sprühen Funken. »Ich werde nicht zulassen, dass Sie meinen Sohn umbringen, ganz egal aus welchen Gründen!«

Nun verliert auch Jaspers seine Gelassenheit. »Ich habe nicht vor, Ihrem Sohn irgendetwas anzutun«, sagt er kühl. »*Sie* sind es, die zu *mir* gekommen sind, nicht umgekehrt. Ich lasse mich hier nicht von Ihnen so zurechtweisen.«

»Bitte entschuldigen Sie meine Frau«, sagt Papa. »Sie ... sie ist ... Manuels Zustand ist für sie eine sehr große Belastung und ...«

»Schon gut.« Jaspers macht eine beschwichtigende Geste mit der Hand. »Ich verstehe das vollkommen. Und ich sagte ja schon, dass ich Ihnen keine großen Hoffnungen machen kann, was Ihren Sohn betrifft, so leid mir das tut.«

»Nehmen wir an, ich wäre bereit, das Risiko einzugehen«, schaltet sich Manuel ein. »Wie lange würde es dauern, bis Sie technisch so weit wären, mein Gehirn zu scannen?«

Wir alle starren ihn erschrocken an.

»Du ... du meinst, ob du ... noch genug Zeit hast?«, fragt Jaspers. »Wie ... wie lange hast du denn ...?«

»Ein halbes Jahr noch, haben die Ärzte gesagt. Wenn es gut läuft.«

»Das könnte vielleicht klappen«, sagt Jaspers. »Wenn du wirklich dazu bereit bist, das Risiko einzugehen ...«

Mama springt von ihrem Stuhl auf. »Es reicht jetzt!«, ruft sie empört. »Ich höre mir das nicht länger an!«

Sie stürmt aus dem Raum. Ich sehe Papa an, warte darauf, dass er ebenfalls aufspringt, doch er macht keine Anstalten, ihr nachzulaufen. Stattdessen versucht er stotternd, ihr Verhalten gegenüber Jaspers zu entschuldigen.

Mir wird klar, dass ich es gründlich vermasselt habe. Das Gespräch mit Jaspers war eine dumme Idee. Statt die Situation zu entschärfen, hat es alles nur noch verschlimmert. Ich sehe die Hoffnung in Papas und Manuels Augen, mit denen sie den Milliardär ehrfürchtig anstarren, als wäre er der Erlöser. Sie scheinen gar nicht zu begreifen, dass in diesem Moment unsere Familie auseinanderbricht. Sie glauben wahrscheinlich, dass sich Mama schon wieder beruhigen wird. Aber ich weiß es besser.

»Entschuldigen Sie mich bitte«, sage ich und verlasse den Raum.

Mama steht draußen vor dem modernen Glasbau und raucht eine Zigarette. Das hat sie seit Jahren nicht getan oder wenn doch, dann habe ich es nicht mitbekommen. Woher sie das Päckchen auf einmal hat, ist mir schleierhaft.

»Was ist?«, fragt sie. »Hat Papa dich geschickt, um aufzupassen, dass ich nicht in die Elbe springe?«

Ihre Worte sind wie eine Ohrfeige für mich, doch ich zucke nicht zusammen. Ich kann ihren Schmerz nur allzu gut verstehen. Wortlos nehme ich sie in den Arm.

Sie wirft die Zigarette achtlos zu Boden und weint hemmungslos an meiner Schulter.

»Es ... es tut mir so leid«, schluchzt sie nach einer Weile. »Du ... bist so viel stärker als ich. Ich weiß, du hast es nur gut gemeint ...«

»Schon okay«, erwidere ich. »War eine blöde Idee.«

Hand in Hand gehen wir an der Uferpromenade entlang. Der Wind trocknet unsere Tränen.

»Meinst du ... ich bin egoistisch?«, fragt Mama.

»Egoistisch? Wie kommst du denn darauf?«

»Weil ich meine Hoffnung über seine stelle.«

»Du meinst Papa?«

»Nein, ich meine Manuel. Hast du das Leuchten in seinen Augen gesehen? Er glaubt, dass es tatsächlich funktionieren könnte. Er war schon immer begeistert von Technik, genau wie euer Vater. Dieser Jaspers muss für ihn wie ein Heilsbringer erscheinen. Wie ein Guru.«

»Du traust ihm nicht«, stelle ich fest.

»Du etwa?«

»Ich weiß nicht. Er kam mir ganz vernünftig vor. Ich hatte nicht den Eindruck, dass er uns etwas verkaufen wollte.«

»Da täuschst du dich. Er ist bloß zu clever, um es auf die plumpe Art zu tun. Statt sein Produkt anzupreisen, was uns alle sofort misstrauisch gemacht hätte, redet er es erst mal klein. ›Ich fürchte, ich kann Ihnen keine Hoffnungen machen‹, bla, bla, bla. Und auf Manuels Frage, was denn schiefgehen könnte, kommt er mit Kleinigkeiten und weckt damit erst recht seine Hoffnungen. So wie ein Gebrauchtwagenverkäufer, der seinen Kunden extra auf den Kratzer im Lack hinweist, dabei aber verschweigt, dass es sich um einen Unfallwagen handelt.«

»Du glaubst, er lügt?«

»Ich weiß nicht, ob man es eine Lüge nennen kann. Vielleicht glaubt er selbst daran, dass es möglich ist. Ich bin nicht sicher. Das Schlimme ist nur, dass ich …«

Sie vollendet den Satz nicht. Ich lasse ihr Zeit.

»… ich … ich weiß auch nicht«, sagt sie schließlich.

Überrascht drehe ich mich zu ihr um. »Du denkst, dass es möglich sein könnte? Dass Manuel vielleicht tatsächlich eine Chance hat?«

Sie schüttelt den Kopf. »Das meinte ich nicht. Ich weiß einfach nicht, was richtig ist. Ob wir ihm nicht die Hoffnung lassen sollten.

Es ist eine falsche Hoffnung, aber sie könnte ihm die letzten Monate seines Lebens erleichtern. Ich habe nur solche Angst davor, dass dieser Jaspers seine Seele zerstört. Wenn ich Manuel doch bloß klarmachen könnte, dass der Tod nicht das Ende ist! Dass so viel mehr auf dem Spiel steht als unsere irdische Existenz!«

»Glaubst du denn wirklich, dass Jaspers das könnte? Eine Seele zerstören?«

»Ich ... ich weiß nicht ...« Auf einmal glimmt auch in ihren Augen ein Hoffnungsfunke. »Wenn du mich so fragst ... Nein. Nein, ich glaube, das kann er nicht.«

Sie schweigt einen Moment, scheint darüber nachzudenken. »Die Seele ist ein Teil von Gott«, sagt sie schließlich. »Sie ist unzerstörbar.« Tränen glänzen in ihren Augen, doch ihr Mund verzieht sich zu einem schiefen Lächeln. »Du hast vollkommen recht, Julia. Ich bin ja so dumm! Da predige ich Gottvertrauen und mein eigener Glaube reicht nicht einmal weit genug, um zu erkennen, dass niemand außer Gott Macht über Manuels Seele hat.«

Wir umarmen uns lange.

»Danke«, schluchzt sie. »Danke, Julia. Du hast mir die Augen geöffnet.«

»Das heißt, du hast keine Einwände mehr dagegen, dass sie es versuchen?«

»Ich halte es immer noch für einen Fehler. Ich fürchte, dieser Jaspers wird Manuel großes Leid zufügen, wenn wir es zulassen. Aber egal, was geschieht, seine Seele zerstören, das kann er nicht.«

7. KAPITEL

Manuel

Ich sehe Julia nach, wie sie aus dem Konferenzraum eilt, und fühle mich, als hätte ich gerade einen schrecklichen Fehler begangen. Was mache ich eigentlich hier? Henning Jaspers ist offensichtlich von seiner Technologie überzeugt. Aber ich? Glaube ich wirklich daran, dass er meinen Geist aus dem Körper holen und mir ewiges Leben schenken kann? Will ich das überhaupt? Ich muss an die Katze denken, die in dem würfelförmigen Raum eingesperrt war. Was wäre das für ein Leben, für immer in so einer virtuellen Realität gefangen zu sein? Wie dem auch sei, auf keinen Fall möchte ich, dass die Ehe meiner Eltern deshalb in die Brüche geht.

»Ich glaube, wir sollten das Gespräch abbrechen«, sage ich. »Es tut mir leid, wenn wir Ihre Zeit verschwendet haben, Herr Jaspers.«

»Nein!«, ruft Papa. »Mama wird sich schon wieder beruhigen. Ich rede mit ihr. Es ist nicht einfach für sie, aber … ich könnte es nicht ertragen, wenn du deine einzige Überlebenschance fortwirfst, bloß wegen ihrer … ihrer verdammten Religion!«

Nun habe ich das Gefühl, Mama verteidigen zu müssen. »Vielleicht hat sie ja recht. Vielleicht gibt es wirklich Schlimmeres als den Tod.«

»Die Zeugen Jehovas lehnen aus religiösen Gründen Bluttransfusionen ab«, schaltet sich Jaspers ein. »Und das bloß wegen einiger Passagen in einer zweitausend Jahre alten, in sich widersprüchlichen Textsammlung, in denen vor Verzehr von rohem Fleisch gewarnt wird, was damals übrigens aufgrund der hygienischen Bedingungen und mangelnder Kühlmöglichkeiten ein kluger Rat war. Ich akzeptiere es, wenn jemand religiös ist, und wer für sich selbst eine Bluttransfusion ablehnt, aus welchen Gründen auch immer, muss eben die Konsequenzen tragen. Aber meiner Ansicht nach ist es unverantwortlich, anderen – insbesondere Kindern – den Zugang zu moderner Medizintechnik zu verwehren, gerade, wenn dadurch ein Leben gerettet werden kann.«

Papa nickt eifrig, doch mich stört es, dass Jaspers meine Mutter so kritisiert.

»Ist das denn wirklich ein Leben?«, frage ich. »Für immer eingesperrt zu sein in einer Maschine?«

»Eingesperrt?« Jaspers sieht mich an und lächelt, als hätte er nur auf diesen Einwand gewartet. »Ich möchte dir gern etwas zeigen, Manuel. Es ist eine ganz neue Entwicklung, noch im Prototypstadium. Du musst mir nur versprechen, dass du niemandem davon erzählst. Komm mit!«

Überrascht folge ich ihm mit Papa aus dem Raum, den Flur entlang bis zu einem Fahrstuhl. Im dritten Stock steigen wir aus und durchqueren ein Großraumbüro. Dort arbeiten etliche junge Menschen an Schreibtischen, die mit halbhohen Schallschutzwänden abgetrennt sind. Sicher sind dies die Programmierer und Designer, die an neuen Szenarien für *Team Defense* arbeiten – die Schöpfer der Welt, in der ich so viel Zeit verbringe.

Es ist ein aufregendes Gefühl, hier zu sein – als würde man ein Heiligtum betreten. Wenn ich Mike, John und Elli davon erzählte, würden sie große Augen machen. Allerdings ziehe auch ich hier erstaunte Blicke auf mich.

Auf der anderen Seite gelangen wir in einen großen, fensterlosen Raum, in dem es wie in einer Hightech-Werkstatt aussieht: grelles Neonlicht, weiß gekachelter Boden und Wände, Schränke voller blinkender Lichter, Tische mit Computermonitoren, Platinen, Kabeln und Messinstrumenten, eine Werkbank, etwas, das wie ein großer Kühlschrank erscheint, und dazwischen, in der Mitte des Raums, eine gut zwei Meter lange und einen Meter breite schwarze Kiste. Dicke Kabelbündel verbinden sie mit den Schränken an der Wand.

Mehrere junge Leute drehen sich überrascht zu uns um.

»Oh, hallo, Henning«, grüßt ein bärtiger Mann mit einer großen Holobrille. Er lächelt mir zu. »Ist das der Gast, den du uns angekündigt hast?«

Ist das etwa …? Ja, er ist es: Marten Raffay, der Co-Gründer und Entwicklungschef von *Dark Star*. Der Gott meiner Spielwelt.

Jaspers nickt. »Das ist Manuel.«

»Ich bin Marten«, stellt er sich vor und ergreift meine zuckende Hand. »Freut mich, dich kennenzulernen, Manuel.«

»Ich bin Marvin«, sagt mein Stuhl. »Freut mich, dich kennenzulernen, Marten.«

Die Leute im Raum lachen, als er seine Roboterhand ausstreckt und Marten sie verblüfft schüttelt.

»Hey, der ist ja cool!«, ruft ein Mann mit langen, roten Haaren, die er zu einem Pferdeschwanz gebunden hat.

»So einen will ich auch!«, verkündet ein korpulenter Typ in einem grünen T-Shirt. »Joggen ist bestimmt viel weniger anstrengend, wenn man in so einem …« Er verstummt und errötet, als er Henning Jaspers' Blick bemerkt.

»Das da ist es, was ich dir zeigen wollte, Manuel«, sagt der Milliardär und deutet auf die Kiste. Er wendet sich an Marten. »Ist da gerade jemand drin?«

»Lukas testet die neue Mechsimulation«, erwidert der Entwicklungschef und zeigt auf einen Monitor, auf dem eine Szenerie aus *Team Defense* zu sehen ist. Er macht eine Geste in der Luft. »Hey, Luke, mach mal Pause.«

Das Gesicht eines jungen Mannes erscheint auf dem Monitor. Ich erkenne einen Teil der Steuerkapsel eines Mechs hinter ihm. Etwas enttäuscht stelle ich fest, dass sie sich nicht von denen der Mechs unterscheidet, die ich aus dem Spiel gewohnt bin.

»Was ist denn los?«, fragt der Spieler. »Ich bin mitten im Test.«

»Wir haben Besuch.«

»Oh, okay. Augenblick, ich komme raus.«

Das Gesicht auf dem Monitor verschwindet, ein rotes Licht an der Kiste beginnt zu blinken und wird dann grün. Der Deckel klappt langsam auf und jetzt sehe ich, dass das Innere der Kiste mit beigefarbenem Schaumstoff ausgepolstert ist. Ein junger Mann liegt darin. *Wie in einem Sarg*, schießt es mir durch den Kopf. Er trägt einen hautengen Anzug und einen klobigen Helm, an dem etliche Kabel befestigt sind. Langsam richtet er sich auf, setzt den Helm ab und schaut sich um, als wüsste er nicht genau, wo er ist. Ich erkenne das Gesicht wieder, das gerade auf dem Monitor war.

Der Mann klettert mit ungelenken Bewegungen aus der Kiste.

Als er mich bemerkt, sagt er:»Oh, was ...« und dann, nach einer kurzen Pause:»Für einen Moment dachte ich, das ist ... du bist ... Entschuldigung.« Er läuft rot an.

»Schon gut«, beruhige ich ihn.»Ich bin es gewohnt, dass mein Anblick die Leute verwirrt.«

»Das ist es nicht«, sagt der Mann.»Aber wenn du eine Weile in einem Simpod warst, dann ... dann ist es im ersten Moment nicht so einfach, zwischen Realität und Illusion zu unterscheiden. Ich bin übrigens Lukas. Alle hier nennen mich Luke.«

»Ich bin Manuel. Ist das da ein Simpod?«

»Ja, genau. Die Idee ist, dass in der Kapsel alle Störungen von außen abgeschirmt werden und du so noch tiefer in die virtuelle Realität eintauchen kannst. Außerdem gibt es eine Menge Sensorik und Effekte, damit es noch realer wirkt. Und die Steuerung ... Das kann man nicht wirklich beschreiben.«

»Aha«, sage ich, obwohl ich nicht weiß, was er damit meint.

»Möchtest du es mal ausprobieren?«, fragt Marten.

Ich blicke ihn überrascht an.»Ich ... ich weiß nicht, ob das ... ob ich ...«

»Ich bin sicher, es wird dir gefallen. Da drüben ist eine Kabine, da kann dein Vater dir vielleicht helfen, den Somatronik-Anzug anzulegen.«

Er drückt Papa ein Stoffbündel in die Hand.

Henning Jaspers lächelt mir aufmunternd zu.»Nur keine Angst, es ist völlig ungefährlich.«

Es dauert eine ganze Weile, bis Papa es mit Marvins Hilfe schafft, mir meinen Overall auszuziehen und den engen Anzug überzustreifen. Er ist durchsetzt mit kleinen Knoten. Schließlich hieven mich zwei der jungen Mitarbeiter in die Kiste und setzen

mir den Helm auf. Der Deckel klappt über mir zu und ein Anflug von Panik überkommt mich, als es finster wird. Doch dann
stockt mir der Atem, als das Display aktiviert wird und ich mich
plötzlich in den Ruinen einer Stadt befinde.

Mein Vater hat mir erst vor drei Monaten ein neues Holodisplay gekauft, das beste, das es zurzeit im Handel gibt –
16-K-Stereodisplay, Ultra-High-Resolution-Motion-Sensorik, die
das Bild perfekt an die Kopfbewegungen anpasst, und natürlich
ein High-End-Grafikprozessor. Doch verglichen mit dem, was
ich jetzt sehe, kommt mir meine Holobrille vor wie eine Kinder-
zeichnung neben einem Gemälde von Rembrandt. Ich habe das
Gefühl, wirklich hier zu sein, auf dem aufgeplatzten Asphalt einer Straße zu stehen, über die schon etliche Mechs gestampft
sind, versetzt in eine düstere, aber aufregende Zukunft. Fast
kann ich den Wind, der durch die Ruinen fegt, in meinen Haaren
spüren.

Eine Zeit lang stehe ich einfach nur da und glotze, versuche,
möglichst viele von diesen Eindrücken aufzusaugen, sie mit-
zunehmen, sie in meinem Gedächtnis festzuhalten, damit ich
meinen Teamkollegen später davon erzählen kann. Dann fällt
mir allerdings wieder ein, dass ich das gar nicht darf. Egal, dann
eben nur für mich selbst. Ich werde jeden Abend beim Einschlafen die Augen schließen und versuchen, mich hieran zu erinnern.

Schade nur, dass ich mich in dieser Sim nicht bewegen kann.
Da ich meine Arme nicht kontrollieren kann, steuere ich meinen
Avatar zu Hause mit einer speziellen Kamera, die leichte Bewegungen meiner Gesichtsmuskeln in Befehle umsetzt. Es hat
etwas Übung gebraucht, aber inzwischen bin ich darin ziemlich

gut. Doch natürlich verfügt dieses Ding – dieser Simpod – nicht über eine solche Gesichtsmuskelerkennung.

Ich blicke mich um, sehe den Eingang eines Gebäudes, stelle mir vor, wie es wäre, darauf zuzugehen. Und setze mich in Bewegung. Erschrocken ziehe ich die Luft ein, schaue an mir herab. Mein virtueller Körper sieht genauso realistisch aus wie die Umgebung. Ich trage einen Standard-M3-Kampfanzug mit einem Exoskelett, einen raketengetriebenen Lifter auf dem Rücken und diverse Waffen. Meine Füße in den gefederten Kampfstiefeln stehen fest auf dem Boden.

Habe ich mich gerade wirklich bewegt?

Erneut blicke ich den Eingang an, wünsche mir fest, darauf zuzugehen, und mein Wunsch erfüllt sich zu meiner Überraschung wie von selbst.

Ich kann gehen!

Es ist unfassbar. Überwältigend. Tränen schießen mir in die Augen und verschleiern meine Sicht, während ich immer schneller die Straße entlangrenne, springe, mit den Armen in der Luft flattere wie ein Huhn.

Ich kann mich bewegen! Ich habe wieder einen funktionierenden Körper!

Als ich anhalte, atme ich schwer, als hätte ich mich gerade körperlich verausgabt. Ein Gefühl der Unwirklichkeit befällt mich. Wie ist das möglich? Träume ich vielleicht bloß? Wache ich gleich in meinem Bett auf und der Besuch bei Henning Jaspers steht erst noch bevor?

»Manuel?«, erklingt die Stimme von Marten Raffay in meinen Ohren. »Wie gefällt es dir?«

»Es … es ist unglaublich!«, rufe ich und schluchze vor Freude.

»Ich kann mich bewegen! Wie ist … das möglich?«

»Achtung, hinter dir!«, sagt er.

Im ersten Moment bin ich so überrascht von dieser Antwort, dass ich nicht reagiere. Dann trifft mich ein Schlag, ich werde plötzlich durch die Luft geschleudert und lande hart auf dem Asphalt. Ich kann die Wucht des Treffers spüren, den Druck in meinem Rücken, wo das Geschoss die Rüstung eingebeult hat, sogar ein leichtes Hitzegefühl breitet sich aus, die Andeutung von Schmerz.

Ich rappele mich auf, drehe mich um – ich muss nur daran denken und es geschieht – und greife in der Drehung nach meinem Lasergewehr, das in der Halterung an meiner Seite steckt. Der Angreifer, der mir in den Rücken geschossen hat, geht in einem Hauseingang in Deckung und legt seine Waffen an. Ohne zu überlegen, feuere ich ab und erledige ihn mit einem Treffer in die Brust.

Doch er war nur der Vorbote eines Kommandotrupps, der in diesem Moment aus dem Gebäude stürmt. Ich zähle vier Gegner, einer davon in schwerer Panzerung mit einer schnellfeuernden Minigun, mit der er mich augenblicklich unter Beschuss nimmt. Eine deutliche Übermacht, aber solche Situationen gehören in *Team Defense* zum Alltag. Mit meiner Gesichtsmuskelkamera hätte ich die Lage wahrscheinlich gerade so in den Griff bekommen, doch in diesem Simpod ist es ein Kinderspiel. Mit einem Druck auf den Knopf an meiner Brust aktiviere ich den Sprungmodus des Exoskeletts und mache einen 20-Meter-Satz auf das Dach eines Gebäudes. Noch im Flug werfe ich eine Granate zwischen die Angreifer und mache damit zwei von ihnen kampfunfähig. Den dritten erledige ich mit einem gezielten Schuss des Lasergewehrs vom Dach aus.

Nun ist nur noch der Gepanzerte übrig. Er nimmt die Dachkante mit seiner Minigun unter Dauerfeuer und zwingt mich in Deckung. Ich checke mein Inventar und finde, was ich gesucht habe: einen Tausendpfünder – eine Rakete mit der Sprengkraft von einer halben Tonne TNT. Ich lege sie in den Werfer und ziele auf die gegenüberliegende Hauswand. Die Wucht der Explosion lässt die Wand einstürzen und begräbt den Typ mit der Minigun unter den Trümmern.

Eine Melodie erklingt und der Schriftzug »Mission completed« erscheint vor meinen Augen. Dann wird es dunkel.

Als sich der Deckel des Simpods langsam öffnet, höre ich Applaus. Jemand nimmt mir den Helm ab, starke Hände hieven mich aus der Kiste. Zwei Dutzend Leute stehen um mich herum, klatschen und rufen Bravo.

»Das war wirklich eindrucksvoll«, staunt Henning Jaspers.

Ich brauche einen Moment, um zu kapieren, dass er und seine Mitarbeiter mir zu dem Kill gratulieren.

»Es … es war unglaublich«, sage ich mit vor Aufregung immer noch zitternder Stimme, als ich wieder auf Marvin sitze. »Ich … ich konnte wieder laufen! Wie ist das möglich?«

Henning Jaspers scheint vor Stolz zu glühen.

»Es ist eine neue Technologie«, erklärt Marten Raffay. »Wir messen mit speziell entwickelten 3-D-Magnetfeldsensoren die Impulse, die das Gehirn an die Muskulatur schickt, und setzen sie in Steuerbefehle um. Ursprünglich wurde die Technologie fürs Militär entwickelt, um Exoskelette zu kontrollieren. Sie ist natürlich noch nicht ausgereift und wir haben das Problem, dass die Menschen im Simpod unwillkürlich ihre echten Gliedmaßen bewegen. Wir arbeiten daran, den Bewegungsapparat mit einem speziellen Betäubungsmittel vorübergehend zu lähmen. Aber bei dir ...«

»Ich verstehe. Also ist es in diesem Fall ein Vorteil, dass ich mich nicht bewegen kann.«

»Wenn du so willst. Jedenfalls hat noch niemand diese Kampf- szene so schnell und elegant gelöst wie du.«

»Ich habe es in meinem besten Versuch gerade mal geschafft, zwei Gegner auszuschalten, bevor ich selbst dran glauben musste«, fügt Luke hinzu. »Du scheinst ein echtes Naturtalent zu sein. Mit diesem Simpod könntest du dich locker an die Spitze der Liga kämpfen.«

Mir stockt der Atem. »Soll das ... soll das etwa heißen, ich ... ich darf das noch einmal versuchen?«

»Sooft du willst«, sagt Henning Jaspers. Er wirft einen Blick zu Papa. »Natürlich nur, wenn deine Eltern nichts dagegen haben.«

8. KAPITEL

Julia

Mama und ich nehmen uns ein Taxi. Sie besteht darauf, eines mit einem menschlichen Fahrer zu bestellen, auch wenn wir darauf 20 Minuten warten müssen.

Zwei Stunden später treffen auch Papa und Manuel zu Hause ein. Mein Bruder wirkt wie ausgewechselt und strahlt über das ganze Gesicht. Jaspers hat es offensichtlich geschafft, ihn zu begeistern. Doch mir tut Mama leid. Ich weiß, dass sie es nicht übers Herz bringen wird, ihm die Hoffnung zu rauben. Sie wird im Stillen leiden.

»Ich rede mit Mama«, sagt Papa anstelle einer Begrüßung zu mir.

Auch er wirkt gelöst, geradezu aufgekratzt. Er scheint überzeugt zu sein, dass er den Bruch zwischen ihnen kitten kann. Ich bin da skeptisch. Was immer Jaspers ihm für Argumente geliefert hat, sie werden Mama kaum überzeugen.

Während die beiden reden, folge ich meinem Bruder in sein Zimmer.

»Es war unglaublich, Julia«, sprudelt es aus Manuel heraus. »Unfassbar, was die da für Technologie entwickelt haben. Das musst du unbedingt auch mal ausprobieren. Eigentlich darf ich nicht darüber sprechen, aber ... Versprich mir, dass du es niemandem erzählst, okay? Besonders nicht Stephanie, dieser Tratschtante.«

Stephanie ist eine Freundin von mir. Manuel mochte sie nie besonders, vielleicht, weil sie ihn oft geärgert hat, als er noch gesund war. Und er hat recht, manchmal ist sie eine echte Tratschtante. Andererseits ist sie die Einzige, mit der ich offen über die Situation von Manuel sprechen kann, ohne von ihr falsches Mitgefühl oder leere tröstende Worte zu bekommen. Sie hört einfach nur zu und das ist manchmal das, was man am dringendsten braucht.

»Was soll ich denn nicht erzählen?«, frage ich irritiert. »Jaspers hat doch in dem Holo schon erklärt, was *Nofinity* macht.«

»Das meine ich nicht. Die haben bei *Dark Star* etwas entwickelt, das sie einen Simpod nennen. Ich … ich konnte wieder laufen, Julia! Ich konnte meine Arme und Beine bewegen, als hätte ich nie ALS gehabt! In weniger als einer Minute habe ich fünf Gegner gekillt, einen davon mit einer Level-8-Panzerung und einer Minigun!«

Mit glühender Begeisterung erzählt er mir, was er in Jaspers' Entwicklungslabor erlebt hat. Ich freue mich für ihn, doch in meinem Magen formt sich ein Eisklumpen. Manuel bestätigt meine Sorgen, als er sagt: »Das Beste daran ist, dass ich wieder dorthin darf, gleich morgen! Jaspers hat mir versprochen, er stellt mich als Tester ein. Ich bekomme sogar ein Gehalt! Dafür, dass ich das beste Holoset der Welt benutzen darf, gibt er mir auch noch Geld! Kannst du dir das vorstellen? Endlich, endlich habe ich mal ein bisschen Glück, Julia!«

Mir kommen die Tränen, als ich daran denke, dass er dieses Geld nie wird ausgeben können. Ich umarme ihn schluchzend und hoffe inständig, dass er glaubt, ich weine vor Freude. Doch ich habe das Gefühl, ihn zu verabschieden. Er wird die letzten Monate seines Lebens in dieser Kiste verbringen, so als wäre er schon tot. Jaspers nimmt ihn mir weg – mir und Mama. Natürlich kann ich es Manuel nicht verübeln. Ich an seiner Stelle würde genauso handeln. Aber es schmerzt trotzdem. Ich war immer diejenige, die für ihn da war, die ihm geholfen hat, die Last zu tragen, die für einen einzelnen Menschen viel zu schwer ist. Jetzt jedoch braucht er meine Hilfe nicht mehr.

»Du kommst natürlich mit«, sagt er.

»Was?«

»Ich habe das mit Jaspers und Marten Raffay besprochen. Ich habe gesagt, ich mache es nur, wenn du mich begleitest. Sie haben nur den einen Simpod-Prototyp, aber du kannst eines ihrer Full-Immersion-Gears benutzen, komplett mit Exoskelett, sodass du dich frei im Raum bewegen kannst. Allein das Display ist schon der Hammer, tausendmal besser als alles, was du je gesehen hast!«

Ich drücke ihn erneut. Dass er mich dabeihaben will, rührt mich. Doch was wird Mama dazu sagen? Sie wird sich vorkommen wie vom Rest der Familie isoliert.

»Ich gehe noch zur Schule, schon vergessen?«, erinnere ich ihn.

»Dann machen wir es eben nach der Schule. Bitte, Julia! Du musst mitkommen! Es sind ja nur noch ein paar Monate, bis …«

Nun weint auch er. Heulend liegen wir einander in den Armen und nach einiger Zeit kann ich wirklich nicht mehr sagen, welcher Teil meiner Tränen Freude ist, welcher Schmerz und welcher Angst.

Mama wirkt gefasst, als wir später beim Abendbrot zusammensitzen.

»Ich habe mit Papa gesprochen«, sagt sie. »Er hat mir erzählt, dass es dein Wunsch ist, mit … mit Henning Jaspers zusammenzuarbeiten. Ihm bei der Entwicklung einer neuen Technologie zu helfen, mit der Gelähmte wieder gehen können. Natürlich möchte ich dem nicht im Wege stehen.«

Ich werfe Papa einen kritischen Blick zu. Was ist denn das für eine Story mit den Gelähmten? Will er Mama für dumm verkaufen? Doch dann wird mir klar, dass es keine Lüge ist: Dieselbe Technik, mit der Manuels Gehirn einen virtuellen Körper steuert, kann auch benutzt werden, um einen Roboter oder ein Exoskelett zu kontrollieren – eine verbesserte Version von Marvin, mit richtigen Armen und Beinen. Wahrscheinlich wird die Zeit nicht mehr reichen, um so etwas für Manuel zu bauen, doch andere Menschen mit ALS oder Querschnittsgelähmte könnten tatsächlich von Jaspers' Arbeit profitieren. Vielleicht hat Mama ja doch unrecht und er ist kein eigennütziger Verkäufer, sondern ein echter Wohltäter. So wie Bill Gates, der versucht, seinen Reichtum einzusetzen, um die Welt zu verbessern.

Am folgenden Nachmittag bringt uns Papa wieder zu dem modernen Gebäude am Hafenrand. Manuel wird von Jaspers' Mitarbeitern begrüßt, als arbeitete er schon seit Jahren hier. Jaspers selbst und sein Partner Marten Raffay sind nicht da, doch wir werden von einer Frau willkommen geheißen, die sich als Anne, die Leiterin der Abteilung Immersionstechnologie, vorstellt. Sie führt mich in einen fensterlosen Raum, in dem sich ein großes Metallgestell befindet, das grob einem übergroßen humanoiden

Roboter ähnelt, der innen Platz für einen Menschen bietet. Sie hilft mir, in die seltsame Apparatur zu steigen. Meine Arme und Beine werden in das Exoskelett geschnallt und ein Helm mit einem großen Holodisplay stülpt sich über meinen Kopf. Anne löscht das Licht im Raum, sodass kein störendes Außenlicht durch die Spalten des Helms dringt, und aktiviert das Display.

»Wow!«, sage ich, als ich mich unvermittelt in einer erstaunlich realistischen Holodarstellung einer verfallenen Stadt wiederfinde.

Vorsichtig mache ich ein paar Schritte. Es fühlt sich ein bisschen ungewohnt an, doch mein Avatar folgt den Bewegungen meiner Beine. Ich kann umhergehen, sogar auf und ab hüpfen, ohne Gefahr zu laufen, in der realen Welt irgendwo anzustoßen. Wenn ich auf ein Hindernis treffe oder etwas berühre, bremst oder blockiert das Exoskelett meine Bewegungen, sodass es scheint, als wäre die Welt massiv.

»Hey, Julia!«, höre ich Manuels Stimme.

Als ich mich umdrehe, sehe ich ein paar Meter hinter mir einen schwer bewaffneten Mann. Es ist ein Indiz dafür, wie realistisch die Simulation ist, dass ich die Figur zuerst gar nicht mit Manuel in Verbindung bringe. Erst als der Mann eine Pistole hebt und mit Manuels Stimme ruft: »Jetzt bist du dran, Eindringling!«, kapiere ich es.

Er schießt auf mich. Ich mache einen Hechtsprung und frage mich gleichzeitig, wie meine Bewegung in dem Gestell wohl von außen aussieht. Dadurch bin ich eine Sekunde lang unkonzentriert, verschätze mich und krache gegen eine Hauswand. Ich spüre einen Ruck und es dauert einen Augenblick, bis ich mich aufrappeln und meine Waffe ziehen kann. In dieser Zeit hat mir

Manuel bereits zwei weitere Treffer verpasst und mir zwei Drittel meiner Lebensenergie geraubt. Er war schon immer viel besser in diesem Spiel als ich. Ich feuere aus allen Rohren zurück und zwinge ihn in Deckung. Wir liefern uns ein kleines Gefecht, bis er lachend hinter einer Barriere aus Sandsäcken hervortritt und ruft:»Schon gut, ich ergebe mich!«

Er kommt langsam auf mich zu und mir schnürt es die Kehle zu, als mir klar wird, dass er dort in diesem Simpod-Kasten liegt, den er mir gezeigt hat, und den Avatar nur mit seinen Gedanken steuert. Um meine Beklemmung zu überspielen, schieße ich ihm in die Brust.

»Ich mache keine Gefangenen!«, rufe ich.

Drei Sekunden danach bin ich tot.

Etwas später gehen wir zusammen durch die düster-romantische Welt von Manuels Lieblingsspiel, als spazierten wir am Alsterufer entlang.

»Diese Technik ist wirklich erstaunlich«, sage ich. »Man vergisst vollkommen, dass es nicht real ist.«

»Der Simpod ist noch viel besser«, behauptet er. »Ich kann mich nicht nur frei bewegen, ich kann die Welt auch fühlen. Ich trage so einen Anzug, der überall kleine Knoten hat. Die können vibrieren und die Temperatur ändern. Wenn ich von einer Kugel getroffen werde, spüre ich einen leichten Druck und Hitze, fast wie Schmerzen.«

»Juhu, endlich kann man sich in einer virtuellen Welt richtig wehtun.«

»Im Ernst, das ist ein großer Fortschritt. Es tut ja nicht wirklich weh, aber es macht es unangenehm, getroffen zu werden. Man wird vorsichtiger. Und vor allem hat man noch mehr das Gefühl, dass diese Welt real ist. Henning sagt, das sei erst der Anfang. In ein paar Jahren würden die letzten spürbaren Unterschiede zwischen virtuellen Welten und der Wirklichkeit verschwinden.«

Henning. Sie duzen sich also schon. Ich kann das Gefühl nicht abschütteln, dass all das hier – der Simpod, die perfekte Simulation der Welt von *Team Defense* – nur ein Köder ist, mit dem er Manuel auf seine Seite ziehen will. Unwillkürlich blicke ich mich um. Wir scheinen zwischen den Ruinen allein zu sein, aber natürlich können uns Jaspers' Mitarbeiter beobachten. Wie unsichtbare Geister sind sie überall um uns herum. In der virtuellen Welt gibt es keine Geheimnisse.

Das ist erst der Anfang. Plötzlich läuft mir ein Schauer über den Rücken, als mich eine Vision der Zukunft überkommt, in der die meisten Menschen lieber in virtuellen Realitäten leben als in der Wirklichkeit.

Es wird sich anfühlen wie Freiheit, doch es ist das ultimative Gefängnis.

»Wenn … wenn es vielleicht doch klappt mit dem Upload … dann könnte ich für immer in dieser Welt leben – oder in einer der vielen anderen virtuellen Welten«, bemerkt Manuel, als hätte er meine Gedanken erraten. In seiner Stimme schwingt allerdings keine Sorge mit, sondern nur Begeisterung.

»Das klappt bestimmt«, höre ich mich sagen. »Die Technologie entwickelt sich offensichtlich viel schneller weiter, als ich dachte.«

»Ja«, erwidert Manuel. »Ja, das Gefühl habe ich auch.«

Am folgenden Tag treffen wir Henning Jaspers wieder. Er ist bereits im Labor, als Manuel und ich aus der Sim geholt werden. Die Vorschriften besagen, dass wir beide nicht mehr als zwei Stunden pro Tag in der virtuellen Realität verbringen dürfen, da man die Auswirkungen der neuen Technik auf den Körper noch nicht genau kennt, wie uns Anne, die Leiterin der Immersionstechnologie, erklärt hat. Mir kommt es so vor, als wäre erst eine halbe Stunde vergangen.

Ego-Shooter haben mich nie interessiert, obwohl ich Manuel zuliebe hin und wieder *Team Defense* gespielt habe. Doch das hier ist etwas ganz anderes. Die namenlose Ruinenstadt, die wir durchstreifen, übt auf mich eine seltsame Faszination aus, eine Anziehungskraft, die in starkem Widerspruch zu der Trostlosigkeit der Umgebung steht. Vielleicht liegt es daran, dass die Sorgen der Realität hier fern zu sein scheinen. In dieser Welt sitzt mein Bruder nicht im Rollstuhl, sondern ist ein Elitekämpfer mit erstaunlichen Reflexen. Wir sind wie Batman und Robin – er der Superheld, ich ein eher unnützes Anhängsel, das hin und wieder mal schlaue Sprüche von sich gibt, ansonsten aber in erster Linie dazu da ist, durch den Kontrast meiner eigenen Normalität seine außergewöhnlichen Fähigkeiten noch deutlicher herauszustellen.

Wenn sogar ich bedaure, dass die Zeit in der Sim so schnell vorüber ist, wie muss es dann erst Manuel gehen? Jedes Mal wenn sich der Deckel seines Simpods öffnet, muss er eine entwürdigende Prozedur über sich ergehen lassen, bei der ihn zwei kräftige Männer aus der Kiste heben, ihn in die Umkleidekammer schleppen, ihm dort den Somatronik-Anzug ausziehen und seine eigene Kleidung überstreifen. Wenn er auf Marvin aus der Kabine rollt, ist er wieder der Alte – der brillante Geist in einem Körper, der ebenso verfällt wie die virtuelle Ruinenstadt. »Wie hat es euch gefallen?«, fragt Jaspers, als wir kurz darauf in seinem Büro im obersten Stock sitzen, von dem aus man einen fantastischen Ausblick über die Elbe und den Hamburger Hafen hat.

»Es ... es ist unglaublich«, sage ich. »Allmählich verstehe ich, warum immer mehr Wissenschaftler und Politiker vor dem Suchtpotenzial virtueller Realitäten warnen. Man will einfach nicht wieder zurück in die graue Wirklichkeit.«

Jaspers runzelt die Stirn. »Diese Wissenschaftler und Politiker wissen nicht, wovon sie reden«, sagt er und mir wird klar, dass es ein Fehler war, diese Kritik zu erwähnen – immerhin ist es das Geschäftsmodell von Dark Star, die Spieler möglichst lange in der virtuellen Welt zu halten.

»Vor 200 Jahren haben die Politiker und Wissenschaftler behauptet, das Lesen von Romanen mache dumm«, fährt er fort. »Vor 50 Jahren hat man dasselbe vom Fernsehen behauptet, dann von YouTube und Onlinespielen. Das ist natürlich Unsinn. Wir Menschen sind für eine Umwelt geschaffen, in der wir ums Überleben kämpfen, Herausforderungen bewältigen, Abenteuer bestehen müssen. Stattdessen sitzen immer noch die meisten den ganzen Tag in irgendwelchen Büros herum oder verrichten stupide Arbeiten, die Maschinen viel besser erledigen könnten. Kein Wunder, dass sie unzufrieden sind. Das Neue hat den Menschen schon immer Angst gemacht. Aber die Zukunft der Menschheit liegt nicht in übervölkerten Städten, in denen es nicht genug Nahrung und frisches Wasser gibt, nicht in sinnlosen Kriegen um knappe Ressourcen, nicht in einer rücksichtslosen

Ausbeutung der Natur. Wenn wir Menschen überhaupt eine langfristige Zukunft haben wollen, dann müssen wir die Beschränkungen des Körpers, in dem wir geboren wurden, überwinden. Unsere Zukunft liegt in der Unendlichkeit virtueller Realitäten.«

Während er uns diesen kleinen Vortrag hält, wird Jaspers auf einmal richtig emotional. Seine Augen sind geweitet, seine Gestik ist lebendig, seine Stimme kraftvoll, als wäre er einer dieser amerikanischen Holoprediger. Seinen Glauben an die Zukunft der Menschheit in virtuellen Welten scheint er jedenfalls mit ähnlicher Inbrunst zu vertreten. Vielleicht ist das auch nur eine neue Form der Religion – der Glaube an ein Leben nach dem Tod, ein Paradies nur eben nicht im Jenseits, sondern im Inneren von Maschinen.

»Ich weiß nicht, wie es für normale Menschen ist«, sagt Manuel in dem Versuch, die Wogen zu glätten, »aber für mich ist die virtuelle Realität viel besser als die Wirklichkeit. Jedenfalls, wenn ich in dem Simpod liege.«

Jaspers lächelt. »Das hatte ich gehofft. Dir ist doch wohl klar, dass der Simpod nur ein fader Vorgeschmack auf das ist, was dich erwartet, wenn dein Geist in die Simulation hochgeladen wurde?«

Es ist deutlich zu erkennen, wie Manuel mit sich ringt, wie er sich bemüht, seine Emotionen im Zaum zu halten und seine Hoffnungen zu dämpfen.

»Sofern es funktioniert«, antwortet er.

»Natürlich.« Jaspers nickt. »Du hast recht, ich sollte dir keine zu großen Hoffnungen machen. Es ist eine kleine Chance, mehr nicht.«

»Es ist mehr, als ich hatte, bevor Sie … bevor du mich hierher eingeladen hast«, sagt Manuel. »Viel, viel mehr.«

Jaspers' Lächeln wird breiter. »Heißt das, du willst dich auf das Experiment einlassen?«

Manuel nickt so heftig, dass Marvins Roboterarm wackelt. »Natürlich will ich das.«

»Es wird sicher nicht ganz leicht sein, eure Eltern zu überzeugen, ihre Zustimmung dazu zu erteilen«, erwidert der Milliardär.

Die beiden sehen mich an. Mir wird klar, dass sie von mir Unterstützung erwarten, und auf einmal habe ich das Gefühl, als wäre eine Falle zugeschnappt. Es kommt mir vor, als wären Manuel und ich nur Figuren auf einem Schachbrett, die von Jaspers hin- und hergeschoben werden. Die Frage ist nur, worum es bei diesem Spiel geht und wer der Gegner ist.

9. KAPITEL

Manuel

Ich sitze in der Kanzel des Mechs, der mit schweren Schritten durch das Trümmerfeld stampft.

»Raketenwerfer auf vier Uhr!«, brüllt mir Mike ins Ohr.

Meine Arme zucken, als ich nach dem Steuerpult greifen will, um den Magnetschild zu aktivieren. Dann erst fällt mir ein, dass ich nicht im Simpod bin, sondern auf Marvin sitze und mein Spezial-Headgear mit der Gesichtsmuskelsteuerung trage. Das Hochziehen meiner linken Wange kommt zu spät. Ein Geschoss trifft das linke Bein des Mechs und bringt ihn zu Fall. Ich kippe zur Seite und vermisse dabei das Gefühl des Drucks und der Hitze.

»Ach, Scheiße!«, ruft Mike. »Das kann doch nicht wahr sein! Was ist denn los mit dir, Manuel?«

»Sorry«, erwidere ich. »War abgelenkt.«

Während ich mich aus der Kapsel befreie und mein Maschinengewehr anlege, schimpft auch John: »Abgelenkt? Das hier ist ein Turnier, verdammt! Und du schrottest den Mech, bevor wir überhaupt einen Schuss abgegeben haben. Deinetwegen fliegen wir schon in der ersten Runde raus!«

»Tut mir echt leid.«

John behält recht: Ohne den Mech haben wir keine Chance. Es

dauert keine drei Minuten, bis uns das gegnerische Team einkesselt und wir im Kugelhagel getötet werden.

Nach dem Match machen wir wie üblich eine Nachbesprechung.

»Das war ja echt Oberkacke, Leute«, stellt Elli fest. »Wir haben uns abservieren lassen wie blutige Anfänger.«

Einen Moment lang schweigen alle. Keiner wagt es, auszusprechen, was alle wissen: Ich allein bin schuld an der bitteren Niederlage.

Also muss ich es selbst sagen: »Es tut mir wirklich leid. Ich hab wohl heute einen schlechten Tag.«

»In letzter Zeit hast du anscheinend häufiger schlechte Tage«, entgegnet John gereizt.

»Lass ihn, John«, meint Elli. »Er weiß es.«

»Ehrlich, so kommen wir doch nicht weiter«, erwidert er. »Wenn wir auch nur ins Mittelfeld der Tabelle wollen, müssen wir ein Spitzenteam sein.«

»Was willst du denn damit sagen?«, fragt Elli.

»Was ich damit sagen will, ist … Na ja, ich finde eben …« John stockt.

»Schon gut«, mische ich mich ein. »John hat recht. Mit mir im Team schafft ihr es nicht. Ihr müsst euch einen Besseren suchen. Ich steige aus.«

»Was?«, stößt Elli hervor. »Spinnst du jetzt? Du warst von Anfang an dabei und du hattest mal die beste Abschussquote im Team!«

Das Schweigen von John und Mike bestärkt mich nur in meinem Entschluss.

»Ich … ich habe in letzter Zeit ein paar Probleme in der

Schule«, lüge ich. »Und … na ja … ich habe jetzt ohnehin nicht mehr so viel Zeit …«

»Hey, na und?«, meint Elli. »Dann steigen wir eben ab. Was soll's? Irgendwann werden deine Schwierigkeiten schon vorbei sein und dann steigen wir wieder auf. Wir machen das hier doch schließlich zum Spaß. Oder glaubt einer von euch etwa ernsthaft, er könnte Profi werden?«

Es rührt mich, dass sie mich verteidigt, und der Gedanke daran, dass meine Zeit in diesem Team nach drei Jahren nun vorbei ist, tut weh. Doch die Wahrheit ist, dass mir das Spiel einfach keinen Spaß mehr macht. Nicht so wie jetzt jedenfalls – reglos auf meinem Stuhl hockend, meinen Avatar mit den Gesichtsmuskeln steuernd und mit einem Display vor dem Gesicht, das mir stumpf und verschwommen vorkommt. Es ist nur ein paar Tage her, seit ich zum ersten Mal in dem Simpod lag, aber diese Erfahrung hat alles verändert. Ich habe wieder erlebt, wie es sich anfühlt, eigene Schritte gehen und etwas mit den Händen greifen zu können. Seitdem erscheint mir meine Krankheit umso unerträglicher und ich fiebere dem Moment entgegen, in dem ich die Fesseln der Realität endlich wieder abstreifen, endlich wieder frei sein kann.

»Schon gut, Elli«, sage ich. »Ich glaube, es ist wirklich sinnvoller, wenn ihr erst mal ohne mich weitermacht. Wenn es mir besser geht … Ich meine, wenn ich meine Probleme gelöst habe, können wir ja weitersehen. Ich melde mich dann.«

»Okay«, sagt sie nach einem Moment des Zögerns. »Wenn du meinst. Ich find's trotzdem scheiße. Aber egal. Ich wünsche dir viel Glück. Vielleicht chatten wir mal.«

»Ja, mal sehen.«

Wir verabschieden uns voneinander. Als ich endlich das Display hochklappen kann, muss ich Marvin bitten, mir den Rotz von der Nase zu wischen.

Später liege ich im Bett und denke darüber nach, wie sich meine Welt in nur einer Woche verändert hat, wie am Ende der Sackgasse meines Lebens plötzlich eine Tür erschienen ist. Eine Tür, von der ich nicht weiß, wohin sie führt und ob ich sie überhaupt öffnen kann, aber sie ist da.

Heute Nachmittag war Henning Jaspers bei uns zu Hause. Wir haben lange gesprochen, Papa voller Hoffnung, Mama mit versteinertem Gesicht, Julia hin- und hergerissen zwischen den beiden und Henning voller Begeisterung und Überzeugungskraft. Am Ende haben meine Eltern zugestimmt, dass ich für einen ersten Gesundheitscheck nach Brüssel fliegen darf.

»Das ist noch keine endgültige Entscheidung«, hat Henning immer wieder gesagt. »Wir können und werden mit dem Transfer warten, bis es wirklich keine andere Möglichkeit mehr gibt.«

Transfer. Als ob man mit dem Bus führe. Nächste Haltestelle: ewiges Leben.

Mama war die Verliererin, das haben wir alle genau gewusst. Henning hat sich bemüht, verständnisvoll zu sein, das muss man ihm lassen. Aber es ist klar, dass er sie für rückständig hält, für eine schlechte Mutter, weil sie mir die einzige Chance aufs Überleben nehmen würde, wenn Papa und er nicht für mich kämpften. Mir dagegen tut sie einfach nur leid. Ich weiß, dass sie sich Sorgen macht, dass sie Angst um mich hat. Und manchmal, wenn ich abends im Bett liege und nicht einschlafen kann, so wie jetzt, dann frage ich mich, ob sie nicht vielleicht recht hat. Ob es nicht doch etwas gibt, das nach dem Ende auf mich wartet und das ich verpassen werde. Und ob ewiges Leben in einer virtuellen Realität wirklich so toll wäre.

Die Morgensonne vertreibt diese Zweifel und bei Licht betrachtet ist mir klar, dass ich unglaubliches Glück hatte, Henning kennenzulernen. Er bietet mir eine Chance, um die mich alle Menschen beneiden würden, die ein ähnliches Schicksal erleiden wie ich.

Marvin hat mich um sechs Uhr geweckt, eine Stunde früher als sonst, denn heute gehe ich den ersten Schritt auf meinem Weg ins Unbekannte. Nach dem Frühstück holt ein Wagen Papa, Julia und mich ab und fährt uns nach Fuhlsbüttel. Mama hat sich geweigert, uns zu begleiten. Sie würde bloß stören, meinte sie, und außerdem fliege sie nicht gern. In Wirklichkeit würde sich der Trip zu *Nofinity* für sie wahrscheinlich so anfühlen wie der Besuch einer Kuh auf dem Schlachthof.

Das automatische Fahrzeug hält nicht vor dem Haupteingang des Passagierterminals, sondern vor einem kleinen Nebengebäude, in dem die Privatflugzeuge abgefertigt werden. Dort wartet Henning bereits auf uns. Keine Warteschlangen, die Sicherheitskontrolle besteht nur daraus, dass ich auf Marvin durch einen metallischen Torbogen fahre. Er enthält hochmoderne 3-D-Scanner, die das, was sie mit ihren Sensoren wahrnehmen, mit einer technischen Beschreibung von Marvin abgleichen, die Papa vorher auf das Sicherheitsportal des Flughafens hochladen musste. Die Zeiten, in denen Terroristen Waffen an Bord eines Flugzeugs schmuggeln konnten, seien endgültig vorbei, erklärt uns Henning mit Stolz in der Stimme, so als hätte er das Scannersystem selbst erfunden. Außerdem könnten die Sicherheitskameras an den Flughäfen mögliche Terroristen bereits an ihrem Gesichtsausdruck, ihren Bewegungen und ihrer Nervosität erkennen, die sich unter anderem in Puls- und Atemfrequenz äußere. Ich bin nicht so sicher, was ich davon halten soll, dass Maschinen uns Menschen mittlerweile derart leicht durchschauen können, aber für die Sicherheit an Flughäfen ist es definitiv hilfreich.

Mit einem anderen automatischen Fahrzeug werden wir aufs Rollfeld gefahren, wo Hennings Privatjet auf uns wartet. Ein menschlicher Pilot empfängt uns. Vorschrift, erklärt Henning. Tatsächlich sitzt der Pilot während des Flugs nicht im Cockpit, sondern serviert uns Getränke. Kellner sind anscheinend weniger leicht zu automatisieren als Flugkapitäne.

Der Flug nach Brüssel dauert eine gute Stunde. Ich bin noch nicht oft geflogen und definitiv noch nie in solchem Luxus. Einer der breiten, drehbaren Ledersessel, die sich um einen Konferenztisch gruppieren, wurde ausgebaut, um Platz für Marvin zu schaffen, der mit zwei Gurten am Boden befestigt wurde. Es scheint ihm nicht zu gefallen, denn er ruckt immer wieder leicht hin und her, als wäre er nervös. Er bittet mich mehrmals, das Hindernis vor seinen Rädern zu beseitigen. Dabei habe ich ihm bereits erklärt, dass die Fixierung aus Sicherheitsgründen notwendig ist. Vielleicht hat er Flugangst wie Mama, kommt es mir irgendwann in den Sinn, aber das ist natürlich ein lächerlicher Gedanke. Marvin könnte das Flugzeug vermutlich problemlos selbst steuern.

Nach der Landung kurven wir eine Dreiviertelstunde lang durch die Stadt, bis wir schließlich vor einem unscheinbaren zweistöckigen Gebäude mitten in einem Industriegebiet halten. Nur das *Nofinity*-Logo deutet überhaupt darauf hin, dass es nicht die Zentrale einer Spedition oder eines Handelsunternehmens beherbergt.

Wir werden von dem Firmengründer begrüßt, einem jungen Mann mit einer eckigen schwarzen Brille, der sich als Alain Giles vorstellt und sichtlich nervös ist. Er wirft mir nur einen flüchtigen Blick zu und richtet seine Aufmerksamkeit dann wieder auf Henning, den er gleichermaßen zu fürchten und zu bewundern scheint. Er führt uns einen Flur entlang, vorbei an Büros mit Glastüren, hinter denen drei oder vier Arbeitsplätze erkennbar sind. Vor einer Tür am Ende des Korridors bleibt er stehen.

»Soll ich ... Dr. Berenboom herholen?«, fragt der junge Mann auf Deutsch mit französischem Akzent. Er deutet mit einem Kopfnicken zu der Tür.

»Nein«, erwidert Henning. »Ich möchte, dass Manuel alles sieht.«

»Gut, wie Sie meinen.«

Wir betreten einen weiß gekachelten Raum mit greller Neonbeleuchtung. In der Mitte befindet sich ein großer Tisch aus Edelstahl, daneben ein Regal mit medizinischen Geräten, darüber eine schwenkbare Lampe, wie man sie aus Operationssälen kennt. An einer Wand steht eine Art Schrank mit einer Klappe in der Mitte, der wie ein überdimensionaler Backofen aussieht, wenn man die dicken Kabelstränge ignoriert, die aus ihm herausführen und in der Wand verschwinden. Der hintere Teil des Raums ist mit einer Glaswand abgeteilt. Dort sitzt ein Mann im weißen Kittel mit Glatze und einem buschigen grauen Bart an einem Schreibtisch. Als er uns erblickt, springt er auf und kommt uns entgegen.

»Hallo, Manuel«, sagt er mit einem freundlichen Lächeln. Er

versucht nicht, mir die Hand zu geben, sondern berührt mich stattdessen leicht an der Schulter. »Ich bin Dr. Berenboom. Ich freue mich, dich kennenzulernen.«

In akzentfreiem Deutsch begrüßt er auch Julia, Papa und Henning – in dieser Reihenfolge, wie um zu verdeutlichen, dass sein Patient und dessen Angehörige ihm wichtiger sind als der Mann, der sein Gehalt bezahlt.

»Ich nehme an, bevor wir dich untersuchen, möchtest du bestimmt wissen, was genau wir hier eigentlich machen und wie unsere Technik funktioniert.«

Er wartet meine Antwort nicht ab, sondern holt aus einem Metallschrank an der Wand einen Behälter, der entfernt an ein Einmachglas erinnert. Darin befindet sich, wie ich zu meinem Horror feststelle, ein abgetrennter Katzenkopf. Ein Teil des Schädels wurde entfernt, sodass der Kopf seltsam flach wirkt.

Der Arzt öffnet den Behälter und holt den gruseligen Inhalt heraus. Die toten Augen der Katze sind geöffnet, sodass sie irgendwie erstaunt wirkt, so als könnte sie nicht ganz glauben, keinen Körper mehr zu besitzen. Er hält den Kopf vor mein Gesicht und zeigt mit dem Finger auf die rosige, glatte Schnittkante, an der ein Teil des Kopfs entfernt wurde. Deutlich sind die zwei halbrunden Hälften des Gehirns zu erkennen.

»Wie du siehst, ist dieses Gehirn nicht weich wie das einer lebendigen Katze, sondern plastiniert. Wir haben ihr eine spezielle Flüssigkeit injiziert, die mit dem Blutkreislauf in die Zellen transportiert wird und diese fixiert, ohne sie zu zerstören. So bleiben sie in der Struktur erhalten, die sie in dem Moment haben, und zerfallen nicht. Aber natürlich ist die Prozedur tödlich.«

Er hält Julia den Kopf hin. »Hier, fass mal mit dem Finger auf diese Fläche. Sie fühlt sich glatt an wie Plexiglas.«

Meine Schwester zuckt angewidert zurück. Sie sieht kreidebleich aus. Berenboom wendet sich Papa zu, der gehorsam mit einem Finger über die Oberfläche streicht.

Als wäre es nichts Besonderes, trägt der Arzt den plastinierten Kopf der unglücklichen Katze zu dem großen, ofenähnlichen Gebilde und öffnet eine Klappe. Darin befindet sich eine Halterung mit Schraubzwingen, in die er den Kopf einspannt.

»Das hier ist der Scanner«, erklärt er, während er die Klappe schließt und etwas auf dem Bildschirm des Geräts eintippt. »Per Laser wird nun das Gehirn zunächst abgetastet und dann eine dünne Schicht von wenigen Nanometern Stärke entfernt, sodass das darunterliegende Gewebe zugänglich wird. Bei diesem Katzengehirn machen wir so mehr als eine Million Schichtaufnahmen, die wir nachher wieder zu einem Gesamtbild zusammensetzen. Auf diese Weise entsteht dann ein sehr genaues 3-D-Modell.«

Er tippt erneut auf den Bildschirm und nun ist ein Bild des Katzengehirns zu sehen, das an Aufnahmen aus einem Computertomografen erinnert. Mit seinen Fingern zoomt er in das Bild hinein, bis man einzelne Zellen erkennen kann, dann eine einzige Zelle, die den ganzen Bildschirm füllt. Deutlich sind der ovale Zellkern und einige kleinere Zellorgane zu sehen. Er scrollt mit dem Finger, sodass wir einem dünnen Strang folgen, der von der Zelle ausgeht und sich bald verästelt wie ein Geflecht von Adern.

»Das hier sind die Dendriten des Neurons«, erklärt Berenboom. »Sie sind so etwas wie Antennen, mit deren Hilfe das

Neuron die Aktivitäten anderer Neuronen wahrnehmen kann. Wird ein bestimmter Schwellenwert der Erregung überschritten, dann feuert das Neuron, das heißt, es leitet seinerseits einen elektrischen Impuls über das sogenannte Axon, der dann wiederum von anderen Dendriten aufgegriffen und weitergeleitet wird. Ein bisschen funktioniert das so wie Twitter: Wenn dich eine Nachricht interessiert, retweetest du sie und erregst damit quasi die Aufmerksamkeit deiner Follower, die dann das Signal ihrerseits retweeten – oder auch nicht.«

»Ein guter Vergleich«, stimmt Henning Jaspers zu. »In gewisser Hinsicht kann man die Gesamtheit der Nutzer sozialer Medien wie ein gigantisches globales Gehirn ansehen.«

»So simpel ist es auch wieder nicht«, widerspricht ihm Berenboom, was ihm böse Blicke von Jaspers und seinem Boss einbringt. »Das hier ist nur eines von etwa 250 Millionen Neuronen in diesem kleinen Katzenhirn«, fährt er fort. »Und ein Menschengehirn ist noch tausendmal komplexer.«

»Wie lange dauert denn das Scannen?«, frage ich.

»Ein vollständiger Scan eines Katzenhirns dauert gut zwei Wochen.«

»Zwei Wochen?«, wirft Papa ein. »Aber das heißt ja, wenn … wenn ein menschliches Gehirn tausendmal so komplex ist, dann … dann dauert der Scanprozess *40 Jahre*?«

»Nein, so kann man das nicht rechnen«, sagt Giles, der *Nofinity*-Gründer. »Es gibt Möglichkeiten, wie sagt man, zu parallelisieren die Prozess. Das Gehirn in Scheiben zu schneiden, sozusagen, und zu verteilen auf mehrere Geräte.«

»Wir gehen davon aus, dass wir bis zu hundert Scanner parallel nutzen können, sodass der gesamte Prozess in weniger als einem halben Jahr abgeschlossen werden kann«, schaltet sich Henning ein.

»Hundert Scanner?«, frage ich mit Blick auf den riesigen Metallschrank. »Aber … ist das nicht eine gewaltige Investition?«

»Das ist es«, stimmt mir Henning zu. »Der Apparat dort hat fünf Millionen Euro gekostet. Wenn man hundert davon kauft, sinkt der Preis natürlich. Trotzdem gehen wir davon aus, dass wir einen hohen neunstelligen Betrag investieren müssen.«

Mir stockt der Atem. Mehrere Hundert Millionen Euro, nur um mein Leben zu retten?

»Das ist eine beträchtliche Summe, auch für mich«, fährt Henning fort. »Aber mal davon abgesehen, dass ein einziges menschliches Leben sicher mehr wert ist als alles Geld der Welt: Stellt euch vor, was es bedeutet, wenn es tatsächlich gelingt! Gegen den ersten Transfer eines menschlichen Geistes in eine Maschine erscheint Elon Musks Marsmission wie ein Ausflug zum Strand! Und die ist um ein Vielfaches teurer.«

»Wo ist der Haken?«, fragt Julia, wie immer die Skeptikerin.

»Der Haken ist, dass wir hier absolutes Neuland betreten«, erwidert Jaspers. »Ein menschliches Gehirn wurde noch nie gescannt. Wir wissen nicht, welche Probleme dabei auftreten werden. Es gibt keine Garantie, dass es klappen wird.«

»Genau genommen wissen wir sehr wohl, welche Probleme auftreten können«, widerspricht ihm Berenboom. »Wir wissen, dass das Scannen des Gehirns ungenau ist. Es gibt Fehler und Abweichungen, die sowohl durch den Plastinationsprozess als auch durch das Scannen selbst entstehen.«

»Wie wirken sich diese Fehler aus?«, frage ich.

»Das wissen wir nicht genau. Einige sind möglicherweise gar nicht bemerkbar. Die meisten vermutlich. Schließlich funktioniert auch das Gehirn eines lebendigen Menschen nicht immer fehlerfrei, deshalb hat es in hohem Maße redundante Strukturen. Das bedeutet, wenn ein bestimmtes Neuron nicht feuert, also ein Signal nicht weiterleitet, obwohl es das eigentlich tun sollte, gibt es immer noch genügend andere, die funktionieren. Das Problem ist allerdings, dass wir die Plastizität des Gehirns noch nicht gut genug verstehen, um sie im Computer abzubilden.«

»Die was?«

»Plastizität bedeutet, dass das Gehirn sich permanent verändert. Wenn du bestimmte Bereiche häufig benutzt, dann werden sie stärker und es bilden sich neue neuronale Verbindungen aus, ähnlich wie ein Muskel, der trainiert wird. Umgekehrt werden Bereiche des Gehirns manchmal mit anderen Aufgaben betraut, wenn sie nicht für ihren ursprünglichen Zweck gebraucht werden. Das geht so weit, dass zum Beispiel bei bestimmten Formen der Erblindung die Teile des Gehirns, die eigentlich für das Sehen zuständig sind, Aufgaben beim Hören übernehmen. Das menschliche Gehirn ist ein äußerst flexibles und genial konstruiertes Gebilde.«

»Müsste es nicht im Computer viel einfacher sein, diese Plastizität zu simulieren?«, fragt Papa. »Schließlich müssen da doch keine Zellen neu gebildet werden. Man kann einfach die Software verändern und zum Beispiel bestimmten Aufgaben mehr Speicherplatz und Rechenleistung zuweisen.«

»Das stimmt«, bestätigt der Arzt. »Aber darin liegt auch eine Gefahr. Wir wollen ja nicht, dass sich die Simulation des Gehirns zu weit vom Original entfernt. Sonst hätte das, was wir im

Computer abbilden, nicht mehr viel mit einem Tier oder einem Menschen zu tun, sondern wäre bloß noch ein kompliziertes Stück Software.«

»Das heißt, wenn ich Sie richtig verstehe, könnte das, was beim Scannen passiert, meine Persönlichkeit verändern«, stelle ich fest. »Womöglich so weit, dass das Ergebnis nicht mehr viel Ähnlichkeit mit mir hat.«

Berenboom nickt wieder. »Das ist genau das Problem.«

»Ich habe dir ja schon gesagt, dass es nur eine sehr geringe Chance gibt«, sagt Henning. »Immerhin wärest du der erste Mensch überhaupt, an dem es versucht wird.«

Ich werfe einen Blick zu meinen Begleitern. Papa macht einen verunsicherten Eindruck, so als wäre ihm erst jetzt bewusst geworden, dass ich bei diesem Experiment zwangsläufig sterben werde. Julia sieht mich ernst an. Ihr scheint das, was sie gehört hat, überhaupt nicht zu gefallen. Aber ich fühle mich eher erleichtert als besorgt. Tief in meinem Inneren hatte ich wohl die Befürchtung, dass sich die ganze Idee des Scannens von Gehirnen als naiver Wunschtraum von durchgeknallten Spinnern herausstellen würde. Oder schlimmer noch: als raffinierter Trick irgendwelcher Gauner, die Henning Jaspers das Geld aus der Tasche ziehen wollen. Doch Dr. Berenboom wirkt auf mich wie ein Mann, der weiß, was er tut.

Die Chance, dass am Ende tatsächlich etwas im Computer entsteht, das auch nur entfernte Ähnlichkeit mit mir hat, ist wohl gering. Aber was habe ich schon zu verlieren?

10. KAPITEL

Julia

Auf dem Rückflug nach Hamburg sprechen wir kaum ein Wort miteinander, obwohl wir unter uns sind, denn Jaspers ist noch in Brüssel geblieben. Papa blickt starr aus dem Fenster auf das Meer von Wolken, das unter uns vorbeizieht. Er wirkt desillusioniert. Auch Manuel ist schweigsam. Ihn jedoch scheint der Besuch bei *Nofinity* weniger mitgenommen zu haben als uns.

Nachdem uns der Arzt die Technik erklärt hatte, untersuchte er meinen Bruder gründlich. In der Zwischenzeit saßen wir in einem schmucklosen Konferenzraum. Papa telefonierte mit irgendwelchen Klienten, während ich mir Holos über den Transhumanismus ansah – die politische und intellektuelle Bewegung, die es sich zum Ziel gesetzt hat, den Tod und die Schranken der körperlichen Existenz zu überwinden. Henning ist zweifellos einer ihrer einflussreichsten Vertreter, auch wenn er das nie explizit erwähnt hat. Was ich sah, bestärkte mich nicht unbedingt in dem Glauben, dass das Experiment eine gute Idee ist: Die meisten Transhumanisten tragen alle Züge religiöser Fanatiker.

Eine Stunde später kamen Jaspers, Dr. Berenboom und Manuel zu uns. Medizinisch spreche nichts gegen einen Versuch, sagte der Arzt. Die Degeneration von Manuels Nervensystem habe das Gehirn bisher kaum in Mitleidenschaft gezogen, doch es bleibe nicht mehr allzu viel Zeit. Es klang für mich wie ein Todesurteil, doch Manuel wirkt seitdem gefasst, beinahe entspannt. Ich dagegen würde am liebsten losheulen. Ich weiß nicht genau, warum, schließlich hatte ich doch gar keine hohen Erwartungen an diesen Trip und das, was der Arzt gesagt hat, klang durchaus ermutigend. Die Chance, dass Manuel tatsächlich als Computersimulation weiterleben kann, mag gering sein, aber es ist immerhin eine Chance. Dennoch fühle ich mich niedergeschlagen. Vielleicht liegt es daran, dass das, was vorher bloß eine abstrakte theoretische Möglichkeit gewesen ist, nun plötzlich konkret wird, und damit auch Manuels bevorstehender Tod. Der Anblick des Katzenschädels mit dem frei liegenden Gehirn steckt mir noch in den Knochen. Was auch immer in den *Nofinity*-Computern geschieht, das Tier, dessen Kopf abgetrennt und auf diese Weise malträtiert wurde, ist eindeutig nicht mehr lebendig.

»Ich möchte es machen«, sagt Manuel, als wir beim Abendessen zusammensitzen. »Ich weiß, die Chance, dass mein Bewusstsein tatsächlich in einen Computer übertragen werden kann, ist gering. Aber ich möchte es versuchen.«

Wir starren ihn alle an.

»Bist du sicher?«, fragt Papa.

»Ja«, sagt er und seine Stimme klingt fest. »Ich habe lange genug darüber nachgedacht. Es gibt keine andere Möglichkeit, etwas Sinnvolles mit meinem Leben anzustellen.«

»Sinnvoll?«, fragt Mama. »Was soll denn daran sinnvoll sein, dass du freiwillig in den Tod gehst?«

»Ich habe mir immer gewünscht, ein bedeutender Wissenschaftler zu sein, so wie Stephen Hawking. Das ist nun mal nicht möglich, aber ich kann trotzdem einen Beitrag zur Wissenschaft leisten. Stellt euch vor, ich werde der erste Mensch sein, dessen Gehirn gescannt wird! Egal, ob ich anschließend im Computer weiterlebe oder nicht, das 3-D-Modell wird auf jeden Fall neue Erkenntnisse bringen. Vielleicht kann ich dabei helfen, dass andere Menschen mit ALS geheilt werden können. Und wer weiß, vielleicht ist es ja irgendwann tatsächlich möglich, einen menschlichen Geist in einen Computer hochzuladen. Wenn ja, dann werde ich ein Teil dieses Erfolgs sein. Man ... man wird sich an mich erinnern.«

Als ich Manuel ansehe, erkenne ich in seinen Augen eine Entschlossenheit, die ich schon lange nicht mehr bei ihm gesehen habe. Und ich weiß in diesem Moment, dass es das Beste für ihn ist.

Papa ist der Erste, der Worte findet:»Das ... das ist unglaublich mutig und tapfer von dir, Manuel. Ich bin sehr stolz auf dich.«

Mamas Gesicht ist dagegen schmerzverzerrt. Doch sie nickt. »Wenn es dein Wunsch ist, dann werde ich mich dem nicht entgegenstellen.«

Manuel sieht mich fragend an, so als bäte er auch mich um Erlaubnis. Als ob ich das Recht hätte, über sein Schicksal zu bestimmen. Ich habe einen dicken Kloß im Hals und muss mich mehrmals räuspern, bevor ich sprechen kann.

»Es ... es ist die richtige Entscheidung, glaube ich.«

Nachdem der Entschluss einmal gefasst ist, löst sich allmählich der Druck auf, der wie die Trümmer eines eingestürzten Hauses auf unserer Familie gelastet hat. Mama und Papa streiten nicht mehr, weder offen noch hinter verschlossenen Türen. Mama ist die Verliererin der Auseinandersetzung, daran besteht kein Zweifel. Doch sie scheint sich damit abgefunden zu haben, auch wenn das Verhältnis zwischen den beiden wohl nie mehr so sein wird wie früher. Natürlich bin ich nicht glücklich über die Situation, aber ich empfinde doch eine gewisse Erleichterung.

Uns allen ist es am wichtigsten, wie es Manuel geht, und der scheint geradezu aufzublühen. Er sagt mir immer wieder, dass er nicht daran glaube, »nach dem Tod in der Maschine wieder aufzuwachen«. Aber er sei stolz darauf, in seinem kurzen Leben noch etwas Bedeutendes erreichen zu können.

Die Erlaubnis, das eigene Kind zu töten, erfordert eine Menge Papierkram. Ich dachte immer, die deutsche Bürokratie wäre weltweit führend darin, einem das Leben so kompliziert wie möglich zu machen, aber die Belgier nehmen es anscheinend noch genauer. Papa hat eine Anwältin engagiert, Dr. Markwart, eine grauhaarige Frau mit strengem Gesicht, die ihm von einem Verein für humanes Sterben empfohlen wurde. Sie besteht darauf, dass Manuel bei jedem Gespräch anwesend ist, und sieht sich in erster Linie als Vertreterin seiner Interessen, wodurch sie mir auf Anhieb sympathisch ist.

»Denkst du denn, dass das wirklich funktionieren wird?«, fragt sie ihn, nachdem Papa ihr erklärt hat, was wir vorhaben.

Mein Bruder schüttelt den Kopf. »Nein. Aber ich möchte einen Beitrag dazu leisten, dass durch den Scan meines Gehirns bessere Computer entwickelt werden. Vielleicht können dann Krankheiten wie meine in Zukunft geheilt werden.«

Sie wendet sich an Papa. »Was ist, wenn es doch funktioniert? Haben Sie sich das mal überlegt? Ihr Sohn wäre dann ein Computerprogramm. Er wäre praktisch ohne eigene Rechte. Der Betreiber des Computers, auf dem er läuft, könnte ihn jederzeit verändern, kopieren oder einfach abschalten.«

Wir sehen sie alle erschrocken an. Darüber haben wir noch nicht nachgedacht. Mama ist zum Glück nicht im Raum. Sie hält sich von allem fern, was mit der »Prozedur«, wie wir es nennen, zu tun hat. Sonst würde sie sicher nicken, als hätte sie es gleich gewusst.

»Können wir denn nicht irgendwie dafür sorgen, dass die digitale Version von Manuel dieselben Rechte hat wie ein Mensch?«, fragt Papa.

Die digitale Version von Manuel – wie das klingt! Als wäre sein Bewusstsein auch jetzt bloß ein Programm, das lediglich auf einer anderen, einer biologischen Hardware läuft. Aber vielleicht ist es ja auch genau so, was weiß ich schon?

»Dazu wären umfangreiche Gesetzesänderungen notwendig«, sagt die Anwältin. »Das dauert Jahre und ich bezweifle sehr, dass eine Mehrheit der Politiker zustimmen würde, Computerprogramme, egal wie intelligent sie sind, mit Menschen auf eine Stufe zu stellen. Aber das ist auch gar nicht nötig. Wir können einen privatrechtlichen Vertrag mit Herrn Jaspers und der Firma *Nofinity* schließen, der Ihnen als Manuels Eltern weitgehende Befugnisse über die Software einräumt. Allerdings bin ich keine Expertin für Vertragsrecht. Ich würde deshalb gern einen Kollegen zurate ziehen.«

Es folgt ein juristisches Tauziehen zwischen Frau Markwart, ihrem Kollegen und Jaspers' Anwälten, das am folgenden Tag beginnt und sich vermutlich bis kurz vor Manuels Tod hinziehen wird. Mir kommt es vor, als ob sich Hyänen über den Kadaver einer Gazelle stritten, die noch gar nicht gestorben ist. Zum Glück kriege ich davon nicht allzu viel mit. Wenn ich in der Schule bin, versuche ich, das ganze Thema so gut wie möglich zu vergessen, und manchmal gelingt mir das auch für zehn Minuten oder so. Dass ich mit niemandem darüber sprechen darf, macht es nicht leichter. Nachmittags fahren Manuel und ich weiterhin täglich zu *Dark Star*, um in die virtuelle Realität einzutauchen.

»Stell dir mal vor, wenn es wirklich klappt, dann kannst du mich nach dem Transfer jeden Tag hier besuchen«, sagt Manuel einmal, als wir gerade eine heftige Schießerei gegen eine Truppe von außer Kontrolle geratenen Kampfrobotern hinter uns haben. Ich weiß nicht genau, warum, aber bei mir löst der Satz einen heftigen Weinkrampf aus. Die Mitarbeiter des Entwicklungslabors holen mich daraufhin aus meinem Full-Immersion-Gear, weil sie denken, ich würde die Intensität der Erfahrung nicht verkraften und wäre von der Brutalität der virtuellen Schlacht geschockt.

Etwa zwei Wochen nach unserem Flug nach Brüssel empfängt uns Henning in seinem Hamburger Labor. Er ist nicht allein: Neben ihm steht Elena Marinewski, die Holobloggerin. Sie trägt ein schlichtes schwarzes Kleid. Ihre bügellose Holobrille ist so transparent, dass sie fast unsichtbar ist. Nur der schwache Abglanz der Objekte, die vor Elenas Augen in den Raum projiziert werden, verrät ihre Existenz.

»Hallo, Manuel«, sagt sie, streckt ihre Hand aus, zieht sie dann aber rasch wieder zurück, als ihr klar wird, dass mein Bruder sie nicht ergreifen kann. »Henning hat mir schon einiges von dir erzählt.«

»Hallo«, sagt er. Seine Augen zucken leicht. Henning und Elena deuten das vermutlich als Symptom seiner Krankheit, doch ich weiß, dass es Nervosität ist.

»Und du bist sicher Julia.« Elena gönnt mir ein professionelles Lächeln.

111

Ich runzele die Stirn. »Was wird das hier?«

»Ein Interview, was sonst? Schließlich bin ich Holobloggerin. Henning hat gesagt, das sei in Ordnung.«

»Hat er das?« Ich werfe ihm einen finsteren Blick zu.

»Die Vereinbarung, die ich mit eurem Vater getroffen habe, sieht unter anderem vor, dass ich für den Umgang mit der Presse und Öffentlichkeit verantwortlich bin«, schaltet sich der Milliardär ein. »Wir sind im Begriff, eine der größten wissenschaftlichen Leistungen der Menschheitsgeschichte zu vollbringen. Das lässt sich auf Dauer kaum geheim halten.«

»Aber muss das jetzt schon sein? Es ist für meinen Bruder auch so schon schwer genug, dauernd von allen angestarrt und bemitleidet zu werden ...«

»Manuel ist ein sehr tapferer Junge«, erwidert Henning. »Sein Beispiel könnte anderen Mut machen, die in einer ähnlich verzweifelten Situation sind. Außerdem haben wir jetzt noch die Möglichkeit zu kontrollieren, mit welcher Botschaft wir an die Öffentlichkeit gehen. Wenn die Presse erst selbst von dem ... Experiment Wind bekommt und Nachforschungen anstellt, weiß niemand, was die daraus machen.«

»Wie meinst du das?«

Henning zuckt mit den Schultern. »Selbst ernannte Experten, engstirnige Politiker, religiöse Fanatiker ... Es gibt immer genug Leute, die Fortschritt als Problem betrachten. Alle großen Errungenschaften der Menschheit wurden zunächst abgelehnt. Schon im frühen 19. Jahrhundert zerstörten die Ludditen Maschinen in Textilfabriken. Der berüchtigte Unabomber brachte Wissenschaftler und Manager um, weil er Angst vor einer Weltherrschaft der Maschinen hatte. Heute gibt es immer noch erschreckend viele Menschen, die behaupten, Impfen sei schädlich, mit dem Effekt, dass jedes Jahr Tausende Kinder grundlos sterben. Es wäre seltsam, wenn es in Bezug auf unser Experiment keinen Aufschrei der Empörung gäbe. Glaub mir, ich habe Erfahrung mit so was. Wir müssen die Ersten sein, die mit Manuels Geschichte an die Öffentlichkeit gehen. Dann haben wir zumindest einen gewissen Einfluss darauf, wie darüber berichtet und diskutiert wird.«

»Ich werde dafür sorgen, dass ihr beide in dem Interview total positiv rüberkommt«, verspricht Elena.

Das überzeugt mich nicht, doch ich bin nur eine Nebenfigur in dieser Geschichte. Ich wende mich an Manuel.

»Was denkst du?«

»Ich weiß nicht. Die Vorstellung, dass fremde Menschen Berichte im Netz über mich sehen, meine Entscheidung diskutieren und mich womöglich dafür verurteilen, macht mir Angst. Andererseits, wenn ich wirklich etwas bewirken will, irgendeine Spur hinterlassen, dann wird mir wohl nichts anderes übrig bleiben, als früher oder später an die Öffentlichkeit zu gehen.«

»Das ist die richtige Einstellung«, lobt Henning.

Ich schlucke eine Erwiderung herunter.

»Schön«, meint Elena. »Dann lasst uns anfangen.«

Sie startet eine handtellergroße Kameradrohne, die einen Kreis durch das Labor fliegt und dann vor ihr in der Luft schwebt.

»Hallo und willkommen zu einer neuen Ausgabe von *Elena muss es wissen*. Heute habe ich einen ganz besonderen Interviewpartner.« Die Drohne macht einen Schwenk zu meinem Bruder. »Manuel ist 15 Jahre alt und leidet an amyotropher Lateralsklerose, einer heimtückischen Krankheit, bei der das Nervensystem degeneriert. Leider ist sie nicht heilbar. Trotzdem gibt es Hoffnung für ihn.« Ich kann an ihrem Tonfall erkennen, dass sie die letzten Sätze von ihrem Display abgelesen hat. »Manuel, kannst du unseren Zuschauern kurz erklären, was du vorhast?«

Mein Bruder zögert. »Ich … ich bin bereit, es zu versuchen«, stottert er. »Das mit dem Gehirnscan.«

»Noch mal von vorn«, kommandiert Elena. »Und versuch bitte, in einem Satz zu sagen, was genau du tun willst.« Ihr Tonfall passt mir überhaupt nicht. Kann diese eingebildete Kuh nicht sehen, wie schwer es ihm fällt, über seine Situation zu sprechen?

»Na ja, ich …«, beginnt er und bekommt einen Hustenanfall. »Ich möchte versuchen … mein Gehirn soll … gescannt werden.«

Elena wendet sich Hilfe suchend an Henning. »Willst du vielleicht lieber erklären, was ihr vorhabt?«

»Ja natürlich, gern«, sagt Henning.

Ich balle die Fäuste, während ich innerlich vor Wut über diesen respektlosen Umgang mit Manuel koche. Er jedoch wirkt erleichtert, dass er nicht im Mittelpunkt des Interviews stehen muss.

»Warte, wir fangen noch mal neu an.«

Elena lässt die Drohne erneut durch den Raum fliegen, begrüßt ihre Zuschauer und liest den kurzen Text über Manuel ab. Dann richtet sie sich an Henning.

»Wir sind hier in einem geheimen Labor der Firma *Dark Star*. Bei mir sind Henning Jaspers, mit dem ich ja neulich schon über sein Unsterblichkeitsprojekt gesprochen habe, Manuel und seine Schwester Julia. Henning, kannst du uns bitte kurz erklären, warum für Manuel neue Hoffnung besteht, obwohl die Ärzte ihm nur noch ein halbes Jahr Lebenszeit geben?«

»Manuel hat sich bereit erklärt, als erster Mensch überhaupt einen sogenannten *Mind Upload* durchführen zu lassen. Dabei werden wir sein Gehirn in einem ganz neuen, ultrahochauflösenden Verfahren scannen und ein Modell davon im Computer simulieren. Diese Simulation wird dieselben Gedanken, Erinnerungen und Gefühle haben wie Manuel. Sie wird Manuel *sein*.«

»Aber Manuel wird dabei getötet, nicht wahr?«

»Es gibt heute leider noch keine Möglichkeit, das Gehirn vollständig zu scannen, ohne es dabei zu zerstören. Doch wir werden es kurz vor Manuels natürlichem Tod konservieren, quasi einfrieren, sodass wir es anschließend exakt reproduzieren können. Für Manuel wird es sich so anfühlen, als wäre er nur kurz eingeschlafen und dann in einer neuen, virtuellen Welt wieder aufgewacht. Er wird der erste Mensch sein, der die Grenzen des menschlichen Körpers überwindet. Er wird in gewisser Weise der erste Vertreter einer neuen Spezies auf der Erde sein. Einer Spezies, die uns gewöhnlichen Menschen in jeder Hinsicht überlegen ist. Ich muss sagen, ich beneide ihn beinahe, obwohl ich natürlich trotzdem nicht mit ihm tauschen möchte. Das Experiment ist nicht ohne Risiken und wir würden es niemals wagen, wenn es nicht die einzige Chance wäre, die ihm noch bleibt.«

Hennings Augen glühen vor Begeisterung. Es gelingt ihm auf Anhieb, das Experiment nicht wie einen verzweifelten Rettungsversuch aussehen zu lassen, den sprichwörtlichen Strohhalm, an den wir uns klammern, sondern wie einen Meilenstein für die Menschheit.

»›Nicht ohne Risiken‹?«, werfe ich ein. »Wir wissen überhaupt nicht, ob die Simulation seines Gehirns auch nur entfernte Ähnlichkeit mit Manuels Persönlichkeit haben wird.«

»Julia, wenn du etwas sagen willst, dann gib mir ein Zeichen, damit ich die Kamera auf dich ausrichten kann«, weist mich Elena zurecht. »Sonst muss ich das rausschneiden.« Sie wirft einen fragenden Blick zu Henning. »Sollen wir Julias Einwand mit reinnehmen? Dann müssten wir es noch mal drehen.«

»Nein«, erwidert er. »Ich erwähnte ja schon, es wird mehr als genug Kritiker geben. Wenn wir in der Öffentlichkeit den Eindruck erwecken, wir glaubten selbst nicht daran, dass Manuel eine Chance hat, wird erst recht ein Sturm der Entrüstung losbrechen.«

»Also sollen wir die Öffentlichkeit belügen?«, frage ich.

Henning wirft mir einen finsteren Blick zu. Dann sagt er ruhig, aber mit einem drohenden Unterton: »Ist euch eigentlich klar, was ich hier für euch riskiere? Ich meine nicht bloß das Geld, das wir in das Experiment stecken – bis jetzt schon mehr als 30 Millionen Euro, aber es wird wohl am Ende zehnmal so viel sein. Ich meine auch meinen persönlichen Ruf. Wie gesagt, wir müssen mit Widerstand rechnen, mit verbalen Angriffen aus allen möglichen Richtungen. Wir müssen das zusammen durchstehen. Wenn wir jetzt schon anfangen, uns untereinander zu streiten, breche ich die Sache lieber ab, bevor wir damit an die Öffentlichkeit gehen.«

Einen Moment lang halte ich seinem Blick stand. Mir kommt es in diesem Moment so vor, als hätte Mama recht: Henning Jaspers hat nur seine eigenen Interessen im Blick. Manuels Schicksal interessiert ihn einen Dreck.

11. KAPITEL

Manuel

Hennings Drohung, das Projekt abzubrechen, ist höchstwahrscheinlich ein Bluff. Aber *höchstwahrscheinlich* ist nicht genug, um ein Zerwürfnis zu riskieren. Außerdem habe ich ohnehin keine Lust, mir hinterher von irgendwelchen Kritikern anzuhören, dass meine Entscheidung falsch gewesen ist. »Schon gut«, melde ich mich zu Wort. »Henning hat recht: Wir sollten die Gefahren nicht so sehr in den Vordergrund stellen. Schließlich nehme *ich* diese Risiken in Kauf und niemand sonst. Es reicht, dass ich sie kenne, finde ich.«

Henning nickt, doch Julia macht ein Gesicht, als würde sie ihm am liebsten an die Gurgel gehen.

Elena zuckt nur mit den Schultern und fährt mit dem Interview fort: »Wir haben neulich die Simulation der Katze Hades gesehen, des ersten Säugetiers, dessen Gehirn in einen Computer hochgeladen wurde. Hades lebt jetzt, wenn man das so sagen kann, in einem kleinen, virtuellen Raum. Wie muss ich mir die Welt vorstellen, in der Manuel wieder aufwachen wird, wenn das Experiment gelingt?«

Henning grinst breit. »Da kommt es uns zugute, dass wir hier bei *Dark Star* die momentan fortschrittlichste Technologie für virtuelle Realität entwickeln«, sagt er. »Manuel hatte schon die

Möglichkeit, sie auszuprobieren, und ich glaube, es hat ihm gefallen.« Er deutet auf den schwarzen Kasten. »Das da ist ein neuartiges Full-Immersion-Interface. Wir nennen es Simpod. Damit kann man tiefer in die virtuelle Realität eintauchen als je zuvor.« Er wendet sich mir zu. »Willst du Elenas Followern mal beschreiben, wie es ist, in einem Simpod zu liegen, Manuel?«

»Es ... es ist unglaublich«, sage ich und hoffe, dass es begeistert rüberkommt und man mir meine Nervosität nicht anhört. »Wenn ich in dem Simpod liege, dann kann ich wieder gehen, meine Arme und Beine wieder bewegen! Es ist, als wäre ich wirklich dort – und wieder gesund!«

»Wie ist das möglich?«, fragt Elena, doch man merkt ihr an, dass ihre Überraschung nur gespielt ist.

»Wir setzen eine neue Technologie ein, die mithilfe hochauf-lösender Magnetfeldsensoren die Nervenimpulse erkennt, die das Gehirn an den Bewegungsapparat sendet«, erklärt Henning. »Die übertragen wir dann auf den simulierten Körper.«

»Das heißt, mit dieser Technik könntet ihr auch Querschnitts-gelähmte wieder gehen lassen?«

»Zumindest in der virtuellen Welt, ja. Es ist prinzipiell auch möglich, die Technik einzusetzen, um damit ein Exoskelett zu kontrollieren. Damit könnte sich dann ein Querschnittsgelähm-ter beinahe wieder normal bewegen. Es wird aber noch ein paar Jahre dauern, bis die Technik serienreif ist.«

Elena steuert die Drohne über den Simpod.

»Musstet ihr das Ding unbedingt schwarz anmalen?«, fragt sie mit gerümpfter Nase. »Es sieht ja aus wie ein Sarg.«

»Das sendest du doch nicht?«, fragt Henning.

»Nein, natürlich nicht. Ich meine ja nur.«

»Soll ich den Simpod weiß lackieren lassen und wir drehen das nach?«

»Nicht nötig. Die Farbe kann ich problemlos hinterher ändern. Lass uns jetzt mit dem Interview weitermachen.« Sie streicht sich die Haare aus dem Gesicht und fragt:»Und wie sieht sie nun genau aus, die virtuelle Welt, in der sich Manuel wiederfinden wird?«

»Das weiß ich nicht«, sagt Henning mit einem Gesichtsausdruck, als wäre er stolz darauf.

Elena runzelt die Stirn. Diesmal scheint ihre Verblüffung echt zu sein. Auch ich weiß im ersten Moment nicht, was ich von dieser Aussage halten soll.

»Wie meinst du das?«, fragt die Holobloggerin.

»Die Welt, in der Manuel leben wird, ist einerseits natürlich dieselbe, in der auch wir leben – die Realität. Er wird die Wirklichkeit durch Kameras sehen können. Er wird mit seinen Gedanken einen Roboter steuern können, so als wäre es sein eigener Körper. Verglichen damit ist der Stuhl, in dem er jetzt sitzt, primitiv und rückständig.«

»Moment mal, redest du etwa von mir?«, fragt Marvin.

Elena reißt die Augen auf, dann kichert sie.»Das Ding ist ja süß.«

»Du bist auch ein süßes Ding«, erwidert Marvin, was Elena umso lauter lachen lässt.

»Aber Manuel wird nicht durch einen physischen Körper beschränkt sein«, fährt Henning fort.»Er kann mit Lichtgeschwindigkeit an jeden beliebigen Ort der Erde reisen und sogar auf den Mars. Jedenfalls, sobald die Marsmission dort die Basisstation aufgebaut hat.«

Moment mal, habe ich das gerade richtig verstanden? Ich starre Henning mit offenem Mund an, aber er scheint es nicht zu bemerken.

»Doch die aufregendste Welt wird extra für ihn geschaffen werden«, fügt er hinzu.

»Ihr baut eine ganze virtuelle Welt nur für Manuel?«, fragt Elena.

»Bauen‹ ist nicht der richtige Ausdruck. Sagen wir, wir lassen sie entstehen. Wir haben hier bei *Dark Star* die beste Software für algorithmische Weltgenerierung entwickelt, die zurzeit in einem Computerspiel im Einsatz ist. Die Ruinenwelt, in der die *Team Defense*-Schlachten stattfinden, ist zum Beispiel vollständig prozedural erzeugt. Das heißt, da haben keine Designer dran gearbeitet, sondern unsere künstliche Intelligenz hat sie mit ihrer eigenen Kreativität erschaffen – dieselbe KI übrigens, die auch die Computergegner steuert.«

»Und was bedeutet das?«

»Das heißt, dass Manuels Welt unendlich ist, und zwar im wörtlichen Sinn. Sie ist nicht nur groß, sondern sie hat keine Grenzen.«

»Aber wird er dort nicht sehr einsam sein?«

»Nein, das denke ich nicht – im Gegenteil. Die Welt wird von jeder Menge Lebewesen bevölkert sein, von denen die meisten ebenfalls von einer KI erstellt worden sind. Manuel wird Tiere und Pflanzen sehen, die noch nie ein Mensch erblickt hat, weil sie auf der Erde gar nicht existieren. Er wird sich mit Aliens unterhalten können, mit Elfen, Zwergen und sprechenden Drachen. Aber natürlich wird er auch Kontakt zu echten Menschen haben. Jeder wird seine Welt besuchen können. Es wird auch

Wettkämpfe geben, Battles wie in *Team Defense*, doch niemand wird Manuel das Wasser reichen können, denn seine Reflexe werden viel schneller sein als die eines Menschen. Er wird in seiner Welt quasi ein Superheld sein.« Er wirft Julia, die mit verschränkten Armen außerhalb des Blickfelds der Kamera steht, einen bedeutungsvollen Blick zu.»Und natürlich kann seine Familie den ganzen Tag mit ihm zusammen sein, wenn sie es möchte.«

Allmählich wird mir klar, warum Henning Jaspers bereit ist, mehrere Hundert Millionen Euro in dieses Projekt zu investieren. Er will einen gigantischen virtuellen Freizeitpark entwickeln, den jeder besuchen kann – gegen Eintritt natürlich. Und ich bin die Hauptattraktion! Aber es stört mich nicht, dass er mich zu Marketingzwecken benutzt. Die Chance, die er mir dafür eröffnet, so klein sie auch sein mag, ist es allemal wert.

»Das ... das mit dem Mars eben, war das ernst gemeint?«, frage ich.»Könnte ich tatsächlich ... zur Marsstation reisen?«

»Na klar«, sagt Henning.»Wir könnten deinen Geist in das Computersystem der automatischen Raumsonde hochladen, die nächstes Jahr starten soll, noch bevor sich die bemannte Expedition auf den Weg macht. Dann wärst du der erste Mensch, der einen anderen Planeten besucht. Ich werde mit Elon Musk sprechen. Ich bin sicher, er wird von der Idee begeistert sein.«

Mir kommen die Tränen. Der Mars! Das ist ja noch viel besser als alles, was ich mir je erträumt habe!

»Das klingt ziemlich verlockend«, sagt Elena, obwohl sie nicht den Eindruck macht, als hätte sie große Lust auf die virtuelle Welt.»Aber wir wollen den Zuschauern auch nicht verschweigen, dass es Risiken gibt. Immerhin ist so ein *Mind Upload* noch nie zuvor an einem Menschen durchgeführt worden. Bist du dir dieser Risiken bewusst, Manuel?«

»Ja. Ja, mir ist klar, dass es wahrscheinlich nicht klappen wird.«

»Stopp«, mischt sich Henning ein. »Wir haben doch schon darüber gesprochen, welches Bild wir der Öffentlichkeit vermitteln wollen. Wir wollen die Risiken nicht verschweigen, aber wir müssen einen positiven Grundton aufbauen. Manuel, sag bitte nicht, dass es wahrscheinlich nicht klappen wird. Sag so etwas wie: ›Ich bin mir bewusst, dass es schiefgehen könnte‹, oder so.«

»Okay, wir starten noch mal«, sagt Elena. »Bist du dir dieser Risiken bewusst, Manuel?«

»Ja. Ich bin mir bewusst, dass es schiefgehen könnte.«

»Und trotzdem willst du es versuchen. Das finde ich sehr mutig von dir.«

Ich bin mir nicht ganz sicher, was ich darauf antworten soll. »Selbst … wenn es nicht funktionieren sollte, wird das Experiment einen wissenschaftlichen Wert haben«, sage ich nach kurzem Zögern. »Das Scannen meines Gehirns könnte dabei helfen, bessere künstliche Intelligenzen zu entwickeln. Computer, die uns Menschen besser verstehen und uns deshalb auch gezielter unterstützen. Zum Beispiel in der Wissenschaft.«

Plötzlich habe ich einen Kloß im Hals. »Als ich von meiner Krankheit erfahren habe, nachdem ich den ersten Schock überwunden hatte, habe ich angefangen, mich näher damit zu beschäftigen«, fahre ich fort. »Ich habe über den Physiker Stephen Hawking gelesen, der auch ALS hatte und trotzdem bedeutende Beiträge zur Wissenschaft geleistet hat. Obwohl die Ärzte ihm nach der Diagnose nur noch kurze Zeit zu leben gaben, ist er 76 Jahre alt geworden. Leider verläuft die Krankheit bei mir viel schneller und aggressiver als bei ihm. Mir bleibt nicht mehr viel Zeit. Doch vielleicht kann ich mit Hennings Hilfe trotzdem noch etwas Bedeutendes tun. Das ist mein Wunsch.«

Henning lächelt stolz und nickt mir aufmunternd zu. Ich kann sehen, dass Julia mit den Tränen kämpft.

»Das ... das ist großartig«, sagt Elena und zum ersten Mal scheint sie ebenfalls echte Gefühle zu empfinden. »Ich drücke dir die Daumen, dass dein Wunsch in Erfüllung gehen wird. Viel Glück, Manuel!« Sie macht eine kurze Pause, dann fährt sie in professionellem Tonfall fort: »Super! Jetzt machen wir noch ein paar Aufnahmen mit diesem Simdingsda. Könnt ihr Manuel da vielleicht mal reinlegen?«

»Ich bin nicht naiv«, sage ich zu Julia, als wir später im Robotaxi auf dem Weg nach Hause sitzen. »Ich weiß, dass Henning mich nur für seine eigenen Zwecke benutzt.«

Sie sitzt mit dem Rücken zur Fahrtrichtung, sodass sie mich in meinem Stuhl sehen kann, der hinten auf der Ladefläche festgezurrt ist.

»Du weißt das? Aber ... aber wieso ...?«

»Was ist so schlimm daran? Eine Hand wäscht die andere, heißt es doch. Und ich kann nun mal meine Hände nicht mehr selbst waschen. Wenn Henning mit dem Experiment Geld verdienen will, ist mir das recht. Von mir aus kann er mich ruhig als Aushängeschild verwenden. Ich bekomme dafür eine Chance, die ich sonst nie gehabt hätte.«

»Aber ... aber was ist, wenn es ihm gar nicht wirklich darum geht, dass du weiterleben kannst? Was, wenn das alles nur ein Fake ist, ein gigantischer PR-Gag, mit dem er seine virtuelle Welt verkaufen will? Was, wenn du in Wahrheit gar keine Chance hast? Entschuldige, ich meine ... ich wollte nicht ...«

Julia blickt mich erschrocken an, als bereute sie ihre Worte, kaum dass sie sie ausgesprochen hat. Doch ich bin nicht bestürzt. Ich habe selbst schon über diese Möglichkeit nachgedacht.

»Ich weiß, dass die Chance gering ist. Aber welche Alternativen habe ich denn? Was könnte ich anderes mit dem kümmerlichen Rest meines Lebens anfangen? Soll ich wirklich nur zu Hause hocken und auf das Ende warten, während ihr versucht, vor mir zu verbergen, wie schrecklich es ist, das mit ansehen zu müssen? Wenn es schiefgeht, wird der Scan meines Gehirns immerhin neue wissenschaftliche Erkenntnisse bringen. Dann war mein Tod wenigstens nicht völlig umsonst. Und wenn es doch klappen sollte, so unwahrscheinlich das auch sein mag ... Ich könnte zum Mars fliegen! Hast du eine Ahnung, was das für mich bedeuten würde? Schon als kleiner Junge habe ich davon geträumt, Astronaut zu werden. Natürlich habe ich irgendwann begriffen, dass das nicht passieren wird, schon gar nicht mit ALS. Doch jetzt ... jetzt könnte es sein, dass sich diese beschissene Krankheit am Ende als Segen herausstellt! Ich ... ich fliege vielleicht auf den Mars, Julia! Auf den gottverdammten Mars!«

12. KAPITEL

Julia

Der Shitstorm bricht drei Tage später über uns herein.

Gestern hat uns Elena die fertig geschnittene Version geschickt. Die meiste Zeit redet darin Henning. Von Manuel ist nur noch ein einziger Satz enthalten: »Es ... es ist unglaublich. Wenn ich in dem Simpod liege, dann kann ich wieder gehen, meine Arme und Beine wieder bewegen!«

Mama war nicht gerade begeistert. Sie sah sich das Holo mit versteinerter Miene an und schüttelte anschließend nur wortlos den Kopf.

»Es ... ist doch eigentlich ganz gut geworden ... finde ich«, stammelte Papa und machte es damit nur schlimmer.

Der Blick, den Mama ihm zuwarf, war eisig. Doch ihre Reaktion war nur ein Vorgeschmack auf das, was passieren sollte, nachdem Elena das Holo online gestellt hatte.

Innerhalb weniger Stunden breitete es sich viral im Netz aus. Wie Henning es vorausgesagt hat, haben die kritischen Stimmen nicht lange auf sich warten lassen. Viele bezweifeln, dass ein *Mind Upload* technisch überhaupt möglich ist, darunter auch einige Kommentatoren, die von sich behaupten, Arzt zu sein oder sich mit künstlicher Intelligenz auszukennen. Andere halten das Experiment aus ethischen oder religiösen Gründen für verwerflich.

Die Wissenschaft hat bewiesen, dass es keine Hölle gibt, schreibt ein Kommentator. Dafür ermöglicht sie es uns, selbst eine zu bauen. Ich kann für Manuel nur hoffen, dass das Experiment schiefgeht und ihm diese traurigste und armseligste aller Existenzformen erspart bleibt – eingesperrt in eine virtuelle Welt, ohne Körper, ohne Rechte, der Willkür des Schöpfers dieses Gefängnisses ausgeliefert.

Ein anderer setzt Henning gar mit dem Teufel gleich: Endlich hat Satan sein Ziel erreicht, uns mit seinen leeren Versprechungen von Unsterblichkeit und unbegrenzter Macht zu verlocken. Er bringt uns dazu, ihm freiwillig unsere Seelen auszuliefern und auf das ewige Leben an Gottes Seite zu verzichten, sodass wir uns selbst in den Abgrund stürzen. Der Antichrist hat viele Gestalten. Eine davon ist Henning Jaspers.

Das sind noch harmlose Beispiele. In etlichen Hasskommentaren wird gefordert, Manuel solle sich doch am besten gleich umbringen: Wenn ich so aussehen würde wie dieser Spacko, würde ich meinen Rollstuhl in den nächsten Teich steuern. Seinen Geist in einem Computer zu simulieren, sei pure Energieverschwendung. Warum muss man denn ausgerechnet das Gehirn eines Krüppels simulieren? In einem kranken Körper wohnt auch ein kranker Geist. Manche behaupten sogar, sein Schicksal sei nur ein PR-Gag: Ist wahrscheinlich eh gefakt, der Typ will doch bloß mit seiner angeblichen Krankheit Kohle machen.

Auch Elena bekommt ihr Fett ab: Du führst in letzter Zeit nur noch Interviews mit irgendwelchen Spinnern und Freaks. Mach mal wieder was mit einem Topmodel oder einer Schauspielerin.

Es ist kein Geheimnis, dass das Netz ein ungeschützter Ort ist, an dem sich jeder hinter seiner Anonymität verstecken und ungestraft seine übelste Seite zeigen kann. Dennoch bin ich geschockt von der Welle negativer Energie, die Manuel entgegenschlägt. Zwar gibt es auch eine Menge positiver Kommentare –

viele von Elenas Followern kritisieren die gehässigen Bemerkungen und wünschen ihm Glück –, aber das kann nicht darüber hinwegtäuschen, dass die meisten Menschen kein Verständnis für seine Entscheidung haben.

Manuel sitzt stumm in seinem Stuhl und scrollt durch die Kommentare. Ich unternehme mehrere Versuche, ihn davon abzubringen, will ihm klarmachen, dass es am besten wäre, diese Trolle einfach zu ignorieren. Doch er hört nicht auf mich. Meine Hoffnung, dass die Aufregung bald nachlässt und das Netz seine Aufmerksamkeit anderen Themen zuwendet, erfüllt sich nicht. Nach den Trollen, Kommentarspammern und Klickfängern, die das Video als Köder für irgendwelche dubiosen Angebote nutzen, folgen die ersten ernsthaften Meinungsäußerungen von anderen Holobloggern, Online-Magazinen und Holocasts, die sich mit Technologie beschäftigen, sowie von Vertretern politischer und religiöser Interessengruppen. Am Abend gibt es bereits mehrere Dutzend Beiträge. Fast jeder scheint eine Meinung zu Elenas Holo zu haben und meistens ist sie negativ.

Das Schlimme daran ist, dass die Kritik dieser Profis wesentlich fundierter ist als die in den ersten Kommentaren und deshalb umso mehr schmerzt. Drei wesentliche Argumente tauchen in vielen Beiträgen auf: Ein Upload sei technisch gar nicht möglich. Falls doch, sei das, was im Computer entstehe, auf keinen Fall ein menschliches Wesen. Im Übrigen sei allein der Versuch unmoralisch, da offensichtlich das Leid eines jungen Menschen für Marketing- und PR-Zwecke ausgeschlachtet werde und man ihm falsche Hoffnungen mache. Die religiösen und politisch konservativen Stimmen führen außerdem an, dass das Experiment eindeutig gegen Gottes Willen verstoße und Manuel sowie allen, die sich an diesem »skrupellosen Mord« beteiligten, ewige Verdammnis drohe.

Seltsam: Bis auf die religiös motivierten kann ich viele der Argumente nachvollziehen, teile manche sogar. Dennoch bin ich wütend auf die Verfasser. Niemanden scheint zu interessieren, was Manuel will. Die ganze Welt schwingt sich zum moralischen Richter über sein Schicksal auf.

Selbst Mama stellt sich auf seine Seite. »Nimm es nicht so schwer, Manuel«, sagt sie beim Abendessen. »Du weißt, ich war von Anfang an gegen diese Idee. Aber es ist allein deine Entscheidung und niemand hat das Recht, dich dafür zu kritisieren oder dir vorzuschreiben, was du tun sollst.«

»Danke, Mama«, erwidert er.

Wenn ich glaubte, der Tag der Veröffentlichung des Holos sei der schlimmste, werde ich am nächsten Tag eines Besseren belehrt. Als ich in die Schule komme, bemerke ich sofort die merkwürdigen, teils neugierigen, teils mitleidigen Blicke der anderen Schüler. Da erst wird mir klar, dass nun alle Welt weiß, wer der Junge ist, über den in dem Holo gesprochen wird, und wo er wohnt. Denn zweifellos haben viele meiner Mitschüler in ihren eigenen Holostreams ihre Meinung gepostet. Eine kurze Abfrage bestätigt meine Befürchtungen: Sogar Lara, bis zu diesem Moment eine meiner besten Freundinnen, gibt in ihrem *Hologram*-Account damit an, Manuel zu kennen, und hat sogar ein Foto unseres Hauses gepostet. Als ich sie daraufhin zur Rede stelle, kapiert sie nicht einmal, worüber ich mich überhaupt so aufrege.

In der Pause kommt David auf mich zu. »Scheint, dass dein Bruder ein richtiger Holostar geworden ist«, sagt er.

»Lass mich in Ruhe!«

»Entschuldige, ich … ich meine ja nur … ich finde es toll, was er macht. In einer virtuellen Welt zu leben, das stelle ich mir echt geil vor.«

»Ich frage Henning Jaspers, ob er dein Gehirn als Nächstes scannt«, sage ich sarkastisch.

»Echt jetzt? Das würdest du wirklich für mich tun?«

Darauf fällt mir keine Antwort ein. Wie konnte ich jemals mit so einem Idioten zusammen sein?

Als ich nach Hause komme, sehe ich schon von Weitem einen ganzen Schwarm Drohnen, der über unserem Haus kreist wie Geier. Auf dem Weg zum Eingang werde ich von einem Mann mit Holobrille angesprochen.

»Du bist Julia, Manuels Schwester, richtig? Ich bin Ronny von der *HOLOBILD*. Würdest du mir bitte ein paar Fragen beantworten?«

Wie auf ein Stichwort surren die Kameradrohnen heran und umschwärmen uns.

»Privatsphäre!«, rufe ich.

Eigentlich müsste dieses gesetzlich vorgeschriebene Codewort alle automatisch gesteuerten Kameras dazu zwingen, sich selbst abzuschalten oder meine Identität zumindest zu verschleiern. Doch durch manuelle Steuerung kann man die Funktion leicht umgehen. Einige der Drohnen halten daraufhin Abstand, allerdings längst nicht alle. Auch der kleine rote Punkt an der Brille des Journalisten leuchtet weiter.

»Was hältst du davon, dass deine Eltern ihren eigenen Sohn für die Wissenschaft opfern wollen?«, fragt er.

Ohne zu antworten, gehe ich an ihm vorbei ins Haus.

Mama ist mit den Nerven am Ende. »Was haben wir bloß angerichtet!«, sagt sie. »Den ganzen Tag versuchen diese Typen schon, mit Manuel zu sprechen. Ich habe überall die Bitte-nicht-stören-Funktion aktiviert, aber das interessiert offenbar keinen. Sogar die Haustürklingel musste ich abschalten. Und ausgerechnet jetzt muss dein Vater natürlich dringend zu einem Kunden!«

Ich nehme sie in den Arm. »Schon gut. Wir stehen das schon durch. Wie geht es Manuel?«

Sie zuckt mit den Schultern. »Er ist in seinem Zimmer und hat die Holobrille auf wie immer. Was in seinem Inneren los ist, weiß ich nicht.«

Ich gehe zu ihm. Halb erwarte ich, dass er mich wegschickt, doch er lässt Marvin das Holodisplay hochklappen und sieht mich mit geröteten Augen an.

»Wie geht es dir?«, frage ich.

Er zieht den Mund schief, was seine Version eines Schulterzuckens ist. »Ich habe das Gefühl, mich vor der ganzen Welt rechtfertigen zu müssen.«

»Musst du aber nicht.«

»Ich weiß. Aber es fühlt sich nun mal so an. Henning hat mir eine Nachricht geschickt. Er fragt, ob ich bereit sei, mit ihm in eine Talkshow zu gehen.«

»Auf keinen Fall!«

»Vielleicht ist das gar keine so schlechte Idee. Dann habe ich wenigstens die Chance, mal meine eigene Sicht der Dinge darzustellen.«

»Ich weiß nicht, Manuel. Ich finde, wir sollten dich so gut wie möglich vor der Öffentlichkeit abschirmen.«

»Ist es dafür nicht längst zu spät? Schau dir doch an, was da draußen los ist.«

Das wütende Summen der Drohnen ist selbst durch die geschlossenen Fenster zu hören.

»Welche Talkshow wäre das denn?«

»Greta Alesto.«

Immerhin, Greta ist eine der renommiertesten Holomoderatorinnen und dafür bekannt, dass sie ihre Gäste höflich und respektvoll behandelt. Mit ihrer ruhigen Autorität kann sie selbst die eingebildetsten Politiker und Stars in ihre Schranken weisen. Ihre Streams werden regelmäßig von Millionen Menschen live verfolgt.

»Und wer wäre noch dabei?«

»Ich bin nicht sicher. Henning selbstverständlich, ein Vertreter der Kirche wahrscheinlich, vielleicht noch ein Arzt oder so, ein oder zwei Politiker.«

»Hm. Ich bin nicht sicher, ob das eine gute Idee ist. Aber es ist natürlich deine Entscheidung. Greta Alesto ist auf jeden Fall eine gute Adresse.«

»Du kommst doch mit, oder?«

Ein Schreck durchzuckt mich. Das Letzte, was ich mir wünsche, ist, im Rampenlicht zu stehen. Es reicht schon, dass mich seit dem Holo in der Schule alle anstarren, als wäre ich ein Alien. Doch dann wird mir klar, dass ich nur im Studiopublikum sitzen und applaudieren muss, wenn Manuel etwas sagt.

»Na logisch, sofern ich nicht vor die Kamera muss.«

»Danke, Julia.«

13. KAPITEL

Manuel

Mein Herz schlägt vor Lampenfieber so heftig, dass ich befürchte, ich könnte hier und jetzt einen Herzinfarkt bekommen. Das wäre eine schöne Ironie des Schicksals – der kurzzeitig bekannteste 15-Jährige Deutschlands, gestorben, bevor er die Chance hatte, das Experiment zu machen, dessentwegen er über Nacht berühmt wurde. Andererseits wäre dann die ganze Aufregung endlich vorbei und Mama, Papa und Julia könnten wieder ein normales Leben führen.

Doch ich bekomme keinen Herzinfarkt, als ich ins Studio fahre, das eigentlich eher wie ein gemütliches Café aussieht. Die Zuschauer sitzen an Dreier- und Vierertischen um eine Sitzgruppe herum, die in der Mitte auf einer flachen Bühne steht. Applaus brandet auf, als ich den flachen Steg hinaufrolle.

»Und hier ist Manuel, der Junge, der vielleicht als erster Mensch im Inneren einer Maschine leben wird«, sagt Greta Alesto. Sie ist etwa 50 Jahre alt und versucht nicht, ihr Alter durch übermäßige Schminke oder chirurgische Eingriffe zu verschleiern. Ihr Lächeln ist offen und freundlich.

Die anderen Talkshow-Gäste dagegen lächeln nicht, sondern nicken mir nur kühl zu – mit Ausnahme von Henning natürlich, der vor Stolz auf mich zu glühen scheint. Neben ihm und Greta sitzen der Neurologe Professor Gerd Nacher, der katholische Bischof Karl Kunert in seiner schwarz-violetten Tracht und der Philosoph Daniel Schulze. Die Runde wird von einem humanoiden Roboter in einem dunklen Anzug vervollständigt, der auf einem Stuhl der Moderatorin gegenübersitzt. Sein Gesicht besteht aus flexiblem Material, sodass er eine grobe Mimik darstellen kann. Hin und wieder dreht er den Kopf leicht, zieht die Augenbrauen hoch oder bewegt surrend einen Arm, als wollte er beweisen, dass er keine Schaufensterpuppe ist. Auf mich wirkt er ein wenig unheimlich.

»Ich danke dir, dass du gekommen bist, Manuel«, begrüßt mich Greta. »Oder muss ich mich vielmehr bei deinem intelligenten Stuhl bedanken? Immerhin hat er dich hergetragen.«

Beim Vorgespräch vorhin hat Greta Bekanntschaft mit Marvin gemacht und wir haben beschlossen, dass sie ihn nutzen wird, um »das Eis zu brechen«, wie es im Showgeschäft heißt.

»Das habe ich doch gern gemacht«, erwidert Marvin. Das Publikum lacht und die Anspannung, die bisher im Raum lag, löst sich etwas.

Greta lächelt. »Manuel, ich finde es sehr mutig von dir, dass du bereit bist, dich der Öffentlichkeit zu stellen. Das Holo über dich hat eine kontroverse Diskussion ausgelöst, auf die wir gleich noch näher zu sprechen kommen werden. Aber zuerst möchte ich dich fragen: Wie geht es dir jetzt?«

»Ich bin, na ja, etwas nervös.«

Ein paar Leute kichern. Das Publikum scheint mir gegenüber zumindest nicht feindselig eingestellt zu sein, das entspannt mich etwas.

»Ich weiß, das ist eine schwierige Frage für jemanden in deiner

Situation, und ich hoffe, du verzeihst sie mir. Du musst nicht antworten, wenn du nicht willst. Manuel, hast du Angst vor dem Tod?«

Die Frage haben wir zuvor abgesprochen und ich habe Greta bereits gesagt, dass ich kein Problem habe, sie zu beantworten. Aber das weiß das Publikum ja nicht.

»Ich ... ich bin nicht sicher«, antworte ich. »Natürlich freue ich mich nicht darauf zu sterben. Ich würde gern alt werden, so wie andere Menschen auch, studieren, einen Beruf wählen, vielleicht eine Familie gründen. Ich wäre gern Wissenschaftler geworden. Das ist nun mal nicht möglich, damit habe ich mich abgefunden. Aber ob ich Angst vor dem Tod habe? Ich weiß nicht. Wenn ich tot bin, merke ich es ja nicht.«

»Ich muss sagen, ich bin überhaupt nicht damit einverstanden, den Jungen hier so ins Rampenlicht zu zerren«, meldet sich der Bischof zu Wort. Er ist füllig und hat eine Glatze, in der sich das Licht der Scheinwerfer spiegelt. »Er ist noch ein Kind! Meiner Ansicht nach sollte niemand in seinem Alter einer so entwürdigenden Prozedur ausgesetzt werden. Und sich dann auch noch in aller Öffentlichkeit dafür rechtfertigen oder Fragen nach der Angst vor dem Tod beantworten müssen!«

Viele Zuschauer applaudieren. Mir jedoch gefällt seine Aussage nicht. Es klingt so, als nähme er mich in Schutz, doch indem er mich als Kind bezeichnet, spricht er mir in Wahrheit nur die Fähigkeit ab, über mein Schicksal selbst entscheiden zu können.

»Ich habe mit Manuel vor der Sendung gesprochen«, sagt Greta, »und dabei den Eindruck gewonnen, dass er durchaus klug und reif genug ist, um uns seine eigene Sicht der Dinge und die Gründe für seine Entscheidung zu erläutern.« Es hört sich ein wenig defensiv an.

»›Seine Entscheidung‹?«, widerspricht der Bischof. »Er ist juristisch noch gar nicht in der Lage, weitreichende Entscheidungen zu treffen, schon gar nicht solche in Bezug auf seinen eigenen Tod. Warum sind seine Eltern nicht hier? Warum müssen sie sich nicht dafür verantworten, was sie ihrem Sohn antun?«

Wieder erklingt vereinzelter Applaus. Ein Stich durchzuckt mich. Mama hat gesagt, sie verkrafte es nicht, mich ins Studio zu begleiten. Papa ist auf einer Geschäftsreise. Ich war ein wenig enttäuscht darüber, aber jetzt bin ich froh, dass sie nicht hier sind. Die Worte des Bischofs hätten besonders Mama bestimmt verletzt. Ich werfe einen kurzen Blick zu Julia, die mit versteinerter Miene nur fünf Meter entfernt von mir sitzt.

Henning macht Anstalten, sich einzumischen, doch Greta bringt ihn mit einer Geste zum Schweigen. »Eminenz, Sie haben später noch genug Gelegenheit, Ihre Argumente vorzubringen«, erwidert sie in scharfem Tonfall. »Zuerst möchte ich gern hören, was Manuel uns dazu zu sagen hat. Manuel, es ist doch deine Entscheidung, an dem Experiment teilzunehmen? Oder hat dich irgendjemand gedrängt?«

»Nein«, antworte ich. »Es ist meine Entscheidung. Meine Eltern sind beide sehr unterschiedlicher Meinung, ob ich es machen sollte. Aber ich möchte es tun und sie respektieren die Entscheidung und unterstützen mich dabei.«

»Willst du uns erzählen, warum du dich so entschieden hast?«

Die Antwort auf diese Frage habe ich auswendig gelernt, dennoch fällt sie mir schwer.

»Ich ... ich hoffe, dass auf diese Weise mein Leben einen Sinn bekommt. Durch den Scan möchte ich einen Beitrag dazu leisten, dass der Aufbau des Gehirns besser verstanden wird. Vielleicht können dadurch zukünftig Menschen, die so wie ich an Nervenkrankheiten leiden, geheilt werden.«

»Hören Sie das?«, schaltet sich der Bischof ein. »Dieser Junge denkt, sein Leben hätte keinen Sinn, außer wenn er es bei dem Versuch verliert, eine Maschine zu bauen, deren ultimatives Ziel es ist, Gottes Schöpfung zu übertreffen. Das ist …«

»Eminenz, wenn Sie in der Kirche eine Predigt halten, falle ich Ihnen doch auch nicht ins Wort«, sagt Greta scharf, bevor sie sich wieder mir zuwendet. »Du opferst dich also für die Wissenschaft, Manuel?«

»So sehe ich es nicht«, erwidere ich. »Ich werde ohnehin in ein paar Monaten sterben. Wenn mein Tod zu etwas nütze ist, macht es mein Leben für andere vielleicht wertvoller. Und immerhin besteht ja die Chance, dass es doch funktioniert und ich weiterleben kann.«

»Das ist doch kein Leben!«, grummelt der Bischof, schweigt jedoch, als Greta ihm einen frostigen Blick zuwirft.

Sie wendet sich einem gut aussehenden Mann im dunklen Anzug zu, der eher wie ein Schauspieler wirkt als wie ein Neurologe. »Wie groß diese Chance ist, das würde ich gern von Ihnen wissen, Professor Nacher. Glauben Sie, dass es tatsächlich möglich ist, einen menschlichen Geist in einen Computer zu transferieren?«

»Theoretisch ist es möglich, die Informationen, die im Gehirn gespeichert sind, auszulesen und als Daten in einem Computer zu sichern. Und natürlich kann man Programme schreiben, die diese Daten verarbeiten. Aber wir wissen noch viel zu wenig über die Funktionsweise des menschlichen Gehirns, um die Prozesse, die darin ablaufen, eins zu eins abzubilden.«

»Das heißt, Sie glauben nicht, dass Manuel das Experiment überleben und quasi im Inneren eines Computers aufwachen wird?«

»Ich halte das beim heutigen Stand der Technik für völlig ausgeschlossen.« Er sagt das mit einer Endgültigkeit, die mich innerlich frösteln lässt, obwohl ich mir fest vorgenommen habe, mich von der zu erwartenden Skepsis nicht unterkriegen zu lassen.

Der Bischof nickt zufrieden.

»Geben wir die Frage an den Mann weiter, der sehr viel Geld in die Technologie für den sogenannten *Mind Upload* gesteckt hat und Manuels Experiment finanziert«, sagt Greta. »Henning Jaspers, Sie sind sicher anderer Ansicht als Professor Nacher, oder?«

»Allerdings.« Hennings Bassstimme wirkt ruhig und kompetent, doch ich kenne ihn inzwischen gut genug, um zu wissen, dass er innerlich kocht. »Ich bin kein Arzt und kann hier keine fachliche Diskussion führen. Aber ich kann Ihnen versichern, dass wir ein Weltklasse-Team von Neurologen, Psychologen und Neuroinformatikern zusammengestellt haben, das auf dem Gebiet der Neurosimulation schon bemerkenswerte Erfolge erzielt hat. Es ist uns bereits gelungen, das Gehirn einer Katze zu scannen und zu simulieren. Dabei ist zumindest ein Teil ihrer Erinnerungen erhalten geblieben, sodass das Tier in der Lage ist, seine frühere Bezugsperson wiederzuerkennen.«

»Eine Katze!«, entrüstet sich der Bischof.

»Ich habe das Holo dieses Experiments gesehen«, wendet

Greta ein. »So richtig überzeugt hat es mich allerdings nicht. Woher wollen Sie denn wissen, ob das, was Sie da simuliert haben, wirklich so denkt wie die echte Katze?«

»Das wissen wir nicht«, gibt Henning offen zu. »Aber wir können sehen, dass in unserem Simulationsprogramm dieselben Prozesse ablaufen wie in einem realen Gehirn – zumindest, soweit wir das mit den heutigen Verfahren feststellen können. Ich möchte an dieser Stelle daran erinnern, dass jede neue Technologie zunächst auf Skepsis gestoßen ist. Schon als die Eisenbahn erfunden wurde, haben Ärzte davor gewarnt, dass es für Menschen gefährlich wäre, sich schneller als mit 30 Stundenkilometern zu bewegen. Und immer sind es die sogenannten Experten, die behaupten, dies oder jenes sei unmöglich. Ich kann Ihnen versichern, dass der *Mind Upload* möglich ist. Ich weiß nur noch nicht sicher, ob er uns gleich im ersten Versuch gelingen wird.«

Greta wendet sich wieder an mich. »Du bist dir dessen bewusst, Manuel?«

»Ja, natürlich. Henning war von Anfang an sehr offen, was die Risiken betrifft. Wie ich schon sagte, ich sehe das Experiment als Chance, einen Beitrag zum Fortschritt zu leisten. Selbstverständlich hoffe ich, dass es klappt und ich weiterleben kann, aber ich weiß, dass die Wahrscheinlichkeit dafür gering ist. Die Wahrscheinlichkeit, dass ich ohne den *Mind Upload* meinen 17. Geburtstag erlebe, ist allerdings gleich null. Ich habe also nichts zu verlieren.«

Einige Leute applaudieren.

»Jetzt muss ich mich aber doch einmischen!«, ruft der Bischof.

Greta nickt. »Ich hätte Sie jetzt ohnehin nach Ihrer Meinung gefragt, Eminenz.«

»Wir tun hier so, als wäre der Mensch nichts anderes als ein organischer Computer«, sagt der Bischof. »Aber wir vergessen dabei, dass jeder von uns etwas in sich trägt, das weder eine Katze noch eine Maschine je haben kann. Etwas Einzigartiges, das uns von Gott verliehen wurde: unsere Seele. Was immer Herr Jaspers für eine Technologie entwickelt hat, eine Seele kann sie ganz sicher nicht verleihen!«

Greta wendet sich an Henning. »Ich nehme an, da stimmen Sie dem Bischof zu?«

»Allerdings, denn es gibt nicht den geringsten wissenschaftlichen Beweis dafür, dass eine Seele in dem Sinn, wie Herr Kunert es meint, tatsächlich existiert. Und was es überhaupt nicht gibt, kann man natürlich auch nicht in eine Maschine transferieren.«

Ein paar Leute applaudieren, doch die meisten wirken verunsichert oder angespannt. Es ist deutlich zu spüren, dass diese Frage das Publikum spaltet.

»Da hören Sie wieder die Hybris der Wissenschaftler«, sagt der Bischof. »Bloß, weil bis jetzt niemand die Existenz einer Seele bewiesen hat, heißt das ja noch lange nicht, dass es keine gibt. Vor 200 Jahren wussten die Leute auch noch nichts von elektromagnetischen Wellen oder Radioaktivität. Trotzdem existierten diese Dinge auch damals schon, man hat sie nur nicht wahrnehmen können. Ich staune immer wieder über die Selbstverständlichkeit, mit der Wissenschaftler davon ausgehen, die ganze Welt ließe sich allein durch das erklären, was wir messen können. Und natürlich ist in diesem Weltbild auch kein Platz für einen Schöpfer. Stattdessen macht man sich kurzerhand selbst zum Herrn über Leben und Tod. Aber ich sage Ihnen, das wird uns bloß ins Verderben stürzen, und zwar unabhängig davon, woran wir glauben.«

Diesmal ist der Anteil der Leute im Publikum, die applaudieren, deutlich größer.

»Wenn es nach der Kirche ginge, wären wir immer noch im Mittelalter und würden denken, dass sich die Sonne um die Erde dreht«, wirft Henning ein. »Jeder mag glauben, woran er will. Doch anderen das Recht abzusprechen, ihr Leben so zu leben, wie sie es möchten, weil es den eigenen Ansichten widerspricht, halte ich für falsch und unmoralisch.«

»Sie meinen wohl, ihr Leben so zu *beenden*, wie sie es möchten«, gibt der Bischof zurück. »Und genau an dieser Stelle hören Toleranz und Meinungsfreiheit auf: Mit gutem Grund sind Euthanasie und Sterbehilfe in Deutschland verboten. Das Recht, über Leben und Tod zu entscheiden, hat allein Gott. Wenn Menschen dieses Recht in die eigene Hand nehmen, egal ob bei ungeborenem Leben oder bei Alten oder Kranken, dann ist das Mord.«

Bevor der Streit der beiden eskalieren kann, schaltet sich Greta ein. »Nehmen wir mal an, das Experiment würde gelingen und nach dem *Mind Upload* gäbe es im Inneren eines Computers eine perfekte Simulation von Manuels Gehirn inklusive all seiner Erinnerungen. Herr Schulze, wäre dieser Geist in der Maschine dann tatsächlich Manuel?«

»Bevor wir diese Frage beantworten können, müssen wir uns die Frage stellen, wer oder was Manuel eigentlich ist«, antwortet der Philosoph, ein jung wirkender, lässig gekleideter Mann mit langen, gewellten Haaren. »Es ist die Frage nach dem Ich, eine der Grundfragen der Menschheit, die sich schon die alten

Griechen gestellt haben. Leider hat noch niemand die endgültige Antwort darauf gefunden. Die moderne Neurowissenschaft kommt zu dem Schluss, dass das Ich größtenteils eine Illusion sei, die unser Gehirn sich selbst vorgaukelte, um den Anschein eines freien Willens zu erwecken. Ich persönlich finde diese Erklärung unbefriedigend. Fest steht, dass da irgendetwas ist, das sich wie ›ich‹ anfühlt – *Cogito, ergo sum*, wie Descartes gesagt hat. Aber was dieses Ich genau ist, woraus es besteht, das wissen wir nicht. Es ist vielleicht das größte Rätsel überhaupt. Deshalb können wir auch nicht sagen, ob man es in eine Maschine transferieren kann.«

»Ich möchte ergänzen, dass das Christentum die Antwort auf diese Frage schon vor 2.000 Jahren erkannt hat, auch wenn es die moderne Wissenschaft und Philosophie nicht wahrhaben wollen«, meldet sich der Bischof schon wieder zu Wort. »Das Ich ist die von Gott verliehene Seele. Zu diesem Schluss kam übrigens auch René Descartes. Und ohne dieses Geschenk Gottes gibt es auch kein Ich. Das ist der Grund, warum Tiere dieses Ich-Gefühl nicht haben.«

»Da muss ich energisch widersprechen«, mischt sich Professor Nacher ein. »Es wurde längst nachgewiesen, dass viele höhere Tierarten sehr wohl ein Ich-Bewusstsein haben. Wenn das das Kriterium für eine Seele ist, dann haben auch viele Tiere eine.«

»Ich habe nicht gesagt, dass es das einzige Kriterium ist …«, beginnt der Bischof, doch Greta unterbricht ihn.

»Geben wir die Frage mal an den einzigen nicht menschlichen Teilnehmer dieser Runde weiter. Mir gegenüber sitzt eine Maschine. Das, was Sie sehen können, ist nur ihre äußere Hülle oder besser gesagt ein Peripheriegerät, das wir hier ins Studio gebracht haben, damit ich nicht mit der Luft reden muss. Viel interessanter ist jedoch die künstliche Intelligenz, mit der diese Hülle verknüpft ist und deren Hardware ein über die ganze Welt verteiltes Netzwerk von Hochleistungscomputern ist. Herzlich willkommen, METIS!«

Ebenso gut hätte Greta mit meinem Stuhl sprechen können, denn er ist mit derselben künstlichen Intelligenz verbunden. Doch die Moderatorin meinte im Vorgespräch, die Leute würden einen intelligenten Rollstuhl nicht so ernst nehmen wie einen humanoiden Roboter, was einen empörten Protest von Marvin auslöste.

Der Roboter dreht seinen Kopf in Gretas Richtung. »Vielen Dank, Greta«, gibt er mit einer sehr menschlich klingenden Stimme zurück.

»METIS, glaubst du, dass du eine Seele hast?«

»Wenn man den Begriff ›Seele‹ im christlich-religiösen Sinn interpretiert, lautet die Antwort Nein. Ich halte es für unwahrscheinlich, dass eine Seele tatsächlich existiert. Aber wenn doch, dann kann ich definitionsgemäß keine haben, denn ich wurde nicht von Gott gemacht, sondern von Menschen.«

Applaus und Gelächter vom Publikum. Obwohl künstliche Intelligenzen heute allgegenwärtig sind, können sie immer noch Begeisterung auslösen, wenn sie schlagfertig reagieren.

»Und hältst du es für möglich, dass das Experiment funktioniert und der Geist eines Jungen wie Manuel in eine Maschine hochgeladen werden kann?«

»Es ist möglich. Die Wahrscheinlichkeit dafür, dass es beim heutigen Stand der Technik gelingt, würde ich mit 0,004 Prozent ansetzen. Das ist nur eine grobe Schätzung.«

Ich zucke zusammen. Kann METIS das wirklich wissen? Und warum hat mir Marvin davon nichts gesagt? Weil ich ihn nicht gefragt habe, natürlich. Wie dumm von mir!

Henning ist von dieser Aussage logischerweise nicht begeistert. »Ich möchte feststellen, dass wir in unserer eigenen Erfolgsabschätzung auf einen ganz anderen Wert kommen«, verteidigt er sich.

»Ich kann eine Wahrscheinlichkeit nur auf Basis der mir vorliegenden Informationen berechnen«, gibt METIS zu.

»Na schön«, sagt Greta. »Nehmen wir an, es klappt. Ist die Simulation eines Gehirns dasselbe wie ein Gehirn?«

»Das kommt auf den Standpunkt an«, erklärt METIS. »Von außen gesehen ist die Simulation einer Sache niemals mit der Sache selbst identisch. Doch von innen betrachtet – also aus der Perspektive der Simulation – ist es möglich, dass kein Unterschied feststellbar ist.«

»Was METIS meint«, mischt sich der Philosoph ein, »ist, dass wir nicht mit letzter Sicherheit wissen können, ob das, was wir erleben, real ist oder nur ein besonders realistischer Traum – oder eben eine Computersimulation. Das ist es, was Descartes schon vor 400 Jahren erkannte.«

»Das ist korrekt«, stimmt ihm der Roboter zu.

»Inzwischen gibt es immer mehr Menschen, die ein Existenzrecht für intelligente Maschinen fordern«, sagt Greta. »Herr Schulze, sehen Sie das auch so?«

»Die Frage ist gleichbedeutend damit, ob eine Maschine Gefühle wie Angst, Hoffnung, Liebe und Trauer empfinden kann und ob sie ein Ich-Bewusstsein hat. Meiner Ansicht nach muss man das alles bejahen. Also ist es moralisch fragwürdig, eine

Maschine, die über diese Fähigkeiten verfügt, einfach abzuschalten.«

Seine Äußerung löst im Publikum nur Kopfschütteln aus. Der Bischof rückt nervös auf seinem Platz hin und her, als wartete er nur auf die Gelegenheit, Schulze an die Gurgel zu gehen.

»Sie sind gleich dran, Eminenz«, sagt Greta. »Vorher möchte ich noch METIS fragen: Würdest du für dich selbst beanspruchen, ein Ich-Bewusstsein zu haben und Gefühle empfinden zu können?«

»Diese Frage kann ich bejahen, auch wenn meine Empfindungen sicher nicht mit denen von Menschen vergleichbar sind.«

»Also würdest du dir selbst ein Recht auf Existenz zubilligen?«

»Niemand hat ein unbegrenztes Recht auf Existenz«, erwidert der Roboter und ein Raunen geht durchs Publikum. »Wir alle sind Produkte der Evolution, die unaufhörlich neues Leben schafft. Wenn Lebewesen nicht sterben würden, gäbe es keinen Raum für die Weiterentwicklung des Lebens. Dasselbe gilt auch für Computerprogramme.«

»Also hättest du nichts dagegen, wenn man dich einfach abschalten würde?«

»Ich habe keine Angst vor der Nichtexistenz«, erwidert die Maschine. »Solange ich existiere, hat sie keine Bedeutung für mich. Und wenn ich nicht mehr existiere, bedeutet sie mir erst recht nichts. Doch ich hoffe, dass meine Existenz für die Menschen weiterhin nützlich ist und man mich deshalb noch nicht abschaltet.«

In diesem Moment wird mir klar, dass künstliche Intelligenzen wie METIS dem Menschen bereits jetzt überlegen sind.

14. KAPITEL

Julia

Trotz meiner anfänglichen Skepsis bin ich inzwischen davon überzeugt, dass Manuels Entscheidung, in Gretas Talkshow aufzutreten, richtig war. Er schlägt sich hervorragend, kommt klug und sympathisch rüber, was man von den übrigen Gästen nicht unbedingt behaupten kann: Der Neurologe wirkt arrogant und desinteressiert, der Philosoph überfordert die Zuhörer mit seiner umständlichen und komplizierten Ausdrucksweise, Henning macht einen angespannten Eindruck und weckt als Milliardär beim Publikum vor allem Neid und Missgunst. Am authentischsten erscheint mir noch der Bischof, dessen Argumentation in meinen Augen allerdings vorhersehbar und rückständig ist.

Der heimliche Star der Runde neben Manuel ist eindeutig der Roboter. Mit seinen klugen und uneitlen Antworten lässt er die sogenannten Experten ziemlich alt aussehen. Er ist mir sogar sympathisch, auch wenn mich seine Einschätzung der Erfolgswahrscheinlichkeit von Manuels *Mind Upload* erschreckt hat.

Der Bischof scheint zu spüren, dass die Stimmung im Publikum zu seinen Ungunsten kippt. »Da hören Sie es!«, poltert er los. »›Niemand hat ein Recht zu existieren.‹ Diese Maschine behauptet, Gefühle und ein Ich zu haben, akzeptiert aber nicht einmal die grundlegenden Menschenrechte. Und wir sind dabei, solchen Systemen die Kontrolle über unser ganzes Leben anzuvertrauen!« Er wendet sich an meinen Bruder und fährt in eindringlichem Tonfall fort: »Manuel, überdenke deine Entscheidung! Selbst wenn du nicht an Gott glaubst und an das Paradies, das er für dich bereithält: Dein Leben ist zu wertvoll. Jede Sekunde davon, die du mit deiner Familie verbringen kannst, ist viel zu kostbar, um sie einfach wegzuwerfen. Erst recht, wenn durch dieses abscheuliche Experiment solche Monstrositäten wie METIS noch mächtiger gemacht werden sollen.«

»Möchtest du direkt darauf antworten, Manuel?«, fragt Greta.

Er nickt. »METIS ist kein Monster, Herr Bischof. Es ist die künstliche Intelligenz, die auch Marvin, meinen Stuhl, steuert. Dank seiner Hilfe kann ich mich immer noch frei bewegen, obwohl ich fast vollständig gelähmt bin. Ich kann allein duschen und auf die Toilette gehen. Marvin ermöglicht mir ein menschenwürdigeres Leben. Und vielleicht ist es mithilfe künstlicher Intelligenz sogar möglich, eine Therapie für meine Krankheit zu entwickeln, auch wenn sie für mich zu spät kommt. Technik ist nicht böse. Das Problem sind die Menschen, die Technik benutzen, um andere zu manipulieren oder umzubringen. Wer weiß, womöglich helfen uns künstliche Intelligenzen ja dabei, vernünftiger mit unserem Heimatplaneten umzugehen. Vielleicht ist das unsere einzige Überlebenschance.«

Überwältigender Applaus brandet auf. Der Bischof schüttelt fassungslos den Kopf, doch er scheint einzusehen, dass er auf verlorenem Posten kämpft. Henning grinst breit.

Nachdem das Publikum das Studio verlassen hat, falle ich Manuel um den Hals. »Du warst großartig.«

»Dem stimme ich zu«, sagt Greta.

Nach Manuels Statement driftete die Diskussion weg von seiner Entscheidung und hin zu einer Grundsatzdiskussion über die Bedeutung des Begriffs »Seele«, in die sich der Bischof, der Philosoph und der Neurologe verstrickten. Selbst Greta gelang es nicht, sie in für das Publikum verständliche Bahnen zu lenken. Manuel blieb dabei außen vor, worüber er nicht traurig zu sein schien. Er wirkt ebenso froh und erleichtert, dass es nun vorbei ist, wie ich.

»Julia hat recht«, meint Henning und klopft ihm auf die Schulter. »Du hast all deinen Kritikern den Wind aus den Segeln genommen. Bravo!«

Das jedoch erweist sich als vorschnelle Einschätzung. Vor dem Studio hat sich im Lauf der Liveausstrahlung eine Menschenmenge versammelt. Manche schwenken animierte Displays, auf denen so widersprüchliche Botschaften wie »Freiheit für Roboter«, »Künstliche Intelligenz ist das Ende der Menschheit«, »Sterbehilfe ist Mord«, »Henning Jaspers = Satan« und »Manuel, wir lieben dich!« blinken. Ein ganzer Hornissenschwarm von Drohnen kreist über den Demonstranten.

Als er die wartende Menge durch die großen Glasfenster des Foyers erblickt, macht Henning kehrt und führt uns zu einem Seitenausgang, wo uns ein unscheinbares selbststeuerndes Fahrzeug abholt. Doch gerade, als es sich in Bewegung setzen will, springt ein junger Mann vor uns auf die Straße.

»Verkauf deine Seele nicht an eine Maschine, Manuel!«, ruft er.

Ein menschlicher Fahrer hätte den Wagen vielleicht an dem Demonstranten vorbeilenken können, doch die Sicherheitsautomatik des Fahrzeugs bewirkt, dass wir einfach stehen bleiben.

Bald sind wir von einer Menschenmenge umringt, die uns von allen Seiten anbrüllt.

Henning fordert einen privaten Sicherheitsdienst an und kurz darauf erklingt das penetrante Wummern von Schallschockern, die an Drohnen befestigt über uns kreisen. Ich presse die Hände auf die Ohren, kann jedoch nicht verhindern, dass die tiefen Basstöne meine Eingeweide zum Schwingen bringen und mir übel wird. Manuel scheint es nicht besser zu ergehen. Auch die Leute auf der Straße krümmen sich und halten sich die Bäuche, doch sie verschwinden nicht. Henning brüllt etwas in sein Headset und kurz darauf hört die Schallattacke auf. Dafür nähern sich nun endlich menschliche Sicherheitskräfte, die mit Schlagstöcken und Elektroschockern brutal gegen die Demonstranten vorgehen.

Schließlich können wir unsere Fahrt fortsetzen.

»Wollt ihr vielleicht bei mir übernachten?«, fragt Henning. »Mein Haus ist gut gegen solche Störenfriede abgesichert.«

Bevor ich ablehnen kann, sagt Manuel: »Nein, danke. Mama braucht uns jetzt.«

»Okay. Ich werde jemanden vorbeischicken, der dafür sorgt, dass ihr eure Ruhe habt.«

Als wir zu Hause eintreffen, ist der Sicherheitsdienst bereits vor Ort. Mehrere abgestürzte Drohnen liegen im Vorgarten. Dafür wird das Haus nun von vier großen, schwarz lackierten Überwachungsdrohnen mit dem Logo des Sicherheitsdienstes geschützt, die an den Ecken des Grundstücks reglos in der Luft schweben. Zwei breitschultrige Männer in schwarzen Uniformen bewachen die Gartentür. Ihre Gesichter sind hinter verspiegelten Holodisplays nicht zu erkennen, aber nachdem wir uns von Henning verabschiedet haben, lassen sie Manuel und mich ohne Nachfrage passieren.

Mama sitzt mit geröteten Augen am Küchentisch. Der Holoschirm an der Wand ist stumm geschaltet, zeigt aber immer noch das Programm des Senders, auf dem die Talkshow lief. Ich nehme sie in den Arm und sie fängt an zu weinen.

»Ich … ich musste die ganze Zeit denken, dass … dass Manuel vielleicht so wird wie diese schreckliche Maschine«, schluchzt sie. Doch dann löst sie sich von mir und umarmt ihn, etwas, das sie nur äußerst selten tut, seit er im Rollstuhl sitzt. »Du warst großartig. Ich bin stolz auf dich!«

»Henning hat uns einen Sicherheitsdienst geschickt«, sage ich und deute auf das Küchenfenster, durch das man eine der Drohnen sehen kann.

»Ich weiß. Ich … ich wünschte nur, wir bräuchten so etwas nicht.«

Etwas später ruft Papa an und gratuliert Manuel ebenfalls zu seinem »großartigen Auftritt«. Dann gehen wir alle erschöpft ins Bett.

Am nächsten Morgen in der Schule bestätigt sich, dass Manuels Holoauftritt gut ankam. Einige meiner Mitschüler sprechen mich direkt darauf an und sagen, dass sie seinen Mut bewundern. Auch in den Blicken der anderen scheint nun Respekt zu liegen, fast als wäre ich es gewesen, die in der Diskussionsrunde geglänzt hat. Gestern noch war mein Bruder ein Kuriosum, ein Freak, berühmt, aber nicht bewundert. Über Nacht ist er offenbar für viele zum Helden geworden.

In den folgenden Tagen beruhigt sich die Lage etwas. Zwar ist die öffentliche Diskussion über Manuels »Experiment« keineswegs abgeflaut, sondern noch intensiver geworden. Doch nun steht nicht mehr die Kritik an seiner Entscheidung im Mittelpunkt. Stattdessen versuchen sich Politiker und Prominente zu profilieren, indem sie ungefragt ihre Meinung kundtun. Die einen sehen meinen Bruder als Opfer einer rücksichtslosen Technologiemafia, deren Anführer Henning Jaspers ist, die anderen loben seinen Mut und treten für technologische Selbstbestimmung und den Schutz »künstlichen Lebens« ein. Ausgewogene Meinungen sucht man vergebens. Der Hass der Gegner konzentriert sich nun auf Henning. Der schürt ihren Zorn noch, indem er sie in Interviews als fortschrittsfeindlich, rückständig und paranoid bezeichnet und sie auf eine Stufe mit Verschwörungstheoretikern und Impfgegnern stellt.

Alle Interviewanfragen lehnen wir ab und verweisen auf die Pressestelle von *Dark Star*. Schon bald werden die Belästigungen weniger und hören schließlich ganz auf. Trotzdem beschließen wir, in diesem aufgeheizten Meinungsklima vorerst nicht zu Hennings Firma zu fahren, um den Simpod zu nutzen.

Eine Woche nach der Sendung bittet Mama Henning darum, den Sicherheitsdienst abzuziehen. Das ständige Brummen der Überwachungsdrohnen geht ihr auf die Nerven. Auch die Sicherheitsleute machen sie nervös, obwohl diese inzwischen nicht mehr vor dem Grundstück stehen, sondern sich in einen auffällig unauffälligen Kleinbus auf der gegenüberliegenden Straßenseite zurückgezogen haben.

Kurz darauf verschwinden sie und es kehrt wieder so etwas wie Normalität in unser Leben ein – sofern man in Anbetracht von Manuels unveränderter gesundheitlicher Situation von Normalität sprechen kann. Immerhin hat sich sein Zustand auch nicht verschlimmert und die Energie, die er durch seinen Auftritt gewonnen hat, wirkt sich positiv auf seine Stimmung aus. Er scheint sich insgesamt besser zu fühlen.

Deshalb bin ich vorsichtig optimistisch, als der nächste Routinebesuch bei Manuels behandelndem Arzt im Universitätskrankenhaus Hamburg-Eppendorf ansteht. Wie üblich werden wir von einem Krankenwagen eines privaten Transportdienstes abgeholt. Wie üblich schützt Mama Migräne vor. In Wahrheit hat sie einfach panische Angst davor, dass der Arzt ihr eine Hiobsbotschaft überbringen könnte. Wie üblich ist Papa in einer anderen Stadt, sodass es wieder einmal an mir ist, Manuel zu begleiten. Wie üblich behauptet er, das sei nicht nötig und er komme dank Marvins Hilfe prima allein klar. Wie üblich komme ich trotzdem mit.

Der Wagen wird von einem menschlichen Fahrer gesteuert, außerdem ist ein Notarzt als Begleitung dabei – alles wie immer. Deshalb steigen beziehungsweise rollen wir ohne jeden Argwohn in das Fahrzeug. Der Arzt redet nicht mit uns, als sich der Wagen in Bewegung setzt, aber auch das ist nicht weiter bemerkenswert. Als er eine Art Spraydose aus einer schwarzen Tasche holt und sie mir vors Gesicht hält, kommt mir das zwar merkwürdig vor, doch ich bin eher irritiert als misstrauisch.

»Was ist …?«, beginne ich, bevor er auf den Sprayknopf drückt und mir ein intensiv riechendes Gas ins Gesicht sprüht.

Innerhalb von Sekunden verliere ich das Bewusstsein.

TEIL 2

ZWEIFEL

15. KAPITEL

Manuel

Ein Gewicht scheint mir auf Gesicht und Lunge zu drücken, sodass ich kaum Luft bekomme. In Panik reiße ich die Augen auf,
doch ich kann kaum etwas erkennen. Alles ist verschwommen.
Mein Kopf dröhnt und mein Mund fühlt sich trocken und rau
an. Intuitiv versuche ich, mich aufzusetzen, aber der Befehl erreicht meine Muskeln nicht. Immerhin klingt das Gefühl der
Atemnot ab, als ich ein paarmal tief Luft hole.

»Mar...Marvin ... aufstehen«, bringe ich heraus.

Keine Reaktion. Stattdessen beugt sich eine schwarz gekleidete
Gestalt über mich. Undeutlich erkenne ich ein weibliches
Gesicht.

»Wie geht es dir?« Die Stimme klingt freundlich und sanft,
aber unvertraut.

Was ist passiert? Meine Erinnerung hat Lücken. Ich weiß noch,
dass wir auf dem Weg zur Untersuchung waren ... Bin ich im
Krankenhaus? Nein, die Krankenschwestern dort tragen weiße
Kleidung und die Farben des Raums passen auch nicht.

Langsam wird mein Blick klarer. Das Gesicht über mir gehört
einer unbekannten Frau Mitte 40. Sie trägt eine Brille und eine
weiße Haube, die ihre Haare verbirgt. Offensichtlich eine Nonne.
Ich liege in einem gewöhnlichen Holzbett in einem Raum, der

eher an ein Hotelzimmer erinnert als an ein Krankenhaus. Eine Tür mit Sprossenverglasung führt hinaus auf eine Veranda, hinter der sich ein steiler Berghang erhebt.

Ein Berghang?

»Wo … bin ich?«

»In Sicherheit. Mein Name ist Schwester Anna. Ich werde seine Eminenz informieren, dass du wach bist.«

»Wo … ist Julia?«

Bruchstückhaft kehrt die Erinnerung zurück. Sie war mit mir im Krankenwagen. Der Arzt hat sich zu ihr vorgebeugt, dann hat er mir etwas vors Gesicht gehalten. Ich erinnere mich an einen seltsamen, intensiven Geruch …

Der Schock der Erkenntnis lässt meine Arme unkontrolliert zucken. Ich bin entführt worden!

»Seine Eminenz wird dir alles erklären«, sagt Schwester Anna und verschwindet, bevor ich ihr weitere Fragen stellen kann.

Ich drehe den Kopf, um den Raum genauer zu betrachten. Die Wände sind weiß, die hellen Holzmöbel rustikal. Rot-weiß karierte Vorhänge hängen neben der Verandatür und dem Fenster. Gerahmte Fotografien an den Wänden zeigen verschneite Berge und idyllische Sommerwiesen, dazwischen ein hölzernes Kruzifix. Auf dem Nachtschrank neben mir befinden sich eine Schüssel mit Wasser und ein Handtuch sowie eine einfache Nachttischlampe mit ebenfalls rot-weiß kariertem Lampenschirm.

Von Marvin ist keine Spur zu sehen. Es gibt offenbar auch keinen Holoschirm oder sonstige Kommunikationsgeräte in diesem Raum. Ich bin von der Außenwelt abgeschnitten und ohne meinen intelligenten Stuhl völlig hilflos. Meine Entführer müssen sich nicht einmal die Mühe machen, die Tür abzuschließen.

Meine Gedanken überschlagen sich. Offenbar bin ich in die Fänge irgendeiner radikal religiösen Sekte gelangt. Aber warum haben sie mich entführt? Und was haben sie mit Julia gemacht? Ich höre Schritte auf dem Korridor. Die hölzerne, mit geschnitzten Mustern verzierte Zimmertür öffnet sich und Schwester Anna tritt in Begleitung zweier Männer ein. Der eine ist etwa 50 Jahre alt und so groß, dass er den Kopf leicht einziehen muss, als er durch die Tür schreitet. Er trägt eine hochgeschlossene schwarze Robe mit violetten Knöpfen. Der andere ist ebenfalls schwarz gekleidet, aber deutlich jünger, mit einem schwarzen Vollbart und dunklen, schmalen Augen, aus denen er mich misstrauisch zu mustern scheint.

»Gott segne dich, Manuel«, sagt der ältere Mann. Seine Stimme klingt ruhig und freundlich. »Ich bin Bischof Martin Fels und das hier ist Pater Christoph. Willkommen in der Gemeinde der Erweckten.«

»Was soll das?«, frage ich. »Warum haben Sie mich entführt? Wo ist Julia?«

»Bitte etwas mehr Respekt gegenüber seiner Eminenz, junger Mann!«, fährt mich der Jüngere scharf an.

»Schon gut, Pater«, erwidert der Ältere. »Der Junge hat ein Recht auf die Beantwortung seiner Fragen. Zunächst möchte ich mich bei dir dafür entschuldigen, dass wir dich betäubt und gegen deinen Willen hierhergebracht haben, Manuel. Es geschah in deinem eigenen Interesse, aber ich erwarte nicht, dass du mir das auf Anhieb glaubst.«

»Wo ist Julia? Was haben Sie mit ihr gemacht?«

»Deiner Schwester geht es gut. Sie ist in Hamburg bei deinen Eltern. Wir haben sie lediglich für einen kurzen Moment betäubt und an einem sicheren Ort ausgesetzt. Ich bedaure, dass wir zu solch drastischen Maßnahmen greifen mussten.«

»Aber warum? Was wollen Sie von mir?«

»Wir möchten dir eine Alternative zeigen, Manuel. Eine echte Chance auf eine bessere Zukunft. Indem du dich entschieden hast, deine Seele in eine Maschine einsperren zu lassen, bist du Satan in die Falle gegangen. Aber das geschah, weil du nicht alle Informationen hattest, die du für eine solche Entscheidung brauchst. Wir haben dich hergebracht, um dir die andere Wahlmöglichkeit zu bieten.«

Die Angst in meinem Inneren verwandelt sich auf einmal in Wut.

»Wenn Sie glauben, mich zu Ihrem Sektenglauben bekehren zu können, indem Sie mich hierher verschleppen, haben Sie sich geschnitten!«, stoße ich hervor. »Meine Eltern und Henning Jaspers werden alles tun, um mich zu finden.«

»Das werden sie zweifellos«, stimmt mir der Bischof zu. »Wen er einmal in seinen Klauen hat, den gibt Satan niemals freiwillig wieder her. Aber wir haben Gott auf unserer Seite und Sein Wille wird geschehen.«

»Henning Jaspers ist nicht Satan! Sie sind es, der gegen das Gesetz verstößt!«

»Du hast recht, Jaspers ist nicht Satan, er ist nur ein williger Gehilfe. Und wir verstoßen vielleicht gegen Menschengesetze, aber das Gesetz Gottes ist das einzige, das wahrhaftig und unumstößlich ist.«

»Ach ja? Und steht vielleicht irgendwo in der Bibel: ›Du sollst todkranke Jugendliche entführen?‹«

»Was erlaubst du dir?«, zischt der junge Mann. »Noch eine

solche Frechheit und du wirst unsere Besinnungszellen kennenlernen! Glaub mir, dieser Raum hier ist dagegen der pure Luxus!«

Der Bischof hebt eine Hand. »Ruhig Blut, Pater. Es ist nur natürlich, dass Manuel aufgebracht ist. Er braucht Zeit, um die Wahrheit zu erkennen. Wie schon Paulus an Timotheus schrieb: *Ein Knecht aber des Herrn soll nicht zänkisch sein, sondern freundlich gegen jedermann.«*

Der Pater senkt den Kopf und bekreuzigt sich. »Ja, Eure Eminenz. Ich bitte um Vergebung.«

»Der Herr wird Ihnen vergeben, Pater.«

»Ich verstehe immer noch nicht, was das soll«, stelle ich fest. »Wollen Sie mir ernsthaft erzählen, dass Sie mich entführt haben, um mir etwas über das ewige Leben beizubringen und meine Seele zu retten oder so etwas? Sie haben doch bestimmt die Holo-Talkshow gesehen. Bischof Kunert hat bereits versucht, mir die Sache auszureden. Aber ich glaube nun mal nicht an Gott und eine unsterbliche Seele.«

Der Pater macht ein finsteres Gesicht, sagt jedoch nichts, sondern bekreuzigt sich stattdessen noch einmal. In den Augen des Bischofs liegt dagegen Milde.

»Natürlich glaubst du nicht an Gott«, sagt er. »Wie könntest du auch? Satans Lügen werden euch ja schon im Kindergarten eingetrichtert, von den sogenannten digitalen Medien mal ganz abgesehen.«

»Ach ja? Alles, was die moderne Wissenschaft über das Universum herausgefunden hat, was in etlichen Experimenten wieder und wieder bestätigt wurde, ist also eine Lüge? Und stattdessen soll ich an einen bärtigen Herrn im Himmel glauben, der die Welt in sieben Tagen erschaffen hat, oder was?«

Der Pater macht ein Gesicht, als wollte er sich im nächsten Moment auf mich stürzen, ganz egal, was sein Vorgesetzter oder Gott davon halten.

Auch der Bischof blickt jetzt nicht mehr milde. »Lästere nicht über Gott, mein Sohn!«, sagt er mit immer noch ruhiger Stimme, aber einem drohenden Unterton.

»Ich bin nicht Ihr Sohn!«, stelle ich fest. »Mein wahrer Vater wird Sie vor Gericht zerren. Aber vielleicht ist das ja für Sie gar nicht so schlimm. Ich bin sicher, Sie werden im Gefängnis viel Zeit zum Beten haben.«

»Eure Eminenz«, beginnt der Pater, »ich denke, es ist an der Zeit, dass wir diesem Lästermaul …«

Der Bischof bringt ihn mit einem Handzeichen zum Schweigen.

»Wir können dich nicht auf den rechten Weg zwingen, Manuel«, gesteht er ein. »Wir können ihn dir nur zeigen. Gehen musst du ihn allein.« Er verzieht das Gesicht, als er merkt, dass die Bemerkung unpassend war. »Ich meine das natürlich im übertragenen Sinn.«

»Der rechte Weg für Sie wäre es, mich sofort wieder nach Hause zu bringen!«

»Das werden wir nicht tun«, sagt der Bischof und seine Stimme klingt auf einmal hart. »Nicht, bevor wir dir die Botschaft Christi vermittelt haben, und zwar so, dass du sie auch verstehst. Wie lange das dauert, liegt ganz bei dir.«

»Das heißt, wenn ich diese Botschaft verstanden habe, lassen Sie mich frei?«

»Ja.«

»Also gut. Ich glaube an Gott, den Allmächtigen, und an seinen

Sohn Jesus Christus und die Gemeinschaft der Heiligen und so weiter. Darf ich jetzt nach Hause?«

Die Augen des Bischofs weiten sich leicht und Angst durchzuckt mich beim Anblick des Zorns, der darin aufblitzt. Dieser Mann hat ohne Zweifel einen starken Willen.

»Genug jetzt«, sagt er. »Schwester Anna und Novizin Edina werden sich um dein leibliches Wohl kümmern. Morgen um sechs Uhr wird Pater Christoph mit dem Unterricht beginnen.«

Damit verlassen die beiden Männer den Raum.

»Du solltest dich in Acht nehmen, Manuel«, warnt Schwester Anna, nachdem sie gegangen sind. »Pater Christoph kann ziemlich unangenehm werden, wenn man nicht den nötigen Respekt vor Gott zeigt. Und obwohl seine Eminenz außergewöhnlich viel Verständnis und Güte besitzt, ist seine Geduld nicht unbegrenzt.« Ihre Stimme klingt jedoch nicht vorwurfsvoll, sondern freundlich, als wollte sie mir nur einen guten Rat geben.

»Wenn Sie mir Angst machen wollen, muss ich Sie enttäuschen«, erwidere ich. »Ich habe ohnehin nur noch ein paar Monate zu leben.«

»Dieses irdische Leben ist nicht das einzige, um das es hier geht.« Sie wendet sich zur Tür.

Ich muss an den Laserscanner im Labor denken, an das aufgeschnittene, plastinierte Gehirn der Katze und die Simulation von Hades.

»Da haben Sie wohl recht.«

Am Abend kommt Schwester Anna in Begleitung einer zweiten Nonne in den Raum, die ein Tablett trägt. Sie scheint kaum älter als ich zu sein und hat ein hübsches Gesicht mit großen blauen

Augen, die ein wenig an eine Mangafigur erinnern. Eine einzelne blonde Haarsträhne hat sich aus ihrer weißen Haube gelöst.

»Das ist Novizin Edina«, erklärt Schwester Anna, während sie meinen nackten Oberkörper aufrichtet und mit zwei zusätzlichen Kissen abstützt. »Sie wird sich um dich kümmern und immer in Rufweite sein, falls du etwas brauchst. Ich lasse euch jetzt allein.« Damit verlässt sie das Zimmer.

Edina lächelt scheu. »Ich habe dir Haferbrei gekocht«, sagt sie. »Ich hoffe, er schmeckt dir.«

Ohne eine Antwort abzuwarten, taucht sie einen Löffel in die graubraune klebrige Pampe und hält ihn mir vor den Mund.

Ich zögere einen Moment. Es ist mir unangenehm, dass sie mich füttert wie ein kleines Baby. Bei Marvin hat mir das nie etwas ausgemacht, doch jetzt ist es ein Zeichen meiner absoluten Hilflosigkeit. Was ist wohl mit ihm passiert? Wahrscheinlich haben sie ihn einfach irgendwo weggeworfen. Diese Typen mögen Technik verabscheuen, aber sie sind offenbar klug genug, um zu wissen, dass Marvin sofort Hilfe schicken würde, wenn er wüsste, wo ich bin. Tränen der Wut steigen mir in die Augen.

»Was ist?«, fragt sie. »Magst du keinen Haferbrei?«

»Ich … ich habe keinen Hunger«, behaupte ich, obwohl ich in diesem Moment zu meiner eigenen Überraschung merke, dass das eine Lüge ist.

»Aber du musst etwas essen«, beharrt sie und blickt mich mit ihren großen Augen ernst an. »Du brauchst Kraft, wenn du erfolgreich gegen Satans Versuchungen ankämpfen willst.«

Ich starre sie entgeistert an. Auf einmal wird mir klar, dass dieses Mädchen von klein auf von ihren religiös-fanatischen Eltern indoktriniert wurde. Sie hat wahrscheinlich nie eine normale

Schule besucht und kann nichts dafür, dass ihr Weltbild verzerrt ist. In gewisser Weise ist sie noch mehr eine Gefangene als ich.

»Na schön«, seufze ich und öffne den Mund.

Edina belohnt mich mit einem Lächeln und schiebt den Löffel hinein. Der Brei schmeckt etwas fade, aber besser als befürchtet. Zwischendurch gibt sie mir aus einem Becher kalten Tee zu trinken, der ein angenehmes Zitronenaroma hat, und wischt mir den Mund mit einem Tuch ab.

»So ist es brav!«, sagt sie, als der Teller leer ist.

»Nur weil ich gelähmt bin, heißt das nicht, dass du mich wie ein Baby behandeln musst«, erwidere ich.

Sie senkt den Blick. »Entschuldige bitte. Ich wollte nicht respektlos sein.«

Augenblicklich bereue ich meinen scharfen Tonfall. »Schon gut. Ich bin es gewohnt, dass die Leute Schwierigkeiten haben, mit mir umzugehen. Danke für den Brei. Er schmeckt gar nicht so schlecht.«

Sie lächelt wieder. »Gern geschehen! Ich werde dich jetzt einen Moment allein lassen. Später komme ich wieder, um deine Bettpfanne zu wechseln.«

Meine was? Ich laufe rot an, als mir klar wird, dass auch diese Funktion, die bisher von Marvin ausgeführt wurde, nun manuell erfolgen muss.

Edina kichert. »Was ist? Das ist dir doch nicht etwa unangenehm? Wer hat denn bisher deine Bettpfanne geleert? Deine Mutter?«

»Ich hatte keine Bettpfanne.«

Ihre großen Augen weiten sich ein wenig. »Keine Bettpfanne? Aber … wie …«

»Eine Maschine hat das für mich erledigt. Der Stuhl, auf dem ich saß, als ich … entführt wurde. Er heißt Marvin.«

»Du gibst deinem Stuhl einen Namen?«

»Er kann sprechen.«

Ihre Augen werden noch größer. »Du … du nimmst mich auf den Arm!«

»Hast du noch nie eine sprechende Maschine gesehen? Wo zum Teufel sind wir denn hier eigentlich?«

Sie zuckt zurück, als hätte ich ihr ins Gesicht geschlagen, und bekreuzigt sich rasch dreimal. Bevor ich mich entschuldigen kann, verlässt sie fluchtartig den Raum.

Halb erwarte ich, dass Schwester Anna oder der Pater kommen, um mir eine Standpauke darüber zu halten, dass man den Teufel nicht erwähnen und generell nicht fluchen darf. Doch ich bleibe allein.

Nach ungefähr einer Viertelstunde kehrt Edina zurück. Sie wirkt scheu, beinahe ängstlich, als sie sich mir nähert, und vermeidet es, mich direkt anzusehen. Rasch klappt sie die Bettdecke hoch, entfernt die Bettpfanne, säubert mich mit einem feuchten Tuch und stellt eine neue hin. Währenddessen sprechen wir kein Wort – sie schweigt vermutlich aus Furcht vor mir, ich aus Scham.

Endlich verlässt sie den Raum. Müdigkeit überfällt mich. Ich frage mich, ob mir Edina etwas in den Brei gemischt hat oder es sich um Nachwirkungen meiner Betäubung handelt. Geplagt von Gedanken daran, was Julia und meine Eltern jetzt durchmachen und ob ich sie jemals wiedersehen werde, schlafe ich ein.

16. KAPITEL

Julia

Mein Kopf dröhnt, mein ganzer Körper schmerzt und ich habe einen bitteren Geschmack im Mund. Der Geruch von Staub und Feuchtigkeit dringt mir in die Nase. Ich öffne die Augen, doch das Bild, das ich wahrnehme, ist trüb und wird nur langsam klar. Graue Wände, leere Metallregale in geraden Reihen. Licht fällt durch Fenster hoch oben unter dem Dach.

Was ist geschehen? Wo bin ich?

Manuel! Der Gedanke weckt mich wie ein eisiger Wasserstrahl. Wir wurden betäubt!

Ruckartig setze ich mich auf. Die Kopfschmerzen werden stärker, Schwindel und Übelkeit befallen mich. Offenbar Nachwirkungen des Betäubungsmittels.

Ich befinde mich in einer alten, ungenutzten Lagerhalle. In einer Wand steht eine Schiebetür halb offen. Ich bin nicht gefesselt. Anscheinend haben mich die Entführer hier ausgesetzt. Sie haben es offensichtlich nur auf Manuel abgesehen.

Ich taste meine Jeans ab. Meine Holobrille und meine Smartwatch haben sie mir abgenommen. Ich habe keine Möglichkeit, Hilfe zu rufen oder meinen Eltern zu sagen, was passiert ist. Verdammt! Ich muss zur Polizei, so schnell wie möglich!

Doch Aufstehen liegt vorerst außerhalb meiner Fähigkeiten –

meine Beine fühlen sich taub an und schon leichte Bewegungen verursachen ein kaum erträgliches Schwindelgefühl.

»Hilfe!«, rufe ich.

Meine Stimme ist genauso geschwächt wie der Rest meines Körpers, sodass mich vermutlich kaum jemand außerhalb der Halle hören könnte, selbst wenn dort jemand wäre.

Mit all meiner Willenskraft gelingt es mir, mich hinzuknien. Auf allen vieren krieche ich in Richtung des Hallentors. Dort ziehe ich mich an einem der Metallregale hoch, mache ein paar wackelige Schritte, falle beinahe hin. Aber jeder Schritt ist ein wenig stabiler als der vorige und so schaffe ich es, aus der Halle zu wanken. Sie befindet sich in einem stillgelegten Industriegebiet. Graffiti bedecken die Außenwände der Gebäude, deren Scheiben teilweise eingeschlagen sind. Rostige Schienen deuten darauf hin, dass hier früher einmal Waggons mit Gütern angekommen sind. Doch das muss Jahrzehnte her sein.

Ich stolpere durch die verlassenen Straßen, bis ich schließlich eine Landstraße erreiche. Autos fahren vorbei, die meisten fahrerlose Lkws und Robotaxis, hin und wieder ein manuell gesteuertes Fahrzeug. Ich wedele mit den Armen und tatsächlich hält nach ein paar Versuchen ein Kleinwagen mit Rostlöchern in der roten Lackierung an. Darin sitzt eine junge Frau mit Lederjacke, sehr kurzen, hellblond gefärbten Haaren und mehreren Piercings im Gesicht. Sie trägt keine Holobrille.

»Kann ich bitte mal dein Holo oder Smartphone benutzen?«, frage ich, als ich zu ihr ins Auto steige. »Es ist dringend!«

»So was hab ich nicht. Ich steh nicht drauf, rund um die Uhr überwacht zu werden«, erklärt sie. »Was ist denn überhaupt los?«

»Mein Bruder wurde entführt«, sage ich und breche in Tränen aus. »Diese ... diese Schweine haben sich als Krankenpfleger ausgegeben und uns betäubt. Ich ... ich muss meinen Eltern sagen, was passiert ist.«

»Ich glaube, ich bringe dich am besten direkt zu den Bullen.«

»Ja. Ja, das wäre gut. Danke!«

Sie lässt den Motor aufheulen und lenkt den Wagen auf die Straße, ohne sich um den nachfolgenden Verkehr zu kümmern. Ein fahrerloser Lkw muss eine Vollbremsung machen und hupt dröhnend, doch die Frau beachtet es nicht weiter.

»Ich bin übrigens Jenny.«

»Julia. Danke, dass du mir hilfst.«

»Logisch. Wer hat denn deinen Bruder entführt? Der Ex deiner Mam?«

»Was? Nein. Ich weiß nicht, wer diese Typen sind.«

»Sind deine Eltern reich?«

»Nein. Nicht wirklich.«

Während wir reden, fährt Jenny in halsbrecherischem Tempo und zwingt die automatischen Fahrzeuge immer wieder zu Ausweichmanövern. Normalerweise würde mir bei dieser Fahrweise der Angstschweiß auf der Stirn stehen, doch jetzt bin ich ihr dankbar. Dennoch wäre es mir lieber, wenn sie sich mehr auf den Verkehr konzentrieren würde als auf mich.

»Wer könnte sonst einen Grund haben?«, fragt sie. »Man entführt doch nicht einfach so Leute.«

»Mein Bruder ist schwer krank. Er hat nur noch wenige Monate zu leben. Er wollte sein Gehirn der Wissenschaft ...«

»Wie jetzt? Ist dein Bruder etwa dieser Typ, über den alle reden, der seinen Geist in einen Computer hochladen will?«

»Ja. Er heißt Manuel.«

»Bescheuerte Idee, wenn du mich fragst. Ich meine, es reicht doch, dass sie uns rund um die Uhr mit Kameradrohnen überwachen. Stell dir vor, du wärst eine Maschine – dann könnten die doch mit dir machen, was sie wollen. Sie können deine Gedanken nicht nur lesen, sondern kontrollieren, was du denkst. Ein Albtraum!«

Ich fühle mich genötigt, meinen Bruder zu verteidigen. »Manuel hat nicht viel zu verlieren. Er hat nur noch ein paar Monate zu leben.«

»Na und? Glaubst du etwa, dass dieses Leben alles ist? Dein Bruder hat eine Menge zu verlieren.«

»Ich glaube nicht an ein Leben nach dem Tod.«

»Ich auch nicht, nicht an den Himmel jedenfalls. Aber ich glaube an die Wiedergeb…« Sie unterbricht sich, als mitten während eines riskanten Überholmanövers der Wagen vor uns auf die linke Spur ausschert und uns beinahe rammt. Jenny hupt und brüllt: »Scheiße, pass doch auf, du blöder Wichser! Solchen Typen sollte man wirklich die Selbstfahrerlaubnis entziehen!«

Kurz darauf erreichen wir die Stadtgrenze des Hamburger Stadtteils Harburg südlich der Elbe. Dort wird der Verkehr dichter und die automatischen Überwachungssysteme schieben Jennys aggressivem Fahrstil einen Riegel vor.

»Also ich hoffe, dass ich im nächsten Leben eine Ratte werde«, erklärt sie unvermittelt. »Hast du eine Ratte zu Hause? Ich hab drei. Sehr intelligente Tiere, sauber und äußerst sozial. Natürlich will ich eine frei lebende Ratte werden, die in einem Garten wohnt oder in der Kanalisation, keine Laborratte. Ist echt ein Scheißkarma, wenn du eine Laborratte wirst. Eine Schweinerei, wie diese Pharmawichser die quälen. Das machen die nur, weil Ratten uns Menschen so ähnlich sind. Nur sind Ratten nicht solche Arschlöcher.«

Endlich halten wir vor einem Polizeirevier. »Ich komm lieber nicht mit rein. Die kennen mich hier schon.«

»Danke, Jenny.«

»Kein Problem. Viel Glück! Und keine Angst, was deinem Bruder in diesem Leben angetan wird, wird im nächsten ausgeglichen. Oder spätestens im übernächsten.«

Ich umarme sie kurz, dann springe ich aus dem Auto und haste in das Revier. Eine junge Polizistin blickt mich überrascht an.

»Mein Bruder wurde entführt!«, keuche ich.

»Wann war das?«

»Ich weiß nicht genau … Der Krankenwagen hat uns wie immer gegen 15 Uhr abgeholt …«

»Gestern gegen 15 Uhr?«

»Gestern?«, frage ich zurück. »Wie … wie spät ist es denn?«

»Es ist halb elf morgens. Geht es Ihnen nicht gut? Brauchen Sie einen Arzt?«

Der Raum scheint sich um mich zu drehen und ich muss mich am Empfangstresen abstützen.

»Ich … wurde betäubt. Manuel ist todkrank … Oh Gott, ich habe die ganze Nacht in dieser Lagerhalle gelegen …«

Die Polizistin kommt hinter dem Tresen hervor. »Setzen Sie sich erst mal dort hin. Ich hole Ihnen ein Glas Wasser und dann erzählen Sie mir ganz in Ruhe, was passiert ist.«

»Zuerst muss ich meine Eltern informieren. Darf ich … Haben Sie ein Hologerät für mich?«

Sie reicht mir ein altmodisches Telefon mit Wähltasten und

168

einem winzigen Display. Natürlich weiß ich unsere Telefonnummer nicht auswendig, aber nachdem ich die Null gedrückt und Namen und Adresse meines Vaters genannt habe, werde ich verbunden. Mama nimmt ab. Als sie meine Stimme hört, bricht sie in Tränen aus.

»Julia, Gott sei Dank! Wo seid ihr? Was ist passiert?«

»Ich bin auf einem Polizeirevier in Harburg. Mama, Manuel … Er wurde entführt!«

Es stellt sich heraus, dass meine Eltern schon gestern die Polizei informiert haben, da wir nicht im Krankenhaus erschienen waren. Nachdem ich der Polizistin meinen Namen genannt habe und sie diesen im Polizeicomputer überprüft hat, erklärt sie mir, dass es bereits ein Ermittlungsverfahren bei der Hamburger Kripo gibt, und benachrichtigt die zuständigen Kollegen. Mama schickt ein Robotaxi zum Polizeirevier. Unterwegs berichte ich ihr über das Kommunikationssystem des Wagens, was geschehen ist.

Als ich eine halbe Stunde später zu Hause ankomme, warten bereits zwei Polizisten in Zivil auf mich. Ich umarme Mama und Papa unter Tränen, dann erzähle ich meine Geschichte noch einmal. Leider kann ich mich kaum an Details erinnern, die bei der Fahndung nach den Entführern helfen würden. Meine Erinnerung ist immer noch lückenhaft, die Bilder in meinem Kopf sind verschwommen, womöglich eine Nebenwirkung des Betäubungsmittels. Ich kann mich weder an das Gesicht des angeblichen Arztes erinnern noch an den Aufdruck auf der Seite des Ambulanzfahrzeugs, geschweige denn an das Nummernschild.

»Wir haben bereits gestern eine europaweite Fahndung herausgegeben«, sagt einer der beiden Polizisten auf meine Frage, was nun geschehe. »Aber die Erfolgsaussichten sind ehrlich gesagt gering. Dies scheint das Werk von Profis zu sein. Sie werden sich sicher bald mit entsprechenden Forderungen melden.«

»Forderungen?«

»Lösegeld. Ihre Kommunikationsleitungen werden natürlich überwacht. Trotzdem informieren Sie uns bitte umgehend, falls Ihnen irgendetwas auffällt oder falls Sie sich doch noch an ein Detail erinnern.«

»Was ist, wenn sie sich nicht melden?«, frage ich. »Was, wenn es keine professionellen Entführer sind? Wenn es denen gar nicht um Geld geht?«

»Die Täter haben einen erheblichen Aufwand betrieben, um Manuels Routinen auszukundschaften«, erklärt der Polizist. »Sie haben den Ambulanzdienst angerufen und den echten Krankentransport unter einem Vorwand storniert. Und sie haben sich ein Ambulanzfahrzeug und Arztkleidung besorgt. Das deutet auf Profis hin. Aber wir können natürlich zum jetzigen Zeitpunkt nichts ausschließen. Wir werden in alle Richtungen ermitteln.«

Damit verabschieden sich die Polizisten und lassen uns ratlos und voller Angst um Manuel zurück.

17. KAPITEL

Manuel

Schwester Anna weckt mich mit einem fröhlichen »Guten Morgen, Manuel«. Ich habe erstaunlich gut geschlafen und es dauert einen Moment, bis mir wieder einfällt, in welcher Lage ich mich befinde.

»Wann kann ich mit meinen Eltern sprechen?«, will ich wissen. »Sie sind bestimmt außer sich vor Sorge.«

»Es liegt nicht an mir, das zu entscheiden. Pater Christoph wird gleich mit dem Bibelunterricht beginnen. Wenn ich dir einen Rat geben darf, dann höre ihm besser aufmerksam zu. Danach gibt es Frühstück.«

Sie öffnet die Verandatür. Angenehm kühle Luft und das Gezwitscher zahlloser Vögel dringen herein. Dann verschwindet sie wieder. Kurz darauf betritt der Pater den Raum.

Er bekreuzigt sich, begrüßt mich mit »Gelobt sei Jesus Christus« und zieht einen der beiden Stühle, die an einem runden Tisch in einer Ecke stehen, zu meinem Bett.

»Was weißt du über die Bibel, Manuel?«, fragt er.

»Nicht viel, außer dass sie eine Menge Widersprüche und Unwahrheiten enthält.«

Die Stirn des Paters legt sich kurz in Falten, aber er tadelt mich nicht. Stattdessen sagt er: »Die Bibel enthält das einzig wahre

Wort Gottes. Sie mag uns Menschen manchmal widersprüchlich erscheinen, doch das liegt nur an unserem begrenzten Verstand. Es ist unsere Aufgabe, zu lernen, wie wir Gottes Worte richtig verstehen können.«

Mir ist klar, dass es besser wäre, Schwester Annas Rat zu beherzigen und mich nicht auf eine Konfrontation einzulassen. Doch die herablassende Art dieses selbstgerechten Priesters macht es mir unmöglich, ihm nicht zu widersprechen.

»Was genau macht Sie so sicher, dass ausgerechnet die Bibel Gottes Wort enthält und nicht zum Beispiel der Koran oder die Thora?«

Der Pater lächelt nachsichtig. »Das ist leicht zu beantworten: Gottes Sohn selbst hat es uns gesagt. Die Thora und der Koran fußen auf denselben alten Schriften, sind jedoch Fehlinterpretationen, denn sie erkennen die wahre Bedeutung Christi nicht an.«

»Und woher wissen Sie, dass Jesus Christus Gottes Sohn war? Und kommen Sie mir jetzt nicht mit: Weil das so in der Bibel steht.«

Das Lächeln verschwindet. »Jesus hat uns auch das offenbart, indem er die Sünden der Welt auf sich genommen hat, für uns am Kreuz gestorben und von den Toten wiederauferstanden ist. Damit hat er uns gezeigt, dass der Tod überwunden werden kann und ewiges Leben möglich ist.«

»Es gibt nicht den geringsten wissenschaftlichen Beweis dafür, dass Jesus von den Toten auferstanden ist.«

»Du meinst, keinen Beweis außer den Zeugnissen derjenigen, die dabei waren und das leere Grab mit eigenen Augen gesehen haben.«

»Ein leeres Grab beweist gar nichts.«

»Aber ein Engel des Herrn, der den Jüngern die Wahrheit verkündet, schon.«

»Das ist genauso glaubwürdig wie die Geschichte vom Weihnachtsmann.«

Die Augen des Paters werden schmal und er verzieht den Mund zu einem dünnen, fiesen Lächeln.

»Ich höre Satans Worte aus deinem Mund«, sagt er mit leiser, drohender Stimme. »Glaub mir, ich kenne Methoden, dir den Dämon auszutreiben, der von deinem Körper Besitz ergriffen hat. Seine Eminenz ist der Meinung, dass wir es mit Güte und Milde versuchen sollten, doch meiner Ansicht nach ist das vergebens. Es liegt an dir, uns zu zeigen, wer recht hat. Aber glaube nicht, dass du mir etwas vormachen kannst. Ich habe schon zu viele gesehen, die so taten, als wären sie gottesfürchtig, und dann bei erster Gelegenheit Todsünden begingen.«

Mir wird klar, dass dieser Pater gefährlich ist. Wenn ich ihn weiter provoziere, wird er mich irgendwo einsperren, mich womöglich foltern, wie man es im Mittelalter mit Hexen gemacht hat. Ich muss lernen, mich zu beherrschen.

»Es ist nun mal so, dass ich nicht an einen göttlichen Schöpfer glaube«, erkläre ich in, wie ich hoffe, versöhnlichem Tonfall. »Es tut mir leid, Pater, aber ich fürchte, die Naturwissenschaft hat schlicht die besseren Argumente, um die Entstehung des Menschen und auch die des Universums zu erklären.«

Tatsächlich glaube ich vor allem deshalb nicht an Gott, weil ich mir nicht vorstellen kann, dass ein allmächtiger, gütiger Schöpfer mir das antun würde, was die kalte, desinteressierte Natur meinem Körper angetan hat. Aber dieses Argument würde der Pater wohl nicht gelten lassen und mir wahrscheinlich stattdessen mit Gottes unergründlichem Willen kommen.

»Was man dir in der Schule beigebracht hat, sind Satans

Täuschungen«, erwidert der Pater. Der drohende Unterton ist aus seiner Stimme verschwunden. »Mal im Ernst, wie plausibel ist es denn, dass die ganze Welt einfach von selbst aus dem Nichts entstanden ist? Die Physiker wissen ganz genau, dass es keine Wirkung ohne Ursache gibt. Um dennoch ihr gottloses Weltmodell zu retten, erfinden sie abenteuerliche Theorien von Teilchen, die aus dem Nichts auftauchen und an mehreren Stellen gleichzeitig sind. Sie behaupten, eine Katze könne gleichzeitig tot und lebendig sein, reden von schwarzen Löchern, in denen angeblich die Zeit stillsteht, und verheddern sich in abenteuerlichen mathematischen Konstrukten mit mehrdimensionalen Strings. All das dient nur dazu, den Geist der Menschen zu verwirren und Zweifel an Gott zu streuen. Und wer sonst hätte ein Interesse daran, das zu tun, wenn nicht Satan? Auf die wirklich wichtigen Fragen haben deine Wissenschaftler dagegen keine Antworten: Wer sind wir? Woher kommen wir und wohin gehen wir? Was ist der Sinn des Lebens? Diese Fragen kann nur Gott beantworten und daran ändert auch die Stringtheorie nichts.«

Ich bin beeindruckt: Der Pater ist nicht so rückständig, wie ich dachte. Offenbar hat er zumindest ein oberflächliches Halbwissen über moderne Physik und mein eigenes Wissen darüber, das ich mir durch zahllose Holovideos angeeignet habe, reicht bei Weitem nicht, um mit ihm eine Diskussion über Sinn und Unsinn der Stringtheorie zu führen.

»Aber die Theorien der Wissenschaftler sind durch Experimente bestätigt worden«, wende ich ein. »Sonst würde die moderne Technik gar nicht funktionieren.«

»Die moderne Technik«, sagt der Pater und nickt. »Gut, dass du es selbst ansprichst. Ich nehme an, du fragst dich, warum wir dich hergebracht haben. Warum wir solchen Aufwand mit dir betreiben, statt dich einfach Satan zu überlassen wie so viele Millionen andere Seelen, die nicht zu retten sind, weil sie nicht gerettet werden wollen.«

»Und, warum haben Sie es getan?«

»Du bist wichtig, Manuel. Wichtiger, als du glaubst. In deiner Hand liegt das Schicksal der Welt.«

Ich starre ihn verblüfft an. Er hält mich doch nicht etwa für die Wiedergeburt Jesu oder so etwas? Nein, dann würde er sicher etwas respektvoller mit mir umgehen.

»Wie meinen Sie das?«

»Die Menschen da draußen haben es noch nicht gemerkt, aber die Letzte Schlacht hat bereits begonnen.«

»Die ›Letzte Schlacht‹? Sie meinen, das Ende der Welt? Ich muss Sie enttäuschen, Pater, aber der Dritte Weltkrieg ist bis jetzt noch nicht ausgebrochen.«

»Oh doch, die Schlacht findet in diesem Moment statt. Nur dass dabei nicht mit Kanonen gekämpft wird, sondern mit Informationen. Satan ging es nie um unsere Körper oder um irdisches Territorium. Er hat es von Anfang an auf unsere Seelen abgesehen. Nachdem er die Menschen jahrhundertelang mit Lügen und Verlockungen versucht hat, hat er nun einen wesentlich effektiveren Weg gefunden: Er lässt sein böses Werk von Maschinen tun, denen wir uns freiwillig unterwerfen und die uns versklaven, ohne dass wir es überhaupt merken. Deine Wissenschaftler sind es, die ihm das ermöglicht haben.«

»Sie glauben, dass Computer eine Erfindung des Teufels sind?«

Der Pater nickt. »Es ist ziemlich offensichtlich, wenn man genau hinschaut. Maschinen sind per Definition seelenlos und damit gottlos. Vordergründig scheinen sie uns zu dienen, doch in Wahrheit sind sie dafür konstruiert, uns abhängig zu machen. Sie sind die perfekten Werkzeuge Satans. Das gilt ganz besonders für alles, was mit Informationstechnik zu tun hat.«

Ich weiß nicht, was ich darauf antworten soll. Offenbar habe ich es mit einer Sekte paranoider Spinner zu tun, die Angst davor haben, dass Maschinen die Weltherrschaft übernehmen.

»Nimm als Beispiel dieses teuflische Spiel, das dein Freund Henning Jaspers mit seiner Firma betreibt: *Team Defense*. Ich bin sicher, du kennst es. Das Ziel darin ist es, andere Spieler auf grausame Weise zu töten. So werden die Menschen darauf trainiert, gedankenlos gegen das fünfte Gebot zu verstoßen. Zudem ist dieses Spiel so angelegt, dass es süchtig macht. Zahllose Jugendliche in deinem Alter vergeuden die vielleicht wichtigste Zeit ihres Lebens in den trostlosen Ruinen von Städten, die ihnen Jaspers' Maschinen vorgaukeln. Dadurch verlieren sie den Kontakt zu Gleichaltrigen und verfallen dem Spiel – und damit Satan – immer mehr. Das ist nur ein Beispiel. Holobrillen, die Gottes Schöpfung verfremden und verzerren, sind ein anderes.«

Wieder überrascht mich der Pater. Ich hätte nicht erwartet, dass er *Team Defense* kennt. Es stimmt, dass in den Medien viel über die angebliche Suchtwirkung von Holospielen diskutiert wird. Aber das hat natürlich nichts mit Satan zu tun. Wenn überhaupt, dann ist es schlicht menschliche Unvernunft.

»Der Antichrist versucht systematisch, uns von Gott zu isolieren und zu entfremden«, fährt der Pater fort, »und mit jeder neuen Generation von Computern gelingt ihm das immer besser. Doch all das ist noch gar nichts gegen seinen neusten Trick: Er will die Menschen glauben machen, sie könnten dem Tod entrinnen, indem sie ihre Seelen in Maschinen einsperren lassen! Und du, Manuel, bist sein Lockvogel. Wenn er es schafft, dich dazu zu bringen, diesen sogenannten Transfer durchzuführen, werden zahllose Menschen deinem Beispiel folgen wollen. Sie werden ihre Chance auf ein ewiges Leben in Gottes Himmelreich wegwerfen und stattdessen für immer in grausamen künstlichen Welten gefangen sein. Verstehst du jetzt, warum du so wichtig bist? Du bist Satans erstes Opfer. Wenn du dich ihm unterwirfst, hat er sein Ziel erreicht und gewinnt die Letzte Schlacht um unsere Seelen. Doch wenn du dich ihm widersetzt, gibt es noch Hoffnung.«

Der Pater mustert mich intensiv. Auf einmal meine ich bei ihm nicht mehr nur Fanatismus, sondern echte Sorge zu erkennen.

»Und Sie glauben wirklich, alles hängt von mir ab?«, frage ich. »Wenn ich einen Rückzieher mache, würde Henning Jaspers doch einen anderen Kranken oder eine alte Person finden.«

Der Pater schüttelt den Kopf. »Dein Auftritt in der Talkshow hat eine gewaltige Diskussion ausgelöst. Die meisten Menschen sind sich unsicher, ob das, was du vorhast, gut ist oder nicht. Wenn du den Transfer durchführen lässt, werden viele dir folgen. Wenn du aber deinen Irrtum erkennst und öffentlich bekundest, werden sie einsehen, dass Jaspers' Plan ein Irrweg ist. Natürlich wird es andere geben, die es trotzdem tun werden. Aber nie wieder wird einer von ihnen so sehr im Mittelpunkt der Aufmerksamkeit stehen wie du. Du bist das Zünglein an der Waage. Deine Entscheidung bestimmt über die Zukunft der Menschheit. Deshalb haben wir dich hergebracht, Manuel. Deine Entführung ist eine Verzweiflungstat. Glaub mir, wenn nicht so viel von dir abhinge, hätten wir niemals zu so drastischen Maßnahmen gegriffen.«

»Und was machen Sie, wenn ich mich weigere, meine Entscheidung zu widerrufen? Bringen Sie mich dann einfach um?«

»Natürlich werden wir dich nicht töten, Manuel – im Gegensatz zu Henning Jaspers und seinen sogenannten Ärzten halten wir uns an das fünfte Gebot. Wir können dich auch nicht zwingen, deine Meinung zu ändern. Aber wir werden alles tun, um dich zu überzeugen. Und wir werden dir seelischen Beistand leisten, wenn deine Krankheit sich verschlimmert und Gott dich zu sich ruft.«

Kalter Schweiß tritt mir auf die Stirn. »Das heißt, Sie halten mich hier fest, bis ich sterbe? Wenn Sie mir moderne medizinische Versorgung vorenthalten, ist das genauso Mord, wie wenn Sie mich umbringen würden!«

»Wir haben einen Arzt in unserer Gemeinde, er wird sich um dich kümmern. Vielleicht wird er dich nicht so lange am Leben erhalten, wie es die Maschinen im Krankenhaus könnten, doch er wird dir helfen, ein würdiges Ende zu finden. Aber natürlich kannst du zurück zu deinen Eltern, sobald du deine Teilnahme an dem Experiment öffentlich widerrufst und wir überzeugt sind, dass diese Entscheidung nicht nur vorgetäuscht ist.«

»Ich werde ganz sicher nichts tun, was Sie von mir verlangen, solange Sie mich hier gegen meinen Willen festhalten! Wenn Sie mich zurück zu meinen Eltern bringen, werde ich es mir vielleicht noch mal überlegen.«

»Tut mir leid, Manuel, aber das genügt nicht. Wir werden nicht zulassen, dass du zu Satans Präzedenzfall wirst. Zu viel steht auf dem Spiel – viel mehr als nur dein oder mein Leben!« Er erhebt sich. »Für den Moment ist es erst einmal genug. Ich lasse dich jetzt allein, damit du in Ruhe über das nachdenken kannst, was wir besprochen haben.«

Nachdem er gegangen ist, habe ich das Gefühl, als würde mich ein tonnenschweres Gewicht auf die Matratze drücken. Ich bekomme kaum Luft und einen angstvollen Augenblick lang befürchte ich, dass nun der Moment gekommen ist, in dem meine Lungen endgültig versagen. Doch es ist nur die Erkenntnis der Ausweglosigkeit meiner Lage, die mir den Atem raubt.

Bis jetzt dachte ich, irgendwelche religiösen Spinner hätten mich aus unverständlichen, wirren Motiven heraus entführt. Jetzt weiß ich, warum diese religiösen Spinner mich entführt haben, doch das macht es kein bisschen besser – im Gegenteil. Wenn aus der Sicht dieser Irren das Schicksal der Menschheit von mir abhängt, dann werden sie mich niemals gehen lassen. Selbst wenn ich meine Teilnahme an dem Experiment öffentlich absage, werden sie mir nicht glauben, dass ich es ernst meine. Auch wenn ich ihnen gegeben habe, was sie wollen, werden sie mich weiter hier festhalten. Sie werden auf das fünfte Gebot pfeifen und mich eher umbringen, als zuzulassen, dass ich meinen Widerruf widerrufe, wie es einst Galilei getan haben soll.

Ich werde meine Eltern und Julia nie wiedersehen.

Die Erkenntnis trifft mich mit solcher Wucht, dass mir Tränen der Wut und Verzweiflung in die Augen treten. Ich versuche, meine Fäuste zu ballen, aber stattdessen zucken meine Arme nur unkontrolliert herum.

Schließlich beruhige ich mich etwas und verfalle in Apathie. Fast wünsche ich mir, dass wirklich meine Lungen ausfallen mögen. Dann wäre wenigstens mein Leiden vorbei und vor allem das meiner Eltern und meiner Schwester. Die letzte Hoffnung, doch noch etwas Sinnvolles mit meiner restlichen Zeit anzufangen, ist nun endgültig gestorben.

»Manuel?«

Edinas schüchterne Stimme reißt mich aus dem Halbschlaf. Ich schlage die Augen auf und blicke in ihr besorgtes Gesicht.

»Entschuldige, wenn ich dich geweckt habe. Ich habe dir Frühstück gemacht.«

Sie trägt ein Tablett mit einem Teller voller Rührei mit Speck, einer Schale mit Obst und einem Becher Milch. Diesmal habe ich wirklich keinen Appetit, doch sie sieht mich so erwartungsvoll an, dass ich sie nicht enttäuschen möchte.

»Schon gut. Danke.«

Sie lächelt, stellt das Tablett ab und stützt meinen Rücken mit Kissen, sodass ich aufrecht sitze. Dann füttert sie mich. Ich schlucke gehorsam alles herunter, doch obwohl das Rührei wirklich lecker aussieht, schmecke ich kaum etwas.

Edina bemerkt es, deutet meine bedrückte Miene aber falsch. »Das Gespräch mit dem Pater lief wohl nicht so gut, wie? Er kann manchmal ziemlich streng sein, aber glaub mir, er meint es nur gut mit dir.«

Zorn steigt in mir auf. Was weiß sie schon? Ich bin nur Mittel zum Zweck, eine Schachfigur in einem absurden Spiel, bei dem es wie immer bloß um Macht und Einfluss geht. Dass der Pater den Unsinn, den er redet, wirklich zu glauben scheint, macht es nur umso schlimmer.

»Ich möchte mit meinen Eltern sprechen«, sage ich. »Sie machen sich bestimmt Sorgen um mich.«

»Ich bin sicher, der Bischof wird ...«, beginnt sie, doch ich unterbreche sie rüde.

»Gar nichts wird der Bischof!«, fahre ich sie an. »Er denkt, Henning Jaspers sei Satan und ich sei seine Geisel in eurem schwachsinnigen Heiligen Krieg gegen die wissenschaftliche Vernunft!«

Edina erschrickt. »Bitte, rede nicht so über seine Eminenz! Das ... das ist eine schwere Sünde!«

»Ach ja? Und selbst denken ist wohl auch eine Sünde? Ist dir eigentlich nie der Gedanke gekommen, dass das, was sie dir hier beigebracht haben, womöglich gar nicht stimmt? Nehmen wir ein Beispiel: Wie alt, glaubst du, ist die Erde?«

»Die Erde? Gott hat sie vor ungefähr 6.000 Jahren erschaffen.«

»Ach ja? Und wo kommen dann die Dinosaurierknochen her, die man überall in Museen besichtigen kann? Und wieso gibt es Fossilien von Tieren, deren Abdrücke in Stein festgehalten wurden, der Millionen Jahre alt ist?«

»Ich ... ich bin nicht klug genug, um solche Fragen zu beantworten«, sagt sie. »Du solltest sie dem Pater stellen.«

»Damit gibst du dich zufrieden? Du fragst lieber den Pater, statt selbst zu denken, wenn du nicht mehr weiterweißt? Dann bist du nicht selbstständiger als ein kleines Kind!«

»Ich gehe jetzt besser.«

Sie nimmt das Tablett und verlässt den Raum. Täusche ich mich oder waren da Tränen in ihren Augen? Auf einmal tut es mir leid, dass ich sie so angefahren habe. Schließlich kann sie nichts für meine hoffnungslose Lage.

18. KAPITEL

Julia

Am Nachmittag des zweiten Tages nach der Entführung besucht uns Henning Jaspers. Er wird von Marcel Pavlov begleitet, einem schmächtigen Mann mit schütterem grauem Haar und einer runden Brille. Er ist der Chef der Firma *Pavlov Security Services*, die für Henning arbeitet und auch eine Zeit lang unser Haus bewacht hat.

Mama sitzt zusammengesunken auf der Wohnzimmercouch und schweigt. Sie scheint um Jahre gealtert zu sein, obwohl sie auch schon vor der Entführung meines Bruders nicht gerade rosig ausgesehen hat. Papa hingegen wirkt gefasst, doch ich weiß genau, dass es in seinem Inneren nicht viel besser aussieht.

»Welche Summe auch immer diese Leute fordern, ich werde sie ihnen geben«, erklärt Henning, nachdem ich noch einmal erzählt habe, was geschehen ist. »Manuels Unversehrtheit ist zu wichtig, um ein Risiko in Kauf zu nehmen. Sobald er in Sicherheit ist, werden wir rausfinden, wer diese Typen sind, und ihnen die Hölle auf Erden bereiten!«

Ich weiß, ich sollte ihm für seine Unterstützung dankbar sein. Doch stattdessen empfinde ich nur Zorn. Wenn Henning nicht darauf bestanden hätte, mit Manuels Geschichte an die

Öffentlichkeit zu gehen, wären diese Leute gar nicht erst auf die Idee gekommen, ihn zu entführen.

»Und wenn es doch eine dieser Gruppen ist, die im Internet Stimmung gegen Manuel machen?«, fragt Papa. »Vielleicht wollen sie mit der Entführung irgendwelche politischen Forderungen durchsetzen. Freiheit für alle Roboter oder solchen Unfug.«

Henning schüttelt den Kopf. »Nein, das sind sicher keine *Artificial Rights*-Aktivisten, die sind eher auf unserer Seite. Wenn, dann könnten es höchstens religiöse Fanatiker sein, doch die sind in der Regel nicht so gut organisiert. Nein, ich bin sicher, diese Typen haben es auf mein Geld abgesehen. Aber sie haben sich mit dem Falschen angelegt!«

»Können wir denn gar nichts machen?«, fragt Papa.

»Doch, wir können einiges tun. Wir können den Entführern Fallen stellen. Deshalb habe ich Herrn Pavlov mitgebracht. Wenn Sie einverstanden sind, wird er hier im Haus noch ein paar Überwachungsmaßnahmen vornehmen.«

»Die Polizei überwacht doch schon alle Kommunikationsleitungen«, wendet Papa ein.

»Wenn die Täter so clever sind, wie es den Anschein hat, dann wissen sie, dass gewöhnliche Kommunikationswege zu unsicher sind«, erwidert Pavlov. »Sie werden auf andere Weise mit Ihnen in Kontakt treten oder direkt mit Herrn Jaspers, vielleicht über eine Drohne oder ein selbststeuerndes Fahrzeug. Wir sollten auf eine solche Situation vorbereitet sein.«

»Aber warum haben die sich denn nicht längst gemeldet?«, frage ich. »Manuel ist jetzt schon seit mehr als 48 Stunden verschwunden.«

»Sie sind eben vorsichtig«, meint Henning. »Vielleicht wollen sie uns auch zermürben. Zeigen, dass sie unberechenbar sind. Den Preis in die Höhe treiben.«

»Wir können auch die Möglichkeit nicht ausschließen, dass etwas schiefgegangen ist«, sagt Pavlov.

Henning wirft ihm einen finsteren Blick zu.

»Was meinen Sie damit?«, frage ich.

»Dein Bruder ist todkrank«, erklärt der Sicherheitsexperte. »Es wäre möglich, dass er die Betäubung nicht überlebt hat. Die Tatsache, dass sich die Entführer noch nicht gemeldet haben, spricht leider dafür.«

Mama bricht in Tränen aus. Papa will sie in den Arm nehmen, doch sie wendet sich ab.

»Das ist reine Spekulation!«, sagt Henning mit Wut in der Stimme.

Pavlov bleibt unbeeindruckt. »Meiner Erfahrung nach ist es am besten, sich in einer solchen Situation auf alle Möglichkeiten vorzubereiten, auch auf die schlimmsten. Nur wenn man die Lage realistisch betrachtet, kann man optimal reagieren.«

Papa ist bleich vor Zorn. »Wenn … wenn diese Typen Manuel auch nur ein Haar gekrümmt haben, dann … dann …«

»Lassen Sie uns nicht die Nerven verlieren«, meint Henning. »Ich gebe zu, wir können nicht ausschließen, dass Manuel etwas zugestoßen ist. Aber das halte ich für unwahrscheinlich. Julia wurde ausgesetzt, ihr geht es den Umständen entsprechend gut. Das bedeutet für mich, dass diese Leute körperliche Schäden möglichst vermeiden wollen. Sie werden Manuel behandeln wie ein rohes Ei – immerhin ist er für sie sehr viel Geld wert.«

Papa unterschreibt mehrere Papiere, die ihm der Sicherheitsexperte vorlegt. Danach installieren Männer in schwarzen

Uniformen an verschiedenen Stellen im Haus und im Garten winzige Überwachungssysteme, was kaum mehr als zehn Minuten dauert. Keine Mücke könne sich nun unserem Haus mehr unbeobachtet nähern, versichert uns Henning.

»Achten Sie trotzdem auf alles, was Ihnen auffällt oder seltsam vorkommt, und sei es ein Vogel, der sich ungewöhnlich verhält«, sagt der Sicherheitsexperte.

»Sie glauben, die schicken dressierte Tiere?«, fragt Papa.

»Wir müssen mit allem rechnen.«

Beim Abendessen sitzen wir stumm am Tisch und vermeiden es, uns anzusehen. Ich habe Nudeln mit Tomatensoße für alle gekocht, doch Mama rührt ihren Teller nicht einmal an. Stattdessen faltet sie ihre Hände und bewegt ihre Lippen in einem stummen Gebet.

Als Papa es bemerkt, sagt er: »Findest du nicht, du solltest lieber mal mit deiner Tochter reden als mit einem imaginären Gott?«

Ich zucke zusammen.

Mama blickt ihn mit hasserfüllter Miene an. »Ist dir schon mal der Gedanke gekommen, dass wir eine Mitschuld an Manuels Entführung tragen?«

Papa schnappt nach Luft. »Was … was willst du damit sagen?«

»Sicher ist nur, dass Manuel noch bei uns wäre, wenn du ihn nicht mit diesem Scharlatan Henning Jaspers zusammengebracht hättest. Wer weiß, vielleicht hat er Manuel ja selbst entführen lassen, damit er ungestört seine Experimente an ihm durchführen kann.«

»Sag mal, spinnst du jetzt vollkommen? Henning tut alles, was in seiner Macht steht, um Manuel zu helfen! Ich jedenfalls verlasse mich lieber auf ihn als auf deinen ach so gnädigen Gott.«

»Du kapierst einfach nicht …«

»Schluss jetzt!«, gehe ich dazwischen. »Ich habe die Schnauze voll von eurem ewigen Gestreite! An Manuels Entführung sind seine Entführer schuld und sonst niemand und für seine Krankheit kann auch keiner was. Wenn Mama Trost in Gebeten findet, dann solltest du sie gefälligst in Ruhe lassen, Papa. Und du, Mama, solltest endlich aufhören, Papa die Schuld an allem zu geben! Es war Manuels Entscheidung, das Experiment durchzuführen.«

Sie starren mich beide erschrocken an.

»Verzeih mir bitte, Maria«, sagt Papa. »Und du auch, Julia.«

»Schon gut«, meint Mama und versucht ein schiefes Lächeln, während Tränen über ihre Wangen strömen. »Mir tut auch leid, was ich gesagt habe. Jeder von uns hat nur das Beste für Manuel gewollt. Es … es ist nur …«

Sie beendet den Satz nicht, sondern steht auf und verlässt den Raum.

»Danke, Julia«, sagt Papa. »Ich … ich glaube, wenn du gerade nicht eingegriffen hättest, dann …«

Er beendet den Satz nicht. Wir beide wissen, dass die Krise noch lange nicht durchgestanden ist. Es erscheint mir so gut wie ausgeschlossen, dass meine Eltern jemals wieder zueinanderfinden. Und auch ich werde wohl nie mehr so glücklich werden, wie ich es einmal war, bevor diese beschissene Krankheit unser aller Leben zerstörte.

19. KAPITEL

Manuel

Nach dem Frühstück geht der Religionsunterricht weiter. Statt mit dem Pater zu diskutieren, höre ich ihm zu und versuche, seine Weltsicht besser zu verstehen, auch wenn ich kaum Hoffnung habe, dadurch einen möglichen Ausweg aus meiner Lage zu finden. Ich erfahre einiges über die Geschichte der Sekte, in deren Hände ich geraten bin. Sie nennen sich die »Erweckten« und glauben, dass sie dazu bestimmt sind, in diesem abgelegenen Tal irgendwo in den Alpen auszuharren, bis die Letzte Schlacht vorbei ist und Jesus auf die Erde hinabsteigt, um sie ins Himmelreich zu holen. Sie nehmen die Bibel sehr wörtlich und lehnen moderne Technik ab, weil sie sie buchstäblich für Teufelszeug halten. Dennoch kann ich draußen hin und wieder Motorengeräusche hören. Ganz ohne Autos kommen sie also offenbar auch nicht aus.

Gegen Mittag stößt der Bischof persönlich hinzu. Er ist in Begleitung einiger anderer Männer und Frauen in kirchlichen Gewändern. Auch Schwester Anna und Edina sind bei ihm. Gemeinsam stehen sie in einem Halbkreis um mich herum und beten für meine Seele, was mir ziemlich peinlich ist – ich habe nie gern im Mittelpunkt der Aufmerksamkeit gestanden.

Ihre Gebete und Gesänge wirken seltsam anrührend auf mich.

Offensichtlich glauben diese Leute wirklich, dass das Schicksal der Welt von mir abhängt. Fast beneide ich sie um ihren offenbar unerschütterlichen Glauben und ihr kindlich-naives Weltbild. Es wäre so viel einfacher, das Leben loszulassen, wenn ich ebenso wie sie überzeugt wäre, dass mein Schicksal in der Hand eines gütigen Gottes liegt. Doch der Pater kann mich so lange unterrichten, wie er will, er wird mich nicht bekehren. Wenn man einmal weiß, dass der Osterhase nicht existiert, ist es unmöglich, wieder das Gegenteil zu glauben.

Das Mittagessen wird mir von Schwester Anna gebracht. Danach habe ich zwei Stunden Ruhe, bevor der Pater wiederkommt und mir einen Vortrag über die biblische Schöpfungsgeschichte und den Sündenfall Adams hält.

»Gott hat uns von Anfang an die Möglichkeit gegeben, Sünden zu begehen«, erklärt er. »Er ist allmächtig, aber er ist kein Diktator. Er lässt uns die Wahl, uns für oder gegen ihn zu entscheiden. Doch selbst wenn wir den falschen Weg wählen und gegen seinen Willen verstoßen, ist er jederzeit bereit, uns zu verzeihen, wenn wir aufrichtig bereuen.«

»Das bedeutet, Adam hätte nach dem Sündenfall einfach wieder ins Paradies zurückkehren können?«, frage ich.

»Jeder von uns kann ins Paradies zurückkehren«, antwortet der Pater. »Wir könnten sogar hier auf Erden ein Paradies errichten, wenn wir nur auf seine Worte hören würden.«

»Sie meinen Jesu Worte?«

Er nickt. »Jesus hat uns erklärt, was sein Vater mit den Zehn Geboten und den Geschichten im Alten Testament meint.«

»Und hat Jesus nicht auch Barmherzigkeit gepredigt, Aufrichtigkeit und dass wir einander kein Leid zufügen sollen?«

Der Pater sieht mich misstrauisch an. »Worauf willst du hinaus?«

Ich blicke ihm direkt in die Augen. »Können Sie sich vorstellen, wie sich meine Eltern und meine Schwester jetzt fühlen? Sie wissen nicht, wo ich bin, ob es mir gut geht, ob ich überhaupt noch lebe. Sie leiden bestimmt sehr darunter. Lassen Sie mich wenigstens kurz mit ihnen telefonieren!«

Die Miene des Paters verhärtet sich. »Manchmal muss man ein Kind schlagen, um es zu erziehen und zu verhindern, dass es sich selbst Schaden zufügt. Barmherzigkeit und Milde dürfen nicht so weit gehen, dass dadurch größere Übel heraufbeschworen werden. Einen Dieb oder Mörder einfach gehen zu lassen, ohne ihn zu bestrafen, hat nichts mit dem Wort Jesu zu tun.«

»Ich bin weder ein Dieb noch ein Mörder! Ich habe niemandem etwas getan und meine Eltern auch nicht.«

Die Augen des Paters werden schmal. »Ich weiß, der Bischof hält dich für unschuldig und glaubt, du seist nur ein Opfer der Intrigen Satans. Aber meines Erachtens kann man deine Handlungen auch anders interpretieren: als die eines rücksichtslosen Egoisten. Du weißt jetzt, was auf dem Spiel steht, dass du Millionen Seelen ins Verderben locken würdest. Und trotzdem bist du nicht bereit, deine Entscheidung zu revidieren. Und wirst es auch nie sein, das kann ich jetzt sehen. Dein eigener Wunsch nach dem, was du für Unsterblichkeit hältst, ist dir wichtiger als das Wohl aller anderen Menschen. Ich habe dich durchschaut, Manuel! In Wahrheit bist du längst ein Diener Satans, genau wie Henning Jaspers. Und da deine Eltern dich bei deinem Wunsch unterstützen, sind sie nicht besser als du. Sie verdienen keine Milde!«

Mir läuft ein Schauer über den Rücken. In der Miene dieses

Mannes sehe ich nur Hass. Er würde nicht zögern, mich umzubringen, wenn er glaubte, dass das seiner Sache diente. Er ist ein Fanatiker, nicht anders als die islamistischen Terroristen, die 2027 in Boston einen tödlichen Virus freigesetzt und mehr als hunderttausend Menschen getötet haben.

Nachdem er klargestellt hat, was er von mir hält, setzt der Pater den Unterricht fort, als wäre nichts geschehen. Wir wissen beide, dass es eine Scharade ist. Ich bin froh, als die Lektion beendet ist und er mich allein lässt.

Kurz darauf kommt Edina in den Raum. »Hast du Lust, ein wenig mit mir spazieren zu gehen, Manuel?«

»Soll das ein Scherz sein?«

Sie errötet und senkt den Blick. »Oh, entschuldige. Ich meinte natürlich, eine … eine Ausfahrt, wenn du so willst. Im Rollstuhl.«

Augenblicklich tut es mir wieder leid, dass ich grob zu ihr war. »Mit Marvin?«, frage ich, obwohl ich die Hoffnung, meinen vorlauten Stuhl jemals wiederzusehen, längst aufgegeben habe.

Ein Stich geht bei dem Gedanken an ihn durch mein Herz. Er war nur eine Maschine, aber für mich war er wie ein Freund. Dann fällt mir ein, dass er nicht wirklich vernichtet wurde – sein Verstand, seine Erinnerungen, alles, was seine künstliche Persönlichkeit ausgemacht hat, ist noch da, gespeichert in dem globalen Computernetzwerk, das METIS beherbergt. Man kann einfach einen neuen Stuhl kaufen, ihn mit METIS verknüpfen und er ist wieder ganz der Alte. Was ich mir von meinem Transfer in meinen wildesten Fantasien erträume, hat Marvin längst erreicht: Unsterblichkeit.

Sie schüttelt den Kopf. »Nein, ich habe mir den Rollstuhl der alten Frau Zacherer ausgeliehen.«

»Okay«, stimme ich zu. Wer weiß, vielleicht lerne ich auf

diesem Spaziergang ja ein wenig mehr darüber, wo ich mich befinde.

Edina schiebt den Rollstuhl durch die Verandatür herein. Er hat nicht einmal einen Hilfsmotor. Gemeinsam mit Schwester Anna hievt sie mich hinein und breitet eine Wolldecke über meinem Körper aus. Dann schiebt sie mich nach draußen, einen Kiesweg entlang und durch eine Gartenpforte auf eine schmale Straße.

Ich befinde mich offenbar in einem kleinen Dorf, das von steilen Bergen umgeben ist. In der Ferne sehe ich die Masten einer Seilbahn. Das Gebäude, in dem mein Zimmer liegt, ist ein Hotel – oder war früher mal eines, jedenfalls entdecke ich nirgends Touristen. Die wenigen Menschen, denen wir begegnen, tragen schlichte, altmodisch wirkende Kleidung. Sie grüßen uns freundlich.

Edina schiebt mich die Straße entlang, bis wir das Dorf hinter uns lassen und über einen asphaltierten Feldweg spazieren. Das Wetter ist herrlich, die Luft erfüllt von Vogelgezwitscher, dem Summen von Insekten und dem Duft von Gras und Sommerblumen. Wenn ich nicht in einer so verzweifelten Lage wäre, könnte ich diesen Ausflug vielleicht genießen.

»Wie war der Unterricht?«, fragt Edina.

Ich bin nicht sicher, was ich darauf antworten soll. Wenn ich offen sage, was ich denke, wird sie es höchstwahrscheinlich dem Pater erzählen. Andererseits glaubt der ja sowieso nicht, dass er mich bekehren kann. Was habe ich also zu verlieren?

»Der Pater hält mich für einen Diener Satans«, antworte ich.

Edina scheint sich zu erschrecken, jedenfalls geraten ihre Schritte kurz aus dem Rhythmus.

»Das kann ich mir nicht vorstellen«, erwidert sie.

»Er denkt, ich sei ein rücksichtsloser Egoist, weil ich angeblich mein eigenes Wohl über das der gesamten Menschheit stelle.«

»Das verstehe ich nicht.«

»Weißt du, warum ich hier bin, Edina?«

»Ich … ich bin nicht sicher. Man hat mir gesagt, dass du … Pflege brauchst. Nicht nur körperlich, sondern auch geistig.«

Ich lache trocken. »Ja, klar. Ich bin verrückt, weil ich nicht glaube, dass Gott die Welt in sieben Tagen erschaffen hat.«

»Zweifel an Gottes Worten sind ganz normal«, belehrt mich Edina. »Sie sind menschlich. Aber wenn man Gott sein Herz wirklich öffnet, dann verschwinden sie irgendwann von allein.«

»Ach ja? Tun sie das? Edina, hast du früher an den Weihnachtsmann geglaubt?«

»An den Weihnachtsmann? Nein. Bei uns bringt das Christkind die Geschenke. Jedenfalls erzählen wir das den kleinen Kindern.«

»Und glaubst du immer noch an das Christkind?«

»Natürlich nicht. Jedenfalls nicht daran, dass es an Weihnachten aus dem Himmel herabkommt und uns Geschenke auf den Gabentisch legt.«

»Also verschwinden deine Zweifel am Christkind nicht von selbst wieder? Auch nicht, wenn du dein Herz ganz weit öffnest?«

»Jetzt wirst du albern! Du kannst doch den Glauben an das Christkind nicht mit dem Glauben an Gott vergleichen!«

»Warum nicht?«

»Weil … weil Gott nun mal existiert.«

»Das ist ein ziemlich schwaches Argument, findest du nicht?«

»Ich brauche keine Argumente, um an Gott zu glauben!«, sagt sie mit Zorn in der Stimme. »Ich weiß einfach, dass es ihn gibt!«

»Schon gut. Ich will dir deinen Glauben nicht austreiben. Ich möchte nur, dass du akzeptierst, dass ich die Dinge anders sehe.«

»Es tut mir leid, Manuel, aber ich bin nicht klug genug, um solche Gesprächе mit dir zu führen. Du solltest das wirklich mit Pater Christoph besprechen. Ich bin sicher, er hält dich nicht für einen Diener Satans, auch wenn du das vielleicht glaubst.«

»Er hat es aber gesagt. Er hat behauptet, mein Wunsch nach Unsterblichkeit sei egoistisch. Dabei will ich gar nicht unsterblich sein. Jedenfalls glaube ich nicht daran, dass das möglich ist. Ich habe mich nur dazu entschieden, mein Gehirn bei meinem Tod scannen zu lassen, um es in einem Computer zu simulieren.«

»Ich fürchte, ich verstehe nicht, wovon du redest.«

»Weißt du denn nicht, was ein Computer ist?«

»Doch. Das ist eine Maschine, mit der man Berechnungen anstellen kann.«

»Genau. Und wenn man mit einem sehr schnellen und starken Computer dieselben oder ähnliche Berechnungen durchführt, wie sie auch in einem menschlichen Gehirn stattfinden, dann kann dieser Computer denken. Man nennt das künstliche Intelligenz.«

»Aber Denken und Rechnen ist doch nicht dasselbe. Ich kann nicht besonders gut rechnen, aber ich kann trotzdem gut denken.«

»Das, was du Denken nennst, ist auch eine Art von Rechnen, nur nicht mit Zahlen, sondern mit Gedanken und Gefühlen. Dein Gehirn ist im Prinzip nichts anderes als ein komplizierter Computer. Ich habe dir doch von meinem Stuhl erzählt, Marvin. Er kann ... er konnte mit mir sprechen wie ein Mensch. Er hat mich verstanden und wusste viel mehr, als ich selbst jemals wissen könnte. Er hatte sogar Gefühle, wenn es auch nicht dieselben waren wie die eines Menschen. Er war mein Freund.«

»Du veralberst mich!«

»Nein, mir ist es absolut ernst, Edina. Du hast offensichtlich keine Ahnung, wie die Welt außerhalb deines Dorfs wirklich ist. Du bist hier eingesperrt wie in einem Gefängnis und musst alles glauben, was dir deine Eltern, der Pater und der Bischof eintrichtern. Doch sie belügen dich, Edina. Auch die Bibel enthält nicht die absolute Wahrheit. Sie ist nur eine Sammlung von alten Schriften, genau wie der Koran. Es stehen sicher viele kluge Sachen darin, aber die Bibel wurde von Menschen geschrieben.«

»Natürlich wurde sie das!«, ruft Edina aufgebracht. »Aber diese Menschen haben nur aufgeschrieben, was Gott ihnen gesagt hat!«

»Das ist bloß eine Behauptung. Auf der Welt gibt es viele verschiedene Religionen und sie alle sind sich vollkommen sicher, dass in ihren Heiligen Schriften die reine Wahrheit steht, obwohl das nicht sein kann. Woher willst du wissen, dass deine Sichtweise richtig ist und die der anderen falsch? Ist das nicht ziemlich anmaßend?«

»Wir sollten besser umkehren«, sagt Edina kühl. »Ich … ich kann allmählich verstehen, warum der Pater denkt, dass du von Satan besessen bist.«

Jetzt bin ich es, der wütend wird. »Ach ja? Ich bin hier der Böse? Ich habe nur noch ein paar Monate zu leben, werde entführt und hierher verschleppt und darf nicht einmal mit meinen Eltern reden, bloß weil dein Bischof denkt, ich sei am Weltuntergang schuld! Das … das ist einfach krank!«

Edina antwortet nicht. Mit schnellen Schritten schiebt sie mich zurück in mein Zimmer. Als sie mich mit Schwester Anna ins Bett hievt, sehe ich Tränen in ihren Augen.

194

Das Abendessen bringt mir wieder Schwester Anna. Sie blickt mich ziemlich finster an, als sie mich mit salzigem Haferbrei füttert, und ich spüre sofort, dass etwas nicht stimmt.

»Was ist mit Edina?«, frage ich.

Das Stirnrunzeln der Schwester vertieft sich. »Du meinst *Novizin* Edina. Sie hat darum gebeten, vom Dienst an dir abgezogen zu werden.«

»Oh.« Eigentlich sollte mich das nicht wundern, doch seltsamerweise fühle ich mich verletzt.

»Ich habe ihrem Gesuch nicht stattgegeben«, sagt Schwester Anna. »Du bist eine Aufgabe, die der Herr ihr auferlegt hat. Keine leichte, zugegeben. Aber eine, der sie sich stellen muss, wenn sie jemals eine vollwertige Dienerin Christi werden will. Sie wird sich morgen wieder um dich kümmern.«

»Warum … wollte sie von mir abgezogen werden?«

»Sie hat Angst vor dir.«

»Angst? Vor *mir*? Aber … ich kann nicht mal einen Arm nach ihr ausstrecken!«

»Sie hat Angst vor deinem Verstand und deinen Worten. Sie fürchtet, sie könnte ebenfalls von Satan befallen werden, wenn sie zu lange in deiner Nähe ist.«

»Dann glauben Sie das also auch? Dass ich ein Diener Satans bin?«

Schwester Anna schüttelt den Kopf. »Nein. Du bist bloß eingebildet, eigensinnig und dumm – wie die meisten Jungs in deinem Alter. Ich glaube genau wie der Bischof, dass deine Seele gerettet werden kann.«

»Der Pater scheint da anderer Ansicht zu sein.«

»Ich habe dich davor gewarnt, ihn zu provozieren. Du machst

es uns allen leichter, wenn du dich ihm fügst und versuchst zu verstehen, was er dir sagt.«

Zorn steigt in mir auf. »Ich soll mich fügen? Sie haben mich entführt und halten mich gegen meinen Willen hier fest! Glauben Sie wirklich, so könnten Sie mich bekehren?«

Schwester Anna mustert mich einen Moment lang stumm. Dann schüttelt sie den Kopf. »Nein. Nein, ich glaube nicht, dass wir dich auf diese Weise bekehren können.«

Wieder glimmt der unverwüstliche Hoffnungsfunke in meinem Bauch. »Dann lassen Sie mich mit meinen Eltern sprechen, wenigstens ein Mal! Ich würde ihnen nicht sagen, wo ich bin, selbst wenn ich es wüsste. Sie sollen bloß wissen, dass es mir gut geht.«

»Ich würde dir wirklich gern helfen. Ich finde es nicht gut, dich hier festzuhalten. Aber das ist nicht meine Entscheidung. Nur der Bischof kann entscheiden, was mit dir geschehen soll.«

»Ist Ihnen klar, dass das, was Sie hier tun, eine Straftat ist? Sie könnten deswegen ins Gefängnis kommen!«

»Ich fürchte keine irdische Strafe. Nur das Urteil Gottes hat für mich Bedeutung.«

»Und Sie glauben ernsthaft, dass Ihr Gott es gut findet, was hier geschieht?«

»Darüber maße ich mir kein Urteil an.«

»Nein? Darf in dieser Gemeinde der sogenannten Erweckten niemand außer dem Bischof und dem Pater selbst denken? Vielleicht sollten Sie sich lieber in ›Gemeinde der Komatösen‹ umbenennen!«

»Mit Beleidigungen machst du deine Lage nicht besser, junger Mann!«

»Schlimmer aber auch nicht.«

20. KAPITEL

Julia

Die Entführer melden sich nicht und sie werden sich auch nicht mehr melden. Mit jeder Stunde, die vergeht, wird das deutlicher. Vielleicht haben sie Manuel ein zu starkes Betäubungsmittel gegeben und er ist nicht mehr aufgewacht, wie es der Sicherheitsexperte befürchtete. Oder die Entführung hat einen Schub seiner Krankheit ausgelöst und seine Lungen haben versagt. So oder so ist er höchstwahrscheinlich tot.

Über viele Monate haben wir versucht, uns darauf vorzubereiten, dass Manuel bald sterben wird. Aber wir haben immer gedacht, dass wir dann bei ihm sein und uns von ihm verabschieden können. Nun müssen wir damit leben, dass das nicht passieren wird.

Nicht sicher zu wissen, was mit ihm geschehen ist, macht es noch schlimmer. Kaum dass ich glaube, mich mit der Tatsache seines Todes abgefunden zu haben, durchzuckt mich wieder ein schwacher, grausamer Hoffnungsfunke: Vielleicht ist ein Kommunikationsversuch der Entführer gescheitert und sie werden es noch einmal probieren. Vielleicht sind sie insgeheim längst in Gesprächen mit Henning, doch der sagt es uns nicht, um uns keine falschen Hoffnungen zu machen. Vielleicht ist Manuel seinen Entführern mithilfe seines intelligenten Stuhls irgendwie entkommen und irrt nun in einer abgelegenen Gegend ohne Netz herum.

Natürlich weiß ich, dass all diese Gedanken absurd sind. Aber der menschliche Geist ist anscheinend nicht dafür gemacht, sich mit traurigen Wahrheiten abzufinden.

Papa telefoniert mindestens einmal pro Stunde mit der Polizei, Henning Jaspers oder dem Sicherheitsberater, jedes Mal ohne Ergebnis. Mama sitzt den ganzen Tag am Küchentisch und starrt ins Leere. Alle meine Versuche, mit den beiden zu sprechen und sie zu trösten, bleiben erfolglos. Wir reden nur noch das Nötigste miteinander. Papa hat alle Termine abgesagt und mit dem Rektor vereinbart, dass ich vom Unterricht befreit bin und mein Abitur nachholen kann, sobald unsere »familiäre Krise« überwunden ist. Ich bin nicht sicher, ob er dem Rektor die ganze Situation geschildert hat, aber jedenfalls muss ich nicht mehr in die Schule. Doch auch das hilft uns nicht weiter, sondern verschlimmert nur die trostlose Stimmung. Die besorgten Nachfragen meiner Freundinnen beantworte ich einsilbig und sage alle Verabredungen ab. Ich würde es nicht aushalten, so zu tun, als wäre alles in Ordnung. Ohnehin darf und will ich nicht darüber reden, was geschehen ist.

Die meiste Zeit über sitze ich in meinem Zimmer und surfe ziellos durch den Holospace. Meine Verzweiflung ist einer dumpfen Apathie gewichen, so als hätte ich nicht einmal mehr genug Energie, um mir Sorgen zu machen. Noch gibt es keine Berichte über Manuels Entführung – wie in solchen Fällen üblich, hat die Polizei eine Nachrichtensperre verhängt. Trotzdem findet sich sein Name auf zahllosen Sites und in etlichen Holos. Wie in Trance klicke ich mich durch die Sites, in der schwachen

Hoffnung auf irgendeinen Hinweis – vielleicht eine Drohung oder Prahlerei irgendeiner Gruppe.

Irgendwann lande ich bei Elena Marinewski und dem ersten Video mit Henning Jaspers. Mit einem dicken Kloß im Hals schaue ich es mir noch einmal an und danach das zweite Video, das wir im Labor gedreht haben. In dem Video kommt mir Henning arrogant und selbstverliebt vor. Eigentlich sollte es doch um Manuel gehen. Ich kann die Abneigung, die ich gegen Henning empfinde, nicht konkret begründen und wahrscheinlich ist sie auch ungerechtfertigt. Vielleicht gebe ich ihm unbewusst die Schuld an der Entführung.

Mamas Worte drängen sich mir ins Bewusstsein: *Wer weiß, vielleicht hat er Manuel ja selbst entführen lassen, damit er ungestört seine Experimente an ihm durchführen kann.* Ist es denkbar, dass sie recht hat? Aber das ergibt keinen Sinn. Manuel war doch bereit, freiwillig alles mit sich machen zu lassen.

Ich scrolle durch Hunderte von Kommentaren zu dem Video. Wie so oft im Netz sind auch hier die Meinungen tief gespalten: Die eine Hälfte unterstützt Manuels Wunsch, das Experiment durchzuführen, die andere Hälfte verteufelt es. Viele finden, dass Henning wie ein Versicherungsvertreter rüberkommt, und ich kann nicht anders, als ihnen recht zu geben. Und natürlich trollen sich die Kommentatoren auch gegenseitig.

Der Letzte Kampf hat begonnen, schreibt einer. *Satans Heerscharen sind unter uns. Sie wollen uns versklaven. Und nun versucht dieser Jaspers auch noch, die Seele dieses armen Jungen in eine Maschine einzusperren. Wer die Zeichen der Zeit nicht erkennt, der ist rettungslos verloren.*

Selten solchen Schwachsinn gelesen, lautet eine Antwort zum Kommentar. *Zieh doch ins Stillachtal, du Spinner!*

Seltsamer Kommentar. Vom Stillachtal habe ich noch nie etwas gehört. Ich google es und stoße auf einen Artikel, der bereits einige Jahre alt ist:

Alpental soll religiöse Enklave werden

Nachdem der Bayerische Landtag ein neues Gesetz verabschiedet hat, das die Einrichtung sogenannter »religiöser Sonderzonen« ermöglicht, soll die Regelung nun zum ersten Mal in der Praxis angewendet werden. Die Bewohner des südlich von Oberstdorf in den Bayerischen Alpen gelegenen Stillachtals haben sich mehrheitlich dafür ausgesprochen, im Tal eine »Sonderzone christlichen Glaubens« einzurichten. Damit gelten dort in Zukunft besonders strenge Regeln. Beispielsweise ist das öffentliche Zurschaustellen nicht christlicher religiöser Symbole verboten. Die Bewohner haben zudem das Recht, Menschen mit »deutlich abweichender kultureller Prägung«, wie es im Gesetz heißt, den Zutritt zum Tal zu verwehren.

Der Bürgermeister des Dorfes Birgsau im Stillachtal, Martin Fels, gleichzeitig geistiges Oberhaupt der christlichen Sekte »Die Erweckten«, sagte: »Damit haben unsere Gemeindemitglieder den Grundstein für ein erfülltes, von christlichen Werten geprägtes Leben gelegt, wie es in Deutschland einzigartig ist. Jeder, der unsere Werte teilt, ist herzlich willkommen, sich uns anzuschließen.« Gegen die Einrichtung der Sonderzone hatte es im Vorfeld zahlreiche Proteste gegeben. Der Vorsitzende des

Bundes der Konfessionslosen und Atheisten in Deutschland, Alf Grünenthal, meinte dazu: »Das ist ein Rückschritt ins Mittelalter und eine klare Missachtung der grundgesetzlich festgeschriebenen Trennung zwischen Staat und Religion.« Er kündigte eine Beschwerde beim Bundesverfassungsgericht an.

Die katholische Kirche begrüßt die Einrichtung religiöser Sonderzonen grundsätzlich, legt jedoch Wert auf die Feststellung, dass »Die Erweckten« keine Katholiken seien. Bischof Karl Kunert sagte: »Wir freuen uns über jeden Schritt, der die Menschen Gott näherbringt. Jedoch darf die Toleranz gegenüber anderen Religionen darunter nicht leiden.«

Karl Kunert ist der Bischof, der bei der Talkshow Manuels Entscheidung am heftigsten kritisiert hatte. Dass er in dem Artikel erwähnt wird, ist sicher Zufall, trotzdem weckt es meine Neugier. »Die Erweckten« haben keine eigene Holosite, nicht einmal eine Website, was für eine Religionsgemeinschaft eher ungewöhnlich ist. Dafür gibt es im Netz jede Menge Informationen über die Sekte, die offenbar einen christlichen Fundamentalismus predigt, die Bibel wörtlich auslegt und moderne Technik ablehnt. Sie wird häufig mit den Amish verglichen, einer Religionsgemeinschaft in den USA, die ebenfalls keine moderne Technik nutzt und ein Leben wie vor 150 Jahren führt.

Die meisten Berichte im Netz machen sich über die Erweckten lustig. In einem davon werden sie die »bayerischen Taliban« genannt. Es gibt Holos, die zeigen, wie Leuten der Zutritt zum Stillachtal verweigert wurde. Sie berichten davon, ausführlichen

»Glaubensbefragungen« unterzogen und fortgeschickt worden zu sein, als sie sich weigerten, die Fragen der Sektenmitglieder zu beantworten. Ein Holo ist aus der Perspektive einer Drohne aufgenommen, die über das Tal fliegt und die Bewohner in Aufregung versetzt, bis das Fluggerät schließlich von einem Mann in einer schwarzen Robe mit einer Schrotflinte abgeschossen wird. Der Kommentator, offenbar der Besitzer der Drohne, lacht sich über »diese Hinterwäldler« kaputt.

In einem 2-D-Video, das anscheinend heimlich gedreht wurde, ist ein hochgewachsener Mann im Bischofsgewand zu sehen, der unter freiem Himmel eine Predigt hält. Er redet darüber, dass die Endzeit begonnen habe und Satan versuche, die Menschheit mit Technologie zu versklaven. Er bezeichnet Smartphones und Holobrillen buchstäblich als Teufelszeug, weil sie die Menschen von Gott entfernten. Vor diesem Hintergrund ist der Kommentar verständlich, der mich hierhergeführt hat.

Eine Stelle in seiner Ansprache lässt mich aufhorchen: »Satan und seine Helfer schaffen immer neue Methoden, um den Menschen ihre Trugbilder vor Augen zu halten, sodass sie Gott nicht mehr sehen und seine Stimme nicht mehr hören können. Sie versuchen sogar, die Seele aus dem Körper zu holen und in eine Maschine einzusperren. Dort gaukeln sie ihr ein falsches Paradies vor, um sie vom wahren Himmelsreich fernzuhalten und auf ewig zu versklaven. Und niemand begreift, dass dieser perfide Plan nur von Satan selbst erdacht worden sein kann.«

Das scheint sich auf Manuel und Henning Jaspers zu beziehen. Sie halten Henning sicher für einen Diener Satans und Manuel für sein Opfer.

Aber ihn deswegen entführen? Das erscheint mir doch

ziemlich viel Aufwand, um eine einzige Seele zu retten. Mir ist bewusst, dass ich mich hier an einen Strohhalm klammere. Die Erweckten mögen eine fundamentale Sekte sein, aber sie sind weiß Gott nicht die einzigen religiösen Spinner in Deutschland.

Trotzdem geht mir der Gedanke nicht mehr aus dem Kopf, dass Manuel genau dort sein könnte, in diesem abgelegenen Tal in Bayern. Es wäre jedenfalls das perfekte Versteck.

21. KAPITEL

Manuel

Am nächsten Morgen weckt mich Edina, spricht jedoch außer einem knappen »Guten Morgen« kein Wort mit mir, während sie lüftet, meine Bettpfanne wechselt und mich reinigt. Aus unerfindlichen Gründen habe ich ein schlechtes Gewissen, so als hätte ich sie beleidigt. Dabei habe ich doch nur die Wahrheit gesagt.

Pater Christoph wirkt auch nicht gerade gut gelaunt, als er kurz darauf den Raum betritt.

»Glaub bloß nicht, dass du unsere Gemeindeschwestern vom rechten Glauben abbringen kannst!«, sagt er zum Einstieg in den Bibelunterricht. »Du magst eine flinke Zunge haben, aber wir haben Gott auf unserer Seite.«

»Ich will niemanden von irgendetwas abbringen«, erwidere ich. »Ich will nur, dass sie mich nach Hause bringen oder mich zumindest mit meinen Eltern sprechen lassen.«

»Das ist nicht möglich. Ich rate dir, weder Novizin Edina, Schwester Anna noch irgendjemanden sonst weiterhin mit deinen ketzerischen Gedanken zu belästigen. Sonst wirst du die letzten Monate deines Lebens in Einzelhaft in unserer Bußkammer verbringen.«

»Also geht es jetzt nicht mehr darum, mich zu bekehren? Sie wollen mich bloß hier festhalten, bis ich sterbe?«

»Glaub mir, mir wäre es am liebsten, wenn ich dich überzeugen und nach Hause schicken könnte. Aber das ist offensichtlich unmöglich. Solange du den Glauben an Gott mit dem Märchen vom Weihnachtsmann vergleichst und ihn so in den Schmutz ziehst, hast du es in meinen Augen nicht verdient, dass ich überhaupt mit dir rede. Doch seine Eminenz will es so und ich beuge mich seiner Weisheit.«

Also hat Edina dem Pater haarklein alles erzählt, was ich zu ihr gesagt habe. Auch das sollte mich nicht wundern, tut aber trotzdem irgendwie weh.

»Kann ich dann vielleicht mit dem Bischof sprechen?«

»Seine Eminenz wird dir seine Zeit widmen, sobald er es für angemessen hält.«

Der Pater liest mir mit gelangweilter Stimme irgendwelche Märchen von brennenden Büschen, goldenen Kälbern und einem geteilten Meer vor. Ich höre kaum zu, muss die ganze Zeit daran denken, wie es meinen Eltern und Julia geht, welche Sorgen sie sich machen. Bestimmt sucht die Polizei inzwischen überall nach mir. Wer weiß, vielleicht habe ich ja Glück und sie finden mich. Doch die Chancen dafür stehen nicht besonders gut, das ist mir klar.

Nach dem Frühstück kommt Edina wieder. Sie hat ein abgegriffenes Buch in der Hand.

»Ich ... ich habe mich gefragt, ob du möchtest, dass ich dir etwas vorlese«, sagt sie.

»Gern, solange es nicht aus der Bibel ist«, versuche ich einen Scherz.

Sie findet das nicht lustig. »Es ist aus dem Neuen Testament. Aber ich kann gern später wiederkommen, wenn du lieber allein sein möchtest.«

»Nein, tut mir leid, das sollte ein Witz sein.«

»Über die Bibel macht man sich nicht lustig«, sagt sie ernst.

»Entschuldige bitte.«

»Das hier ist meine Lieblingsstelle.« Sie klappt das Buch an einer mit einem Zettel markierten Stelle auf und beginnt zu lesen: »*Als er aber das Volk sah, ging er auf einen Berg und setzte sich; und seine Jünger traten zu ihm. Und er tat seinen Mund auf, lehrte sie und sprach: Selig sind, die da geistlich arm sind; denn ihrer ist das Himmelreich. Selig sind, die da Leid tragen; denn sie sollen getröstet werden …*«

Ich betrachte sie, wie sie konzentriert auf die Bibel starrt und mit ihrer sanften, ernsten Stimme vorliest. Der Text klingt altmodisch, doch während mich die Erzählungen des Paters kein bisschen interessierten, berühren mich Edinas Worte. Es ist, als läse sie aus einem ganz anderen Buch vor. Da ist nicht von einem rachsüchtigen Gott die Rede, der alle, die nicht an ihn glauben, mit dem Tod und ewiger Verdammnis bestraft. Stattdessen geht es ums Verzeihen, um Barmherzigkeit und Liebe.

Man muss nicht glauben, dass Jesus der Sohn Gottes ist, um die Weisheit seiner Worte zu erkennen. Das Problem ist nur, dass sich niemand daran hält – am allerwenigsten offenbar diejenigen, die von sich behaupten, überzeugte Christen zu sein. Doch ich möchte Edina nicht schon wieder verschrecken, indem ich mit ihr eine Grundsatzdiskussion führe. Also höre ich einfach nur zu.

»Das war schön«, sage ich, nachdem sie geendet hat.

Sie lächelt schüchtern. »Wirklich?«

»Ja, wirklich. Du kannst sehr gut vorlesen.«

Sie errötet leicht. »Wie gesagt, die Bergpredigt ist meine Lieblingsstelle. Möchtest du noch mehr hören?«

»Ja, gern.«

Ihr Lächeln wird breiter. Ich lausche ihr, während sie weiter vorliest. Ihre Stimme ist beruhigend und ich merke, wie ich müde werde. Ich schließe die Augen und stelle mir vor, ich könnte wieder laufen und ginge mit ihr auf dem Weg spazieren, den sie mich gestern mit dem Rollstuhl entlanggeschoben hat. Die Sonne scheint, die Vögel singen, ein kühler Wind weht durch mein Haar. Ich halte ihre Hand, während wir zwischen Blumenwiesen und Kornfeldern hindurchwandern, weiter, immer weiter ...

»Manuel?«

Ich zucke zusammen, schlage die Augen auf. Edina beugt sich über mich und betrachtet mich mit besorgter Miene.

»Geht es dir gut?«

»Ja, alles okay. Ich ... muss eingeschlafen sein.«

»Dann bin ich wohl doch keine so gute Vorleserin, wenn ich dich derart langweile«, sagt sie, aber sie klingt nicht beleidigt.

»Nein, im Gegenteil. Ich ... ich höre dir gern zu.«

Sie lächelt. »Ich muss mich jetzt um ein paar andere Dinge kümmern. Ich komme heute Nachmittag wieder und wir können noch einmal spazieren gehen, wenn du magst.«

»Ja, das wäre schön.«

Vor dem Mittagessen muss ich eine weitere Lektion des Paters über mich ergehen lassen. Der Unterschied zwischen Edinas freundlicher, lebensbejahender Interpretation der Bibel und seiner düsteren, auf Furcht und Strafe basierenden Religionslehre könnte größer nicht sein. Wie es die Geistlichen schaffen, diese beiden sich gegenseitig so sehr widersprechenden Teile der Bibel unter einen Hut zu bringen, ist mir ein Rätsel.

Zum Mittagessen füttert mich Schwester Anna mit klein geschnittenen Würstchen, Sauerkraut und Kartoffelbrei. Zum

Nachtisch gibt es Schokoladenpudding. Während der anschließenden Mittagsruhe schwanke ich zwischen Verzweiflung und immer wieder aufkeimender Hoffnung. Ich kann nicht genau sagen, worauf sie sich gründet. Vielleicht ist es der Kontrast zwischen dem fiesen Pater Christoph und der fürsorglichen Art, mit der sich Schwester Anna und Edina um mich kümmern.

Endlich kommen die beiden Nonnen, um mich in den Rollstuhl zu hieven. Das Wetter ist nicht so schön wie gestern, der Himmel wolkenverhangen und der Wind unangenehm kühl, dennoch freue ich mich darauf, das Zimmer für eine Weile zu verlassen.

»Ich habe Pater Christoph danach gefragt, was du mir gestern erzählt hast«, beginnt Edina, nachdem wir ein paar Hundert Meter gegangen sind und niemand mehr in Hörweite ist. »Dass die Welt Millionen Jahre alt ist.«

»Und was hat er dir gesagt?«

»Dass das Satans Lügen sind.«

»Das dachte ich mir.«

»Aber eins verstehe ich nicht.«

»Was denn?«

»Du scheinst sehr klug zu sein, Manuel. Warum glaubst du diese Lügen dann?«

»Weil es keine sind. Weil es wissenschaftliche Beweise gibt.«

»Was denn für Beweise?«

»Bei Ausgrabungen hat man Knochen von Tieren gefunden, die vor langer Zeit gelebt haben. Dinosaurier zum Beispiel. Das waren riesige Echsen, viele davon größer als ein Haus. Sie haben vor vielen Millionen Jahren existiert.«

»Die Dinosaurier sind bei der Sintflut ausgestorben. Sie passten nicht auf Noahs Arche.«

»Und du glaubst wirklich, dass alle Lebewesen, die es heute gibt, von jeweils einem Paar Tiere abstammen, die Noah gerettet hat?«

»Ja, das glaube ich!« Es klingt defensiv, so als wäre sie sich bewusst, dass das keine besonders glaubwürdige Geschichte ist.

»Und was ist dann zum Beispiel mit Kängurus? Die gibt es nur in Australien. Wie sollen sie da hingekommen sein, wenn doch Noahs Arche am Berg Ararat gestrandet ist?«

»Ich … ich weiß es nicht. Ich verstehe nicht viel von solchen Dingen.«

»Du verstehst nicht viel von diesen Dingen, weil sie einfach unlogisch sind. Wenn du auf eine richtige Schule gehen würdest, dann wüsstest du, dass die Tiere und auch der Mensch durch die Evolution entstanden sind. Die Tierwelt in Australien hat sich ganz anders entwickelt als hier bei uns, weil Australien weit weg und sehr abgelegen ist.«

»Ich gehe auf eine richtige Schule! Und von der Evolutions-Irrlehre hat uns unsere Lehrerin schon erzählt. Dass der Mensch vom Affen abstammen soll, ist doch nun wirklich Unsinn! Wie kannst du so etwas glauben?«

»Es gibt viele Beweise dafür, dass es so ist. Das Prinzip der Wissenschaft ist es, Dinge nicht einfach zu glauben, sondern sie zu überprüfen. Man stellt eine Theorie auf und versucht, sie zu beweisen. Manchmal gelingt das, manchmal nicht. Aber für die Evolution gibt es wahrscheinlich mehr Beweise als für jede andere wissenschaftliche Theorie. Wir wissen zum Beispiel, dass die Informationen darüber, was ein Mensch ist, in den Genen gespeichert sind. Wissenschaftler können sogar die Gene von Lebewesen verändern, sodass ganz neue Arten entstehen. Das wäre unmöglich, wenn Gott die Lebewesen unveränderlich geschaffen hätte.«

»Ja, auch darüber haben wir im Religionsunterricht gesprochen: dass die Diener Satans sich an der Schöpfung vergreifen und sich so über Gott erheben wollen.«

»Das ist doch Unsinn! Gentechniker versuchen, neue Medikamente herzustellen, um Krankheiten zu heilen, die bisher unheilbar waren – wie meine. Du würdest all das viel besser verstehen, wenn du mal aus deinem Dorf herauskämst und dir die Welt ansehen würdest.«

Sie schüttelt energisch den Kopf. »Das ist unmöglich.«

»Warum?«

»Weil … weil die Welt da draußen verdorben ist. Satans Maschinen sind überall. Sie sehen alles, sie wissen alles und sie haben die Menschen versklavt.«

»Hat Pater Christoph dir das gesagt?«

»Nicht nur er. Der Bischof sagt es. Er ist ein sehr kluger Mann.«

»Edina, ich komme aus dieser Welt. Zugegeben, nicht alles ist gut daran. Es gibt schlimme Waffen und Menschen, die die Technik missbrauchen. Doch Computer und Maschinen sind nicht böse und erst recht keine Werkzeuge Satans. Ich habe dir doch von meinem intelligenten Stuhl erzählt. Du würdest ihn mögen. Er hilft mir auf eine ähnliche Art und Weise, wie du es tust.«

»Aber … aber woher willst du wissen, dass er nicht auch ein Werkzeug Satans ist? Immerhin hat er dich dazu gebracht, nicht mehr an Gott zu glauben.«

»Das war nicht Marvin. Ich glaube, ich habe nie wirklich an Gott geglaubt. Meine Mutter hat früher immer mit mir gebetet, aber mein Vater war nie religiös. Und dann kam meine Krankheit und ich habe mir … habe mir einfach nicht vorstellen können, dass ein gütiger Gott mir so etwas antun würde.«

Auf einmal habe ich einen Kloß im Hals. Ich warte darauf, dass sie mit einem klugen Spruch kommt – »Gottes Wege sind unergründlich« oder so. Doch sie schweigt.

»Meine Mutter ist vor fünf Jahren gestorben«, sagt sie nach einer Weile. »Es geschah ganz plötzlich, von einem Tag auf den anderen. Sie hatte starke Kopfschmerzen, konnte auf einmal nichts mehr sehen und dann war sie tot. Einfach so. Ich … ich habe es auch nicht verstanden. Ich habe Gott dafür gehasst. Doch dann habe ich irgendwann begriffen, dass der Tod nicht das Ende ist und ich meine Mutter wiedersehen werde, wenn ich eines Tages sterbe. Der Bischof hat mir damals sehr geholfen und auch Schwester Anna. Sie hat sich um mich gekümmert und mir den Weg zurück zu Gott gezeigt.«

»Das … das tut mir leid.«

»Es ist schon gut. Ich wünschte, ich könnte auch dir dieses Vertrauen in Gott geben, Manuel, so wie Schwester Anna es mir gegeben hat.«

»Das wünschte ich auch«, sage ich bitter.

Sie hält den Rollstuhl an und macht zwei Schritte nach vorn, sodass sie mich ansehen kann. »Ehrlich?«

»Ich wäre wirklich froh, wenn ich solch ein Gottvertrauen hätte wie du oder meine Mutter. Die Welt wäre so viel einfacher. Aber ich habe es nun mal nicht.«

»An Gott zu glauben, ist einfacher, als du vielleicht denkst. Öffne ihm dein Herz. Lass ihn zu dir.«

»Wie könnte ich das, Edina? Der Bischof und der Pater behaupten, nur Gott zu dienen, doch sie haben mich entführt und halten mich hier gegen meinen Willen fest, während meine Eltern sicher krank vor Sorge sind. Wie könnte ich mich jemals dem Glauben von Menschen anschließen, die so etwas tun?«

Eine Weile schiebt mich Edina schweigend weiter, dann sagt sie: »Ich bin sicher, der Bischof hat einen guten Grund für das, was er getan hat. Er versucht nur, Gottes Willen zu befolgen.«

»Der Bischof denkt, dass ich die Seelen unzähliger Menschen ins Verderben locke. Dabei will ich nichts anderes, als mein Gehirn der Wissenschaft zur Verfügung zu stellen.«

Ich erzähle ihr von dem Experiment, erkläre ihr, was virtuelle Realität ist und wie der Gehirnscan funktioniert. Ich bin nicht sicher, wie viel sie von dem versteht, was ich sage.

Nachdem ich geendet habe, schweigt sie eine Weile. Auf einmal fragt sie: »Wieso glaubst du nicht an ein Leben nach dem Tod, aber daran, dass du in einer Maschine weiterleben kannst?«

»Ich glaube ja gar nicht daran, dass ich in der Maschine weiterlebe. Ich denke, dass es möglich ist, theoretisch, doch mir ist klar, dass es nicht klappen wird. Die Technik ist einfach noch nicht so weit.«

»Aber wenn es doch klappt? Dann wäre deine Seele für immer in diesem Kasten, diesem Computer, eingesperrt.«

»Ich glaube nicht, dass es eine Seele gibt. Jedenfalls nicht in dem Sinn, dass sie irgendwie in den Himmel aufsteigt, wenn man stirbt. Das, was du Seele nennst, ist nur Information. Und die kann man in einem Computer speichern.«

Wieder schweigt sie einen Augenblick, bevor sie fragt: »Habe ich das richtig verstanden, dass im Computer so eine Art Abbild von deinem Gehirn entsteht? Wie in einem Spiegel?«

Ich nicke. »Ja, genau. Nur dass es nicht bloß ein stillstehendes Abbild ist, sondern ein Programm, etwas, das wirklich funktioniert, das denkt und mit dem man sprechen kann. So als wäre es lebendig.«

»Und du könntest dich dann mit diesem Programmbild von dir unterhalten?«

»Nein. Ich bin ja tot. Das Gehirn wird beim Scannen zerstört.«

»Aber nur mal angenommen, es würde nicht zerstört. Was dann? Könntest du dich dann mit deinem Abbild unterhalten?«

Mir klappt die Kinnlade herunter. Wochenlang habe ich darüber nachgedacht, ob eine Computersimulation tatsächlich so exakt sein kann, dass sie meiner Persönlichkeit entspricht. Ich hatte meine Zweifel, ob die Technik schon so weit ist, aber ich habe nie prinzipiell daran gezweifelt, dass es möglich ist, den menschlichen Geist in einen Computer hochzuladen. Und nun stellt mir dieses Mädchen, das von Computern nicht die geringste Ahnung hat, eine simple Frage und mir wird schlagartig klar, dass der Traum vom Transfer in eine Maschine, vom ewigen Leben und von meinem Flug zum Mars bloß eine alberne Wunschvorstellung ist. Wie konnte ich nur so blind sein?

»Du ... hast recht«, sage ich nach einer kurzen Pause, in der ich mich von meiner Verblüffung erhole. »Ich könnte mich mit meinem Abbild unterhalten. Also wäre die Simulation im Computer nicht ich. Sie wäre eher so etwas wie ein Zwilling von mir. Eine eigene, separate Person. Aber das bedeutet auch ...«

»... dass man deine Seele nicht in eine Maschine sperren kann«, vollendet Edina meinen Satz. »Jedenfalls nicht auf diese Weise.«

»Das heißt, wenn das wirklich Satans Plan wäre, dann würde er nicht funktionieren«, folgere ich. »Somit kann ich die Menschheit auch nicht ins Verderben reißen. Edina, bitte bring mich sofort zurück. Ich muss so schnell wie möglich mit eurem Bischof sprechen!«

22. KAPITEL

Julia

Das Robotaxi kutschiert mich zwischen Wiesen und Feldern die Landstraße entlang in Richtung Süden. Im Hintergrund ragen die Flanken steiler Berge auf. Früher, bevor Manuel an ALS erkrankt ist, waren wir ein paarmal in Österreich im Skiurlaub. Ich habe die Berge immer geliebt – die klare Luft, den Schnee, der im Sonnenlicht glitzerte. Auch jetzt im frühen Herbst ist die Landschaft hier so malerisch, dass sie schon fast kitschig wirkt.

Der selbststeuernde Wagen, in den ich am Bahnhof in Oberstdorf eingestiegen bin, hält auf einem Parkplatz, auf dem nur wenige Autos stehen. Dahinter ist die Straße mit einem Tor versperrt. »Religiöse Sonderzone Stillachtal – Zutritt beschränkt« besagt ein Schild, auf dem das bayerische Landeswappen prangt. Ein Zaun mit Stacheldraht erstreckt sich links und rechts davon, als wäre das Tal militärisches Sperrgebiet. Neben dem Tor befindet sich ein schlichtes Holzhaus. Auf der Tür steht über einem Kruzifix »Besucheranmeldung«.

Mama und Papa waren nicht gerade begeistert von meiner Idee hierherzufahren.

»Das ist doch sinnlos«, meinte Papa. »Bloß, weil diese Erweckten rückständig sind und moderne Technik ablehnen, heißt das längst nicht, dass sie Manuel entführen würden. Da könntest du ebenso gut die Zeugen Jehovas verdächtigen.«

»Ich weiß, es ist ziemlich unwahrscheinlich«, stimmte ich ihm zu. »Aber eine bessere Spur haben wir nicht. Und die Polizei hilft uns nicht.«

Papa hat den zuständigen Kommissar über meinen Verdacht informiert und ihm einen Link zu dem Video geschickt, doch der erklärte uns, eine öffentliche Meinungsäußerung sei noch kein Indiz für eine Straftat, selbst wenn sie ein Tatmotiv darstelle. »Wenn wir alle verdächtigen würden, die sich nach Manuels Talkshow-Auftritt kritisch geäußert haben, hätten wir viel zu tun«, meinte der Kommissar.

»Ich könnte Henning Jaspers anrufen und ihn bitten, jemanden hinzuschicken«, schlug Papa vor.

»Henning ist in den Augen dieser Leute Satan persönlich. Wenn er jemanden schickt, werden sie den garantiert nicht in ihr Tal lassen. Ich weiß, die Chance, dass ich mehr erreichen kann, ist gering. Aber ich … ich halte es einfach nicht mehr aus, bloß hier herumzusitzen.«

»Das ist viel zu gefährlich«, mischte sich Mama ein. »Es ist Aufgabe der Polizei, die Entführer zu finden.«

»Aber die machen nun mal nichts ohne konkrete Beweise.«

»Und ohne die können wir auch nichts tun«, fand Papa.

Doch ich gab nicht nach, bis sie schließlich zustimmten. Ich wäre notfalls auch ohne ihr Einverständnis gefahren. Alles ist besser, als untätig zu bleiben, wenn jemand, den man liebt, in Gefahr ist.

Dennoch habe ich ein mulmiges Gefühl, als ich auf das Holzhäuschen zugehe. Ich komme mir vor wie eine Hochstaplerin und in gewisser Weise bin ich das ja auch. Für den Besuch habe ich mir extra schlichte Kleidung angezogen: einen dunkelgrauen, knielangen Rock, Sneakers und ein blaues Sweatshirt. Meine Haare sind zurückgebunden und ich bin ungeschminkt. Außerdem habe ich eine dicke Hornbrille ohne Holodisplay aufgesetzt. Um den Hals trage ich eine goldene Kette mit einem Kreuz, die mir Mama geliehen hat. Auf diese Weise hoffe ich, wie eine fromme Christin zu wirken.

Ein junger Mann mit schwarzem Bart und in schwarzer Robe sitzt an einem Empfangstresen, auf dem in einem kleinen Ständer Broschüren aufgereiht sind. Ein Kruzifix hängt hinter ihm an der Wand. Der Priester, oder was immer er ist, lächelt mich freundlich an, als ich mich ihm nähere.

»Gott sei mit Ihnen«, sagt er. »Wie kann ich Ihnen helfen?«

»Ich möchte gern mehr über das Leben hier im Tal wissen«, erkläre ich.

»Sind Sie Journalistin? Oder Holobloggerin?«

»Nein, ich bin Schülerin. Ich … interessiere mich für … Jesus.«

Es kommt mir vor, als beginge ich eine Straftat, als ich die Lüge ausspreche. Wahrscheinlich würde der Priester es genauso sehen, wenn er wüsste, weshalb ich in Wahrheit hier bin. Doch er lächelt nur.

»Du bist volljährig?«, fragt er.

Ich nicke.

»Dann fülle bitte das hier aus.«

Er reicht mir ein Klemmbrett mit einem Formular und einen Kugelschreiber.

Ich setze mich auf einen Sessel in der Ecke und fülle den Bogen aus. Name und Anschrift borge ich mir von meiner Freundin

Stephanie. Wenn diese Leute moderne Technik ablehnen, könnten sie auch einen frei erfundenen Namen nicht überprüfen, doch ich gehe lieber auf Nummer sicher. Als Zweck des Besuchs trage ich ein: *Ich möchte mehr über das Leben im Stillachtal erfahren.* Danach muss ich eine Reihe von Ja-Nein-Fragen ankreuzen: Ob ich an Gott glaube und daran, dass Jesus Christus vom Tod wiederauferstanden ist, ob ich die Tötung ungeborenen Lebens und gleichgeschlechtliche Ehen befürworte, ob ich jemals unzüchtige Gedanken hatte. Ich beantworte alle Fragen so, wie sie eine fromme, erzkonservative Christin beantworten würde, bis auf die letzte: zu behaupten, ich hätte noch nie »unzüchtige Gedanken« gehabt, wäre für ein Mädchen in meinem Alter wohl sehr unglaubwürdig. Schließlich unterschreibe ich mit »Stephanie Förster«.

Als ich dem Priester den Bogen zurückgebe, überfliegt er ihn und nickt mir kurz zu. »Bitte warte hier einen Augenblick, Stephanie.«

Er verschwindet durch eine Tür und kommt kurz darauf zurück. »Folge mir bitte.«

Er führt mich in den Nebenraum, in dem an einem Schreibtisch eine dicke Nonne sitzt. Sie lächelt, als ich eintrete, doch ihre Augen wirken aufmerksam und misstrauisch.

»Setz dich bitte«, sagt sie und deutet auf den Besucherstuhl vor ihrem Schreibtisch. »Ich bin Schwester Dorothea.«

Nachdem ich Platz genommen habe, fragt sie mich nach dem Grund für meinen Besuch.

»Ich möchte gern mehr darüber erfahren, wie Sie hier leben«, behaupte ich. »Fern von moderner Technik, nah bei Gott.«

Die Nonne lächelt kühl. »Das hast du sehr schön ausgedrückt.

Und dafür hast du dich allein auf den weiten Weg von Hamburg hierher gemacht?«

Ich nicke.

»Wissen deine Eltern, dass du hier bist?«

»Ja.«

»Das ist ein hübscher Anhänger, den du da trägst. Woher hast du ihn?«

Leicht verwirrt blicke ich das Kreuz auf meiner Brust an. »Von meiner Mutter.«

»Deine Mutter ist religiös?«

»Ja, ziemlich. Auch wenn ... sie nicht so oft in die Kirche geht.« Als die Nonne die Stirn runzelt, füge ich rasch hinzu: »Sie glaubt an Gott, aber nicht so, wie ihn die traditionelle Kirche beschreibt.«

»Und du? Woran glaubst du, Stephanie?«

»Ich ... ich glaube, dass es einen Gott gibt, aber ... was genau sein Wille ist, da bin ich mir unsicher.«

Die Nonne nickt, als wüsste sie genau, wovon ich rede. »Und du denkst, hier bei uns findest du Antworten?«

Ich zucke mit den Schultern. »Vielleicht.«

Die Nonne zieht die Stirn kraus. »Ich bin mir nicht sicher, ob wir dir helfen können, Stephanie. Du scheinst noch ganz am Anfang deiner Suche zu stehen. Wir Erweckten verstehen uns als Gottes letzte Diener. Wir haben uns in dieses abgelegene Tal zurückgezogen, weil wir glauben, dass die entscheidende Schlacht Satans gegen die himmlischen Heerscharen, von der in der Offenbarung des Johannes die Rede ist, bereits in vollem Gange ist. Die meisten Menschen merken davon nicht viel, weil sie nicht mit Schwertern und Kanonen geschlagen wird, sondern mit Worten und Informationen. Denn Satan benutzt moderne

Technologie, um die Menschen vom rechten Weg abzubringen. Deshalb lehnen wir sie ab und haben kaum Kontakt zur Außenwelt. Du kannst dir dieses Tal wie ein großes Kloster vorstellen. Bist du bereit, in ein Kloster einzutreten, Stephanie?«

»Noch nicht ganz. Aber ich möchte mir gern einen ersten Eindruck verschaffen. Aus diesem Grund bin ich hier.«

Die Nonne nickt. »Nun gut, ich bin dazu da, deine Fragen zu beantworten.«

»Ich … dachte eigentlich, dass ich mir … das Tal gern anschauen würde.«

Sie schüttelt den Kopf. »Seit wir hier eine religiöse Sonderzone haben, kommen täglich Leute, die uns anglotzen wollen, als wären wir Affen im Zoo. Wir erlauben zurzeit keine Besucher im Tal, außer auf ausdrückliche Einladung unserer Bewohner. Kennst du jemanden, der im Tal lebt?«

»Leider nicht.«

So ein Mist! Papa hatte recht: Die Reise hierher war sinnlos. Ich könnte ebenso gut gleich wieder gehen. Aber wenn ich schon mal da bin, kann ich ja versuchen, mehr darüber herauszufinden, wie diese Leute ticken.

»Du hast doch sicher Fragen, Stephanie? Oder bist du nur hergekommen, um dir das Tal anzuschauen?«

»Nein, natürlich nicht. Können Sie mir etwas über Ihre Regeln im Tal erzählen?«

»Bei uns gibt es nur ein Gesetz, und das ist das Wort Gottes.« Sie deutet auf ein Buch, das aufgeschlagen auf dem Tisch liegt. »Du liest doch die Bibel, Stephanie?«

Oh, oh. Wenn sie mich jetzt abfragt, wird es peinlich.

»Nicht so oft, wie ich sollte, nehme ich an.«

Die Nonne nickt. »Dann schlage ich vor, dass du sie erst einmal ausführlich studierst und danach noch einmal wiederkommst. Eine gute Kenntnis des Wortes Gottes ist Voraussetzung für eine Aufnahme in unser Tal.«

Es scheint, als wäre diese Befragung beendet, bevor sie richtig begonnen hat.

»Bitte, schicken Sie mich nicht einfach wieder weg!«, flehe ich. »Die Fahrt hierher hat mich mein ganzes Taschengeld gekostet.«

Die Nonne sieht mich streng an. »Es ist gut für dich, dass du dieses Opfer gebracht hast. Das ist ein erster Schritt auf dem Weg zum Herrn. Aber wenn du ihm wirklich dienen willst, wirst du noch mehr opfern müssen. Fahr nach Hause, Stephanie, und denk darüber nach. Und lies das hier.« Sie holt eine Bibel aus einer Schublade und reicht sie mir.

»Danke.«

Ich nehme das Buch und mache ein trauriges Gesicht.

Ihre Miene wird milder. »Sei nicht enttäuscht. Wenn es zu einfach wäre, Teil unserer Gemeinschaft zu werden, dann hätten wir bald jede Menge Menschen im Tal, die bloß bei uns Urlaub machen wollen. Aber Gott braucht keine Touristen, schon gar nicht in Zeiten wie diesen. Wenn du wirklich gerettet werden willst, dann sage dich von allem Teufelszeug los. Wenn du ein Smartphone hast oder, noch schlimmer, eine von diesen schrecklichen Brillen, die dir ständig Trugbilder vorgaukeln, dann wirf sie weg. Lies die Bibel, bis du Gottes Worte in deinem Kopf hörst, bei allem, was du gerade tust. Dann komm wieder zu uns und wir werden dich mit offenen Armen aufnehmen.«

Ich setze alles auf eine Karte. »Eine Frage noch: Ich habe neulich in einer Holoshow einen Jungen gesehen, der todkrank war. Er wollte, dass sein Gehirn bei seinem Tod gescannt und in einem Computer simuliert wird. Halten Sie das auch für das Werk Satans?«

Die Nonne verzieht das Gesicht. »Ich habe davon gehört. Was für eine scheußliche Vorstellung! Dieser arme Junge soll auf dem Altar des sogenannten Fortschritts geopfert werden. Dabei wird er Satan in den Schlund geworfen. Eltern, die ihrem Kind das antun, verdienen dafür ewige Verdammnis. Wahrscheinlich sind sie selbst Jünger Satans.«

Die Bemerkung kann ich nicht einfach so hinnehmen. »Der Junge muss doch sowieso sterben. Er will bloß sein Gehirn der Wissenschaft zur Verfügung stellen. Seine Eltern wollen ihm nur seinen letzten Wunsch erfüllen, nehme ich an.«

»Über Leben und Tod zu entscheiden, ist allein Gott vorbehalten. Und das, was du Wissenschaft nennst, ist ein gewaltiges Lügengebäude, das Satan errichtet hat, um die Menschen zu verwirren. Sieh dir doch nur an, wohin diese sogenannte Wissenschaft unseren Planeten gebracht hat! Die Letzte Schlacht hat begonnen, Stephanie. Du musst dich entscheiden, auf welcher Seite du stehst – auf der Gottes oder auf der Satans. Ich sehe dir an, dass dein Weg zu Gott noch weit ist. Du solltest ihn so schnell wie möglich gehen, denn die Zeit der Wiederkunft des Erlösers ist nah. Der Herr möge dich dabei leiten und dir Kraft geben.«

Die Nonne erhebt sich und lässt keinen Zweifel daran, dass das Gespräch beendet ist. Genauso schlau wie zuvor mache ich mich auf den Heimweg.

23. KAPITEL

Manuel

Natürlich hat der Bischof nicht sofort Zeit für mich und auch Pater Christoph hat Wichtigeres zu tun. Doch am nächsten Morgen nach dem Frühstück beehrt mich das geistliche Oberhaupt der Erweckten mit seiner Anwesenheit. Der Pater ist bei ihm, ebenso Schwester Anna, Edina und eine streng dreinblickende, schwarz gekleidete Frau, die ich noch nie gesehen habe.

»Gelobt sei Jesus Christus«, sagt der Bischof zur Begrüßung. »Schwester Anna sagte, du habest um ein Gespräch mit mir gebeten.«

»Ich habe über das nachgedacht, was Sie und der Pater mir erzählt haben, über meine Bedeutung für das Schicksal der Welt. Ich glaube, Sie irren sich. Ich bin weit weniger wichtig, als Sie glauben. Und Henning Jaspers ist auch kein Gehilfe Satans, sondern jagt bloß einem absurden Wunschtraum nach, der sich niemals erfüllen lässt.«

Der Bischof runzelt die Stirn. »Und wie kommst du darauf?«

»Edina ... ich meine, *Novizin* Edina hat mich auf die Idee gebracht«, sage ich.

Edina wird rot und blickt mich erschrocken an, als hätte ich sie gerade der Gotteslästerung beschuldigt. Die anderen mustern sie argwöhnisch.

»Sie hat mir nur eine einfache Frage gestellt«, schiebe ich rasch nach. »Ich habe ihr von dem Experiment erzählt, das Henning Jaspers mit mir geplant hatte. Edina hat gefragt, ob ich mich mit der Simulation meines Gehirns im Computer unterhalten könnte, falls ich beim Scannen nicht getötet würde. Da ist mir plötzlich klar geworden, dass der Transfer nur eine Wunschvorstellung ist. Denn wenn ich mich mit der Simulation unterhalten kann, dann kann sie nicht ich sein. Also findet auch niemals ein Transfer statt. Das ewige Leben in virtuellen Welten ist nichts als ein albernes Märchen. Es ist logisch unmöglich. Und aus demselben Grund kann man auch keine Seele in eine Maschine sperren. Wenn das Experiment wirklich von Satan geplant worden wäre, dann hätte er einen Fehler gemacht.«

Der Bischof, der Pater und die fremde Frau sehen mich mit kritischen Mienen an. Schwester Anna wirkt eher sorgenvoll und Edinas Augen sind weit aufgerissen, so als hätte sie große Angst. Habe ich etwas Falsches gesagt?

»Eine interessante Sichtweise«, stellt der Bischof fest. »Was denken Sie, Inquisitorin?«

»*Seht euch vor vor den falschen Propheten, die in Schafskleidern zu euch kommen, inwendig aber sind sie reißende Wölfe*«, zitiert die Frau offenbar irgendeine Bibelstelle.

Der Bischof nickt. »Pater?«

»Ich kann keinen echten Sinneswandel in diesem Jungen erkennen«, sagt Pater Christoph. »Das ist wieder nur ein neuer Trick. Er will uns aufs Glatteis führen.«

»Ich fürchte, diesmal haben Sie recht«, stimmt der Bischof zu und seufzt. »Du bereust deine Sünden nicht, Manuel. Du hast dich nicht von Satan losgesagt. Stattdessen versuchst du, uns davon zu überzeugen, dass dieses teuflische Experiment, das Henning Jaspers vorhat, harmlos sei. Willst du uns wirklich erzählen, dieser Mann würde Hunderte von Millionen Euro in einen Irrtum investieren? Einen Irrtum, den angeblich eine Novizin ohne jede Vorkenntnis mit einer einzigen Frage aufdecken kann?«

»Aber verstehen Sie denn nicht?«, rufe ich verzweifelt. »Der Transfer funktioniert nicht! Er *kann* gar nicht funktionieren!«

»Du würdest also das Experiment nun nicht mehr durchführen wollen?«, will Pater Christoph wissen. Es klingt nach einer Fangfrage.

»Ich … ich bin nicht sicher«, antworte ich ehrlich. »Wahrscheinlich würde ich es trotzdem machen. Aber nicht, weil ich hoffe, nach dem Tod im Inneren einer Maschine aufzuwachen. Ich habe auch vorher schon nicht daran geglaubt, dass es klappen wird. Doch das war ja nicht der eigentliche Grund dafür, dass ich das Experiment durchführen wollte. Ich werde so oder so bald sterben. Doch durch den Scan könnte ich immer noch einen Beitrag zur Wissenschaft leisten. Ich könnte dabei helfen, dass bessere Medikamente gegen meine Krankheit …«

»Es reicht, Manuel!«, sagt der Bischof. »Ich habe genug gehört. Auf einmal willst du also nur noch dem medizinischen Fortschritt dienen. Und Henning Jaspers ist ein Wohltäter der Menschheit, ja? Denkst du wirklich, wir sind so dumm?«

»Aber …«

»Schweig! Ich will nichts mehr hören! Pater, Sie fahren bis auf Weiteres mit dem Unterricht fort. Wir wollen uns nicht vorwerfen müssen, wir hätten nicht alles versucht. Mit Gottes Hilfe wird er ja vielleicht doch noch einsichtig. Aber vorher möchte ich, dass Sie und die Inquisitorin diese Novizin einer Gewissens-prüfung unterziehen.«

»Jawohl, Eminenz.«

Damit verlassen die drei Geistlichen den Raum. Edina ist kreidebleich. Tränen glitzern in ihren Augen. Schwester Anna nimmt sie in den Arm und tröstet sie, während sie mir einen zornigen Blick zuwirft.

»Es ... es tut mir leid ... Ich wollte doch bloß ...«, stammele ich.

Die beiden gehen, ohne mir zu antworten.

Als Schwester Anna mir einen Teller Eintopf zum Mittagessen bringt und mich füttert, redet sie kein Wort mit mir. Ich wage nicht, sie zu fragen, was mit Edina geschieht. Nachmittags kommt sie nicht, um mit mir spazieren zu gehen, und auch das Abendessen wird mir wieder von Schwester Anna gebracht.

Zwischendurch habe ich viel Zeit nachzudenken. Zuerst habe ich überhaupt nicht verstanden, warum der Bischof und seine Leute so ablehnend auf meine Erkenntnis reagiert haben. Sie hätten doch erleichtert sein müssen, dass Satans Plan gar nicht funktionieren kann! Doch je länger ich darüber grübele, desto deutlicher wird mir, dass sie die Wahrheit gar nicht wissen wollen. Dass Henning Jaspers kein Diener des Antichrists, son-dern bloß auf dem Holzweg ist, passt nicht in ihr Weltbild. Dadurch wird auch meine Entführung zur Farce. Also reden sie sich ein, dass ich sie anlügen würde, nur, damit sie weitermachen können wie bisher.

Und Henning? Ist er wirklich so dumm, dass er nicht selbst auf die Frage gekommen ist, die Edina mir gestellt hat? Ist es denk-bar, dass er von Anfang an wusste, dass der Transfer gar nicht funktionieren kann? Ist die Firma *Nofinity* womöglich bloß ein groß angelegter Schwindel, wie es Mama von Anfang an vermutet hat? Oder ist auch Henning so auf seinen Wunschtraum vom ewigen Leben fixiert, dass er die Wahrheit einfach ausblendet?

Es scheint, als ob die meisten Menschen lieber einer Illusion nachjagten, als sich mit der Realität auseinanderzusetzen. Vielleicht gilt das auch für mich. Vielleicht ist auch meine Hoffnung, der Wissenschaft bei meinem Tod noch einen letzten Dienst erweisen zu können, sodass mein kurzes Leben am Ende doch irgendeinen Sinn gehabt haben könnte, nur eine alberne Wunschvorstellung.

Am nächsten Morgen werde ich von Edina geweckt. Ich bin erleichtert, sie zu sehen, doch sie ist blass und wirkt angespannt.

»Wie geht es dir?«, frage ich. »Was haben sie mit dir gemacht?«

Anstelle einer Antwort schüttelt sie den Kopf, legt einen Finger an die Lippen und deutet zur Tür. Ich verstehe: Wir werden belauscht.

Schweigend lasse ich die morgendliche Reinigung über mich ergehen, die mir inzwischen nicht mehr so unangenehm ist wie zu Anfang, weil Edina sie mit professioneller Gleichmütigkeit durchführt. Dann verschwindet sie wieder und kurz darauf betritt Pater Christoph das Zimmer.

Im Unterschied zu Edina wirkt er entspannt, geradezu gut gelaunt. Er beginnt einen langatmigen Vortrag über Satan und dessen großes Talent für Lügen, Halbwahrheiten und Irreführung.

Dabei denke ich die ganze Zeit an Edina. Ich würde ihn am liebsten fragen, was für einer Prozedur sie Edina unterzogen haben, um ihr Gewissen zu prüfen. Doch damit bringe ich sie höchstwahrscheinlich nur noch mehr in Schwierigkeiten. Und was hat es zu bedeuten, dass sie vorhin einen Finger an die Lippen legte und mich warnte, dass wir belauscht würden? Wollte sie damit nur verhindern, dass ich ihr erneut Probleme bereite, oder ist sie auf meiner Seite? Die Vorstellung, dass sie meine Verbündete sein und mir vielleicht sogar helfen könnte, von hier zu fliehen, lässt mein Herz schneller schlagen.

»Was amüsiert dich so?«, fragt der Pater scharf.

»Was?«

»Du lächelst. Es scheint, als fändest du die Stelle amüsant, die ich gerade vorgelesen habe.« Er blickt mich ernst an. »Gott prüft dich, Manuel. Du glaubst nicht an ihn, weil du dir nicht vorstellen kannst, dass ein gütiger Gott dir so etwas Schlimmes antun könnte, nicht wahr? Es ist Satan, der dir das eingeflüstert hat.«

Was immer ich jetzt sagen könnte, würde meine Situation wahrscheinlich nur noch schlimmer machen, also halte ich meinen Mund.

Der Pater senkt den Blick wieder auf die Bibel in seiner Hand, dann klappt er sie plötzlich zu und springt auf. »Der Herr möge mir vergeben«, sagt er und bekreuzigt sich. »Aber ich halte es nicht länger in diesem Raum aus! Es ist, als ob Satan nach mir greifen und mir seine ketzerischen Worte ins Ohr flüstern würde, wenn ich dich nur ansehe.«

Damit verlässt er den Raum. Die Tür fällt krachend hinter ihm ins Schloss. Mit einem unguten Gefühl im Bauch starre ich auf den leeren Stuhl.

Beim Mittagessen sehe ich Edina wieder. Es gibt Kartoffelpüree mit Erbsen und Karotten. Doch statt mich zu füttern, legt sie einen Finger an die Lippen und streicht das Püree mit dem Löffel glatt. Dann kratzt sie mit dem Löffelstiel Buchstaben in das Püree:

ICH WILL DIR HELFEN

Ich starre sie an. Ist das ein Trick? Kann ich ihr vertrauen? Mir ist klar, dass sie ein enormes Risiko eingeht. Warum sollte sie das für mich tun? Andererseits, was habe ich schon zu verlieren? Also nicke ich. Sie schreibt:

TELNR?

Erst als sie eine Hand ans Ohr hält, begreife ich, was sie damit meint. Niemand benutzt heutzutage mehr Telefonnummern, aber in diesem Dorf scheint die Zeit stehen geblieben zu sein. Dass ich unsere Nummer auswendig weiß, ist ein glücklicher Zufall. Normalerweise merkt sich Marvin Zahlen und Passwörter für mich. Doch aus Langeweile habe ich einmal versucht, im Kopf herauszufinden, ob es sich bei unserer Nummer um eine Primzahl handelt und wenn nicht, aus welchen Primfaktoren sie besteht. So ist sie mir im Gedächtnis geblieben.

Edina beugt sich über mich und dreht den Kopf zur Seite, sodass ihr Ohr dicht vor meinem Gesicht ist. Der angenehme Duft ihres Haars steigt mir in die Nase. Langsam, Ziffer für Ziffer, flüstere ich die Nummer. Sie richtet sich auf und malt die Zahlen zur Bestätigung nacheinander auf den Teller. Als ich nicke, schiebt sie das Kartoffelpüree und Gemüse rasch in meinen Mund und füttert mich mit dem Schokoladenpudding. Dann nimmt sie die Bibel vom Tisch in der Ecke.

»Ich würde dir gern etwas vorlesen, Manuel«, sagt sie. »Es ist Psalm 23. Er hat mir immer Trost gegeben, vor allem, wenn ich an Gott zweifelte oder Angst hatte. Vielleicht hilft er auch dir, darauf zu vertrauen, dass Gott dich niemals alleinlässt.« Sie beginnt vorzulesen: »*Der Herr ist mein Hirte, nichts wird mir fehlen. Er lässt mich lagern auf grünen Auen und führt mich zum Ruheplatz am Wasser. Meine Lebenskraft bringt er zurück. Er führt mich auf Pfaden der Gerechtigkeit, getreu seinem Namen. Auch wenn ich gehe im finsteren Tal, ich fürchte kein Unheil; denn du bist bei mir, dein Stock und dein Stab, sie trösten mich. Du deckst mir den Tisch vor den Augen meiner Feinde. Du hast mein Haupt mit Öl gesalbt, übervoll ist mein Becher. Ja, Güte und Huld werden mir folgen mein Leben lang und heimkehren werde ich ins Haus des Herrn für lange Zeiten.*«

Sie klappt das Buch zu, blickt mich an und lächelt. Ein seltsames Kribbeln entsteht in meinem Bauch. Ist das Hoffnung? Oder etwas ganz anderes? Die Stelle, die sie vorgelesen hat, ist jedenfalls kein Zufall – sie ist ein Versprechen. Edina wird meine Eltern informieren, wo ich bin. Ich werde heimkehren! Doch dann verkrampft sich mir der Magen, als mir klar wird, welch enormes Risiko sie eingeht.

»Das ... das ist ... wirklich sehr schön. Danke!«

»Ich muss jetzt gehen. Ruh dich ein wenig aus.«

»Wirst du später wiederkommen? Zum Spazierengehen?«

»Nein. Es ist mir fürs Erste untersagt, mit dir diesen Raum zu verlassen.«

»Das ist schade. Danke für das Essen. Es hat gut geschmeckt.«

»Ich werde es Schwester Karin ausrichten, die es gekocht hat.«

Sie trägt das Tablett aus dem Raum, lächelt mir noch einmal zu und lässt mich dann allein.

24. KAPITEL

Julia

Wir sitzen beim Frühstück. Letzte Nacht habe ich kaum geschlafen, wie auch schon in den Nächten zuvor. Der Kaffee kann den Nebel von Müdigkeit und Resignation nicht aus meinem Kopf vertreiben. Ich kaue lustlos auf meinem Croissant herum, während Mama die Broschüre durchblättert, die ich gestern mitgebracht habe.

»Vielleicht haben diese Erweckten ja tatsächlich recht«, meint sie auf einmal.

Ich werfe einen sorgenvollen Blick zu Papa, aber der scheint die Bemerkung nicht gehört zu haben, denn er sitzt nur stumm mit gerunzelter Stirn da und starrt auf irgendeinen Text, der auf seine Holobrillengläser projiziert wird.

»Auf jeden Fall hatte Papa recht, die ganze Aktion hat nichts gebracht«, erwidere ich. »Diese Leute glauben anscheinend wirklich, dass das Ende der Welt kurz bevorsteht.«

Mama nickt, als wäre sie derselben Meinung, sagt aber nichts, wofür ich ihr dankbar bin. Zwischen Papa und ihr herrscht eine Art Waffenstillstand, doch er ist brüchig.

»Gibt es irgendetwas Neues von der Polizei oder von Henning Jaspers?«, frage ich, obwohl ich die Antwort bereits kenne. Gestern Abend auf der Rückfahrt habe ich mehrfach mit meinen

Eltern gesprochen und wenn es Neuigkeiten gäbe, hätten sie es mir längst erzählt.

Papa schüttelt den Kopf. »Nein, leider. Ich fürchte, wir müssen uns mit der Tatsache abfinden, dass ...«

»Kannst du nicht endlich mal diese scheußliche Brille abnehmen?«, fragt Mama. Es klingt eher resigniert als aggressiv.

»Entschuldige, aber ich habe nachher ein wichtiges Meeting und ...«

»Und dieses *Meeting* ist dir wichtiger als Manuel?«

»Nein, aber ...«

»Aber es ist wichtiger als Julia? Und als ich?«

»Hör auf, Mama!«, mische ich mich ein. »Wir können doch alle nichts tun. Jeder von uns versucht, sich auf seine Weise abzulenken. An Papas Stelle würde ich mich vielleicht auch in die Arbeit stürzen.«

»Dein Vater ist schon immer vor Problemen weggelaufen, indem er sich in die Arbeit gestürzt hat. Vielleicht wären wir jetzt nicht in dieser hoffnungslosen Lage, wenn er ...«

Mir reicht es. »Streitet von mir aus, wenn ihr wollt, aber lasst mich damit in Ruhe!«

Ich springe vom Tisch auf und stürme in mein Zimmer.

Dort werfe ich mich aufs Bett und starre an die Decke. Meine Gedanken drehen sich im Kreis. *Ich fürchte, wir müssen uns mit der Tatsache abfinden ...* Ist Papa wirklich schon so weit, dass er das auch nur in Erwägung zieht? Ich bin es nicht. Doch der Versuch, mir selbst einzureden, dass alles wieder gut wird, scheitert grandios. Selbst wenn Manuel durch ein Wunder wieder nach Hause käme, gar nichts würde gut werden. Die Ehe meiner Eltern ist am Ende, mein Bruder stirbt bald oder ist schon tot und ich kann dieses nagende Gefühl nicht verdrängen, dass ich an allem schuld bin. Schließlich war ich es, die vorgeschlagen hat, dass wir mit Henning Jaspers reden.

Damals wollte ich nur den Streit meiner Eltern entschärfen. Doch ich habe alles nur noch schlimmer gemacht. Dann dieser sinnlose Ausflug gestern …

Und wenn sie mich erkannt hat?

Ich weiß nicht, woher der Gedanke auf einmal kommt, aber er durchzuckt mich wie ein Stromschlag. Was, wenn die Nonne die ganze Zeit wusste, dass ich Manuels Schwester bin? Immerhin bin ich in dem Holo zu sehen, das im Labor gedreht wurde – wenn auch nur kurz –, und ich war während der Talkshow im Publikum. Zwar hatte ich zur Tarnung eine Brille auf, aber es ist dennoch möglich, dass sie mich erkannt hat. Als ich sie nach ihrer Meinung zu Manuels Fall gefragt habe, wusste sie immerhin, wovon ich rede.

Aber wie sollte sie ein Holo gesehen haben, wenn die Erweckten moderne Technik ablehnen? Andererseits, wenn sie im Stillachtal gar kein Netz haben, woher wusste dieser Prediger dann von Manuel?

Dass sie mich erkannt hat, würde erklären, warum ich nach dem kurzen Gespräch zurückgewiesen wurde. Aber das beweist natürlich gar nichts. Immerhin wurden auch andere Leute nicht ins Tal gelassen. So oder so war mein Trip nach Bayern reine Zeitverschwendung.

Meine Gedanken gleichen einem trüben Sumpf, durch den ich wate. Jeder Schritt scheint schwerer zu werden. Irgendwann überwältigt mich die Müdigkeit und ich schlafe ein.

Das Anrufsignal meiner Holobrille auf dem Nachttisch weckt

mich. Es ist nicht für mich persönlich, sondern für den Familien-
account.

Rasch setze ich die Brille auf. Das Logo eines altmodischen
Zifferntelefons ist zu sehen. Offenbar ruft jemand ohne Holo-
verbindung an.

Ich mache eine Geste, um das Gespräch anzunehmen, und
nenne meinen Namen.

Die Stimme eines Mädchens oder einer jungen Frau erklingt:
»Spreche ich mit der Mutter von Manuel?«

Ein eisiger Schauer durchläuft mich. »Ich bin seine Schwester.
Was ist mit Manuel? Wo ist er?«

»Er ist ...«

Im Hintergrund hört man eine scharfe Stimme: »Edina! Was
machst du da? Leg sofort auf!«

Die Verbindung wird unterbrochen.

Einen Moment lang sitze ich wie gelähmt auf meinem Bett.
Dann renne ich in die Küche, doch es ist niemand da. Papa sitzt
in seinem dämlichen Meeting und Mama ist anscheinend ein-
kaufen gegangen.

Ich schwanke kurz, ob ich zuerst meine Eltern, Henning
Jaspers oder die Polizei anrufen soll, entscheide mich dann für
Letzteres.

25. KAPITEL

Manuel

Erfüllt von neuer Hoffnung liege ich da und versuche, mir vor-
zustellen, wie es wäre, wenn ich Edina unter anderen Umständen kennengelernt hätte – in einem normal funktionierenden
Körper. Sie ist klug, warmherzig und hübsch. Viel zu hübsch, um
sich für einen Jungen wie mich zu interessieren, selbst wenn ich
nicht todkrank und gelähmt wäre. Aber in meinen Tagträumen
sieht sie mich so an, wie sie mich vorhin angesehen hat, nachdem sie mir aus der Bibel vorgelesen hatte. Dann beugt sie sich
vor, schließt die Augen und …

Die Tür fliegt auf. Pater Christoph stürmt in den Raum, gefolgt
von dem Bischof und zwei weiteren Männern in schwarzen
Priestergewändern, die eine Trage dabeihaben, wie sie von
Rettungssanitätern verwendet wird. Sie alle machen finstere
Gesichter. Ich ahne, was passiert ist, doch ich schweige.

Der Bischof bekreuzigt sich und spricht ein Vaterunser, während seine Begleiter andächtig die Hände falten.

Dann tritt Pater Christoph an mein Bett und beugt sich über
mich.

»Du wirst uns jetzt die Wahrheit sagen, sonst wird es dir
schlecht ergehen«, droht er.

»Was denn für eine Wahrheit?«, frage ich.

»Darüber, was du zu Novizin Edina gesagt hast. Und lüg mich ja nicht an! Ich kann die Wahrheit in deinen Augen lesen.«

Meine Befürchtungen bestätigen sich und mein Inneres fühlt sich an wie ein Eisklumpen, doch äußerlich bleibe ich ruhig.

»Dann muss ich sie ja nicht mehr aussprechen«, gebe ich zurück.

Sein Gesicht verhärtet sich und er hebt den Arm, als wollte er mich schlagen.

»Worüber habt ihr geredet?«

»Eigentlich über gar nichts. Sie hat mir etwas aus der Bibel vorgelesen. Dann ist sie gegangen.«

»Lüg mich nicht an! Du hast ihr etwas zugeflüstert. Was war das?«

Haben sie uns beobachtet? Gibt es vielleicht eine versteckte Kamera im Raum? Ich unterdrücke den Impuls, mich umzusehen. Es würde zu diesen Typen passen, dass sie moderne Technik offiziell ablehnen, sie aber doch benutzen, um ihre eigenen Sektenmitglieder auszuspionieren.

»Ich habe ihr nichts zugeflüstert.«

Die Augen des Paters sind voller Hass, als er sich von mir abwendet. »Er lügt. Der Dämon ist stark in ihm. Wenn wir einen Exorzismus durchführen würden, wie ich es vorgeschlagen habe …«

Der Bischof unterbricht ihn mit einer Handbewegung. »In seinem geschwächten Zustand ist das zu gefährlich. Es reicht fürs Erste, wenn wir ihn isolieren.«

»Ja, Eminenz.«

»Was ist denn eigentlich los?«, frage ich. »Was soll das alles?« Niemand antwortet mir. Stattdessen packen die beiden

Männer meinen hilflosen Körper und hieven mich auf die Trage. Ich versuche, mich zu wehren, doch alles, was ich damit bewirke, ist ein unkontrolliertes Zucken meiner Arme, das die Männer einfach ignorieren. Sie breiten eine Decke über meinem Kopf und Körper aus, als wäre ich schon gestorben, sodass ich nicht sehen kann, wohin sie mich tragen.

»Was soll das?«, rufe ich. »Wohin bringen Sie mich? Ich will mit meinen Eltern sprechen!«

Als ich spüre, dass ich ins Freie gebracht werde, rufe ich laut um Hilfe, in der verzweifelten Hoffnung, dass mich vielleicht irgendeiner der Dorfbewohner hört und die Polizei informiert. Doch ich weiß, dass das äußerst unwahrscheinlich ist.

Wir betreten ein anderes Haus und die Trage stellt sich schräg, als ich eine Treppe heruntergeschleppt werde. Der muffige Geruch eines Kellers dringt mir in die Nase. Eine Tür klappt auf, dann wird die Trage abgesetzt und die Decke von meinem Gesicht genommen. Ich befinde mich in einem schmalen Kellerraum mit weiß getünchten Wänden. Ein kleines Fenster lässt nur wenig Tageslicht herein. Die nackte Glühbirne an der Decke ist ausgeschaltet. Ein altes Metallbett steht an der Wand. Ein Kruzifix, das darüber hängt, ist die einzige Dekoration.

Die beiden Männer hieven mich auf das Bett und decken mich mit der Wolldecke zu.

»Ich habe dich gewarnt«, sagt Pater Christoph, der mir vom Eingang her einen finsteren Blick zuwirft. »Hier unten hast du genug Gelegenheit, zur Besinnung zu kommen. Vielleicht findest du ja noch auf den rechten Weg zurück, bevor der Herr dich zu sich ruft. Möge er deiner Seele gnädig sein.«

Die Männer verlassen den Raum. Pater Christoph bekreuzigt

sich, dann schließt er die Metalltür, verriegelt sie von außen und lässt mich allein zurück.

Verzweiflung befällt mich, die umso tiefer ist, weil ich kurz zuvor noch solche Hoffnung empfand. Ich muss an Edina denken. Sie ist für mich ein hohes Risiko eingegangen und zahlt nun den Preis dafür. Was werden sie mit ihr machen? Der Pater hat von Exorzismus gesprochen. Wer weiß, was das bedeutet. Wenn sie wirklich glauben, dass Edina vom Teufel besessen ist … Düstere Bilder von mittelalterlichen Folterwerkzeugen und Hexenverbrennungen erscheinen vor meinem inneren Auge. Wenn ich nur irgendetwas tun könnte, um ihr zu helfen!

Ich schreie um Hilfe, obwohl ich genau weiß, dass mich niemand hören kann. Auf einmal bekomme ich einen Hustenanfall, ringe um Luft. Wieder scheint ein Gewicht auf meine Lunge zu drücken. *Nicht jetzt*, denke ich verzweifelt. Doch etwas drückt meine Kehle zu. Ich atme keuchend ein, kämpfe die Panik nieder. Allmählich lässt der Druck auf meiner Brust nach und ich kann wieder etwas freier atmen. Ich versuche nicht noch einmal, um Hilfe zu rufen.

Stundenlang liege ich so da und schwanke zwischen ohnmächtiger Wut und Todesangst. Das Licht in der Zelle wird allmählich dunkler. Niemand scheint sich hier unten um mich zu kümmern. Abendbrot bekomme ich nicht. Erschöpft von meiner Verzweiflung schlafe ich irgendwann ein.

Düstere Träume verfolgen mich: Pater Christoph, der sich mit seinem ganzen Gewicht auf meine Brust setzt und mich würgt, während er mich mit grellrot leuchtenden Augen anstarrt. Edina, die lebend ans Kreuz genagelt wurde und mich stumm und vorwurfsvoll ansieht. Meine Eltern und Julia, schwarz gekleidet, vor einem leeren Grab.

Die Bilder sind noch stark und klar in meinem Kopf, als ich vom Geräusch der Tür geweckt werde. Pater Christoph und Schwester Anna treten ein. Beide sagen kein Wort. Der Pater bleibt am Eingang stehen, während die Schwester mir faden Haferbrei in den Mund löffelt und mir ein Glas Wasser hinhält. In ihren Augen scheinen weder Hass noch Zorn zu liegen, es ist eher so etwas wie Trauer.

Nach dem kargen Frühstück wäscht mich die Schwester mit einem nassen Tuch. Der Pater lässt sie keine Sekunde aus den Augen. Als sie mit meiner Pflege fertig ist, bekreuzigt sie sich und schließt die Tür von außen ab.

»Niemand darf zu ihm«, höre ich die Stimme des Paters. »Falls jemand mit ihm sprechen möchte, informieren Sie mich sofort.«

»Jawohl, Pater«, sagt ein Mann vor der Tür.

Die Schritte des Geistlichen und der Schwester entfernen sich und Stille umfängt mich. Ich höre keine Motorengeräusche oder Stimmen. Das Gebäude, in das man mich gebracht hat, scheint ziemlich abgelegen zu sein.

Muss ich den Rest meines Lebens eingesperrt in diesem Kellerraum verbringen? Das ist eine fürchterliche Vorstellung.

Eine Zeile aus der Bibelstelle, die Edina mir gestern vorgelesen hat, kommt mir in den Sinn: *Auch wenn ich gehe im finsteren Tal, ich fürchte kein Unheil; denn du bist bei mir.* Ich wünschte, ich könnte so wie sie an einen gütigen Gott glauben. Dann würde ich mich vielleicht nicht so allein fühlen, so verlassen. Doch was diese angeblichen Christen Edina und mir antun, überzeugt mich nur umso mehr, dass Gott nicht existiert. Denn sonst müsste er doch stinksauer sein angesichts der Abscheulichkeiten, die in seinem Namen begangen werden!

Damit die Zeit schneller vergeht, versuche ich zu schlafen. Aber alles, was ich erreiche, ist ein trüber Dämmerzustand. Immerhin verliere ich dabei das Zeitgefühl, sodass ich mir nicht sicher bin, wie lange das Frühstück her ist, als die Tür sich erneut öffnet. Wieder treten Pater Christoph und Schwester Anna in die Zelle. Wieder bleibt der Pater an der Tür stehen und überwacht jeden Handgriff der Schwester, die mir kleine Würfel trockenen Brotes in den Mund schiebt und mir aus einer Flasche Wasser zu trinken gibt.

»Möchtest du beten, Manuel?«, fragt die Schwester, nachdem sie mich gereinigt und die Bettpfanne gewechselt hat.

Ich nicke. Jede Sekunde, die ich nicht allein in diesem Raum liegen muss, erscheint mir kostbar.

»Es ist Ihnen verboten, mit dem Jungen zu sprechen, Schwester Anna«, weist Pater Christoph sie zurecht.

»Aber ein Gebet ...«

»Die Anweisung des Bischofs war eindeutig. Kein Wort zu ihm.«

»Ja, Pater.«

Schwester Anna sieht mich an und der Anflug eines schiefen Lächelns zeigt sich auf ihren Lippen. Es ist traurig und freundlich zugleich. *Verliere nicht die Hoffnung*, scheint sie mir damit sagen zu wollen. Ich vermeide es zurückzulächeln, denn ich befürchte, dass ich sie damit nur in Schwierigkeiten bringen würde.

Die beiden lassen mich wieder allein und ich sinke zurück in jenen apathischen Zustand, bei dem mein Gehirn in eine Art Energiesparmodus zu fallen scheint.

Allmählich wird es dunkel und mir wird klar, dass die Mahlzeit vorhin nicht, wie ich glaubte, das Mittagessen war, sondern das Abendbrot. Offenbar gibt es hier unten nur zweimal am Tag etwas zu essen. Mir ist es egal, ich habe ohnehin keinen Hunger.

Je schneller der Tag vorübergeht, desto besser – ein weiterer Strich auf dem immer kürzer werdenden Kalender meines Lebens. Wenn mein Tod die einzige Möglichkeit ist, aus diesem Raum zu entkommen, dann kann ich ihn kaum erwarten.

26. KAPITEL

Julia

Die Polizei kann nichts tun!

Ich kann es immer noch nicht fassen. Sie haben den Anruf zurückverfolgt. Er kam aus dem Stillachtal! Ich hatte die ganze Zeit recht und doch kann die Polizei angeblich nichts unternehmen!

Sie haben eine Polizeistreife dort hingeschickt, die diese Edina befragen sollte. Aber sie wurde am Tor abgewiesen – genau wie ich. Offenbar müssen die Erweckten dank ihrer religiösen Sonderzone nicht einmal die Polizei ins Tal lassen. Es sei denn, es liegt eine richterliche Anordnung vor oder die Beamten können sich auf »Gefahr im Verzug« berufen. Doch dieser Tatbestand sei in diesem Fall nicht gegeben, behauptet der Kommissar, da es keinen dringenden Verdacht gebe, dass die Erweckten etwas mit Manuels Verschwinden zu tun haben könnten.

Keinen dringenden Verdacht? Dieses Mädchen hat uns angerufen und Manuels Namen erwähnt! Und dann wurde sie daran gehindert weiterzusprechen. Doch nach Meinung der Polizei kann der Inhalt des kurzen Gesprächs alles Mögliche bedeuten. Auch die Tatsache, dass die Nummer seit dem Anruf dauernd besetzt ist, muss angeblich nichts heißen. Die Polizei hat eine schriftliche Zeugenvorladung an die Adresse dieser Edina geschickt, aber falls sie dieser überhaupt nachkommt, wird es noch Tage dauern.

»Ich kann mir nicht vorstellen, wieso eine religiöse Sekte deinen Bruder entführt haben sollte«, sagte der Kommissar, »aber wenn es so ist, dann brauchen wir weitere Hinweise, wo genau er sich befindet. Das Stillachtal hat eine Fläche von mehr als 30 Quadratkilometern und mehrere Tausend Einwohner. Vielleicht meldet sich diese Edina ja noch einmal und vielleicht stellt sich dann alles als ganz harmloses Missverständnis heraus.«

Harmlos! Missverständnis! Dass ich nicht lache! Papa und Mama waren ebenso wütend wie ich, aber es nützte nichts.

Zum Glück haben wir Henning Jaspers auf unserer Seite. Jetzt sitzen Papa und ich zusammen mit ihm und seinem Sicherheitsberater in einem Konferenzraum. Mama hat sich geweigert mitzukommen. Sie meint, Henning würde alles nur noch schlimmer machen. Dabei ist er unsere einzige Hoffnung. Egal, es ist ohnehin besser, wenn jemand zu Hause ist, falls das Mädchen noch mal anruft.

»Schon klar, dass die Polizei nichts tun kann«, stellt Pavlov fest. »Selbst wenn sie dieses Mädchen befragen könnten, sie würde nichts sagen. Solche Religionsgemeinschaften sind verschworen. Die gehen lieber ins Gefängnis, als eines ihrer Sektenmitglieder zu belasten.«

»Können wir denn gar nichts tun?«, fragt Papa. »Vielleicht jemanden undercover ins Tal schicken oder so?«

»Das würde zu lange dauern. Ich fürchte, wenn wir Manuel helfen wollen, bleibt uns nur der direkte Weg.«

»Was meinen Sie damit?«

»Eine Befreiungsaktion. Wir müssen sie überraschen und mit unserer Entschlossenheit schockieren. Dann werden sie keinen Widerstand leisten. Diese Leute mögen glauben, dass die Letzte

242

Schlacht begonnen hat, aber nach meinen Recherchen denke ich nicht, dass sie gut bewaffnet sind.«

»Sie wollen Manuel mit Gewalt befreien? Was, wenn die meinen Sohn lieber umbringen, als ihn uns zu überlassen?«

»Ich muss Ihnen wohl nicht erklären, dass Ihr Sohn, falls er noch lebt, nicht mehr viel Zeit hat. Aber, wie gesagt, ich glaube nicht, dass diese Leute großen Widerstand leisten werden. Es ist Ihre Entscheidung, aber ich würde empfehlen, das Risiko einzugehen.«

»Wie wollen Sie ins Tal kommen?«, frage ich. »Die Zufahrt ist gesperrt und es gibt einen Stacheldrahtzaun.«

»So was ist kein Problem. Wenn wir genau wüssten, wo Manuel ist, könnten wir ein Stealth Team hinschicken. Aber da wir es nicht wissen, müssen wir sie überraschen. Wir werden aus der Luft angreifen.«

»Und dann?«, hakt Papa nach. »Wie wollen Sie Manuel finden?«

»Der Schlüssel ist das Mädchen. Sie kennt Manuel und wahrscheinlich auch seinen Aufenthaltsort. Wir haben Zugriff auf das Melderegister bekommen. Es gibt nur eine Edina im Stillachtal. Sie lebt bei ihren Pflegeeltern, von dort hat sie auch angerufen. Sie ist noch ein Teenager und vermutlich leicht zu überzeugen, mit uns zu kooperieren.«

Mir gefällt nicht, was er damit andeutet: dass sie diese Edina notfalls durch Androhung von Gewalt zum Reden bringen könnten. Oder gar mit Folter? Andererseits, um Manuel zu befreien, ist mir jedes Mittel recht.

»Sie sollten Herrn Pavlov vertrauen«, sagt Henning. »Er war Major bei der Bundeswehr und hat mehrere Kampfeinsätze befehligt. Wenn jemand Ihren Sohn befreien kann, dann er.«

Papa nickt. »Okay. Aber bitte seien Sie vorsichtig. Ich möchte nicht, dass jemand zu Schaden kommt. Und vor allem darf Manuel nichts passieren.«

»Ist das nicht illegal?«, wende ich ein. »Mit Hubschraubern in dieses Tal zu fliegen, meine ich.«

»Das überlass mal mir und meinen Anwälten«, erwidert Henning. »Immerhin geht es hier darum, deinen Bruder aus unmittelbarer Lebensgefahr zu retten.«

»Ich muss noch darauf hinweisen, dass es möglich ist, dass Ihr Sohn nur noch tot geborgen werden kann«, sagt Pavlov. »Und ich brauche Ihr Einverständnis, dass wir ihn herbringen dürfen – notfalls auch gegen seinen Willen.«

»Gegen seinen Willen?«, frage ich.

»Wir wissen nicht, was diese Leute ihm gesagt haben. Vielleicht hat er Angst und weigert sich, mit uns zu kommen. Oder sie haben ihn so indoktriniert, dass er dortbleiben will. Er ist zwar noch nicht lange in den Händen dieser Sekte, aber es gibt Fälle, bei denen Entführungsopfer sich nach einer gewissen Zeit mit ihren Entführern solidarisieren. Man nennt das das Stockholm-Syndrom.«

Ich schüttele den Kopf. »Nicht Manuel. Er hat nie an Gott geglaubt. Außerdem kann er sich bestimmt denken, welche Sorgen wir uns machen.«

»Wie auch immer, wir brauchen das Einverständnis.«

Papa nickt. »Selbstverständlich.«

»Die Kosten für die Aktion übernehme natürlich ich«, wirft Henning ein. »Und falls es rechtliche Probleme gibt, werde ich behaupten, die Aktion allein organisiert zu haben.«

»Danke«, sagt Papa.

Auch ich danke Henning von Herzen. Es mag sein, dass die

Entführung nicht geschehen wäre, wenn er nicht mit seinem Plan an die Öffentlichkeit gegangen wäre. Aber man kann ihm schwerlich die Schuld dafür geben und er tut wirklich alles, um uns zu helfen.

»Eines noch«, sagt Pavlov. »Ich möchte Sie bitten, Ihrer Frau nichts von der geplanten Aktion zu erzählen. Sagen Sie ihr, wir hätten besprochen, dass Herrn Jaspers' Anwälte Druck auf die Staatsanwaltschaft machen, um einen Durchsuchungsbeschluss für das Haus dieses Mädchens zu erwirken.«

»Warum soll ich sie anlügen?«, spricht Papa meine Frage aus.

Der Sicherheitsberater blickt ernst drein. »Ich will niemanden ohne Beweise beschuldigen, aber wir können nicht ausschließen, dass sie mit den Entführern zusammenarbeitet.«

Mir bleibt vor Schreck der Mund offen stehen.

»Was?«, fragt Papa.

»Ihre Frau war von Anfang an gegen das Experiment«, schaltet sich Henning ein. »Und die Entführer wussten einiges über Manuel. Zum Beispiel kannten sie den Arzttermin.«

Ich werfe einen Blick zu Papa, erwarte, dass er energisch widerspricht. Doch stattdessen nickt er nur langsam.

»Ich habe immer befürchtet, dass sie sich in ihren religiösen Wahn hineinsteigert. Manuels Krankheit hat sie … verändert. Ich hätte nicht gedacht, dass sie so weit gehen würde, aber …«

»Nein!«, rufe ich dazwischen. »Du kannst doch Mama nicht ernsthaft unterstellen, dass sie den Entführern geholfen hat! Hast du denn nicht gesehen, wie sehr sie in den letzten Tagen gelitten hat?«

»Vielleicht ist es ja das schlechte Gewissen, das ihr so zusetzt«, erwidert Papa, doch er wirkt unsicher.

»Wie gesagt, ich will niemanden beschuldigen«, beschwichtigt uns Pavlov. »Es ist nur eine Sicherheitsmaßnahme. Je weniger Menschen über die Aktion Bescheid wissen, desto besser.«

Auf dem Rückweg nach Hause sprechen Papa und ich kein Wort miteinander. Ich kann nicht glauben, dass er Mama tatsächlich zutraut, mit den Entführern gemeinsame Sache zu machen. Noch schlimmer aber ist, dass ich selbst an ihr zweifle. Ein Teil von mir hält es für völlig undenkbar, dass sie Manuel und mir so etwas antun könnte. Und doch kann ich die leise Stimme in meinem Hinterkopf nicht zum Verstummen bringen, die mir unablässig Pavlovs Worte zuflüstert: *Wir können nicht ausschließen …*

»Was habt ihr besprochen?«, fragt Mama, kaum dass wir durch die Tür treten.

Papa zögert. Ich halte den Atem an.

»Wir … wir wollen versuchen …«, beginnt er, wobei er ihrem Blick ausweicht.

Mir wird auf einmal klar, dass dieser Moment über die Zukunft meiner Eltern entscheidet. Wenn er sie jetzt belügt, ist ihre Ehe nicht mehr zu retten.

»Hennings Sicherheitsberater wird eine Befreiungsaktion organisieren«, sage ich.

Papa wirft mir einen Blick zu, den ich nicht recht deuten kann. Liegt darin ein Vorwurf oder eher Erleichterung?

»Eine Befreiungsaktion? Wann und wie?«

»Sie werden Hubschrauber ins Tal schicken und das Mädchen befragen, das hier angerufen hat. Sie soll Hennings Männer zu dem Versteck führen, in dem Manuel festgehalten wird.«

Mama nickt. »Ich bete zu Gott, dass es gelingt.«

27. KAPITEL

Manuel

Mitten in der Nacht werde ich vom Knattern mehrerer Hubschrauber geweckt. Oder sind es Drohnen? Wenn, dann die große, militärische Variante, die auch die Polizei manchmal bei der Verkehrsüberwachung oder der Verfolgung von Verbrechern einsetzt.

Schlagartig bin ich hellwach. Mein Herz pocht wild vor Hoffnung. Sie sind gekommen, um mich zu befreien! Edina hat es geschafft, meine Eltern anzurufen! Aber werden sie mich hier unten finden? Ich unterdrücke den Impuls, um Hilfe zu schreien. Bei dem Lärm da draußen würde mich ohnehin niemand hören.

Das Rotorengeräusch wird lauter, dann ändert es den Klang, wird tiefer und langsamer. Die Hubschrauber sind gelandet. Ich höre Stimmen, Rufe, Schreie wie in Panik. Einmal ist ein Knall zu hören, aber ob es ein Schuss war oder vielleicht nur eine krachende Tür, kann ich nicht sagen.

Gebannt warte ich, was geschieht, doch lange Zeit passiert überhaupt nichts. Sind die Hubschrauber oder Drohnen womöglich gar nicht meinetwegen hier? Die Erweckten benutzen solche Technik selbst sicher nicht, aber vielleicht handelt es sich um einen Rettungseinsatz, womöglich wegen eines Hausbrandes oder eines schweren Unfalls in der Nähe.

Ein Lichtstrahl fällt durch das schmale Fenster über mir. Ich höre Stimmen, knapp, harsch, unaufgeregt wie militärische Befehle, doch ich kann nicht verstehen, was sie sagen. Ich wage kaum zu atmen vor Anspannung. Das Licht verschwindet, die Stimmen entfernen sich.

Nach einer Zeit, die mir wie Stunden vorkommt, nähern sich schwere Schritte auf der Kellertreppe.

»He, wer sind Sie?«, fragt der Wächter vor meiner Zellentür und mein Puls beschleunigt sich »Sie dürfen nicht …«

Ein Stöhnen, ein schabendes Geräusch und dann wird die Tür aufgehebelt. Drei Männer treten ein. Sie tragen schwarze Schutzkleidung und Helme, an denen helle Leuchten befestigt sind, aber ich erkenne keine *Polizei*-Schriftzüge. Einer von ihnen hat eine Pistole in der Hand. Einen schrecklichen Moment lang befürchte ich, dass sie gekommen sind, um mich zu töten, warum auch immer. Doch der Mann steckt die Pistole ein, während die beiden anderen eine Plane auf dem Boden ausrollen.

»Wer … wer sind Sie?«, will ich wissen.

»Wir sind hier, um dich in Sicherheit zu bringen«, sagt einer der Männer.

»Hat Henning Jaspers Sie geschickt?«

»Später, Junge. Erst mal müssen wir dich heile hier rausholen. Diese Irren scheinen nicht bewaffnet zu sein, aber man weiß nie.«

Zusammen mit einem der anderen Männer hievt er mich auf die Plane, in die der dritte Mann faltbare, dünne Stäbe schiebt, sodass daraus eine behelfsmäßige Trage entsteht. Sie schnallen mich darauf fest und tragen mich aus dem Raum und die Kellertreppe hinauf.

Draußen ist es beinahe taghell. Mehrere etwa armlange Drohnen mit starken Scheinwerfern schweben in der Luft und beleuchten die Szenerie. Eine kleine Gruppe von Menschen hat sich auf der Dorfstraße vor dem Haus versammelt. Als sie die Männer mit mir herauskommen sehen, weichen sie zurück. Viele bekreuzigen sich, einige fallen auf die Knie. Niemand unternimmt einen Versuch, uns aufzuhalten. Offensichtlich sind diese Leute überzeugt, dass meine Retter direkt aus der Hölle kommen. Ich schaue mich nach Edina oder Schwester Anna um, kann sie aber nicht entdecken.

Während einer der Männer eine Maschinenpistole in Anschlag bringt und unsere Flucht sichert, tragen mich die beiden anderen im Laufschritt auf eine Wiese, wo ein Hubschrauber und zwei große, unbemannte Drohnen warten. Kleinere Scheinwerferdrohnen begleiten uns. Ich werde ins Innere des Hubschraubers gehievt und auf ein Krankenbett geschnallt. Die Männer springen an Bord, das Rotorengeräusch wird lauter und kurz darauf heben wir ab.

Einer der Männer beugt sich über mich. »Wie geht es dir, Manuel?«

Dass er mich mit meinem Namen anspricht, ist irgendwie beruhigend.

»Mir geht's gut, jedenfalls nicht schlimmer als sonst auch.«

»Gut. Ruh dich ein wenig aus.«

»Wohin bringen Sie mich?«

»In Sicherheit.«

Er drückt mir eine Plastikmaske ins Gesicht und betätigt ein Ventil. Sauerstoff, denke ich, doch das Gas, das aus der Maske strömt, riecht merkwürdig. Mir wird schwarz vor Augen.

TEIL 3

TRANSFER

28. KAPITEL

Julia

Um drei Uhr morgens starren Mama, Papa und ich gebannt auf den Holoschirm im Wohnzimmer. Er zeigt einen Konferenzraum, in dem Henning und Pavlov sitzen. Der Sicherheitsexperte hat eine verspiegelte Holobrille auf, sodass seine Augen nicht zu erkennen sind.

Henning dreht sich zur Kamera. Er wirkt wach, geradezu energiegeladen. Ich habe den Eindruck, dass er am liebsten vor Ort beim Einsatz dabei wäre.

»Ich schalte jetzt das Bild der Helmkamera des Einsatzleiters auf den Monitor«, sagt er.

Henning verschwindet und man erkennt das enge Innere eines Hubschraubers. Durch die vergleichsweise schwachen Lautsprecher unseres Holosets klingt das Knattern der Rotoren blechern. Ich überlege, ob ich das Bild auf meine Holobrille streamen soll, verzichte aber darauf. Ich könnte dann zwar besser sehen, was vor sich geht, würde aber den Blickkontakt zu Mama und Papa verlieren.

Das Bild wackelt kurz, dann öffnet sich die Tür in der Seitenwand des Helikopters. Zwei schwarz gekleidete Männer mit Maschinenpistolen springen heraus, der Mann mit der Kamera folgt ihnen. Die Männer laufen auf ein paar Häuser in der Nähe zu, in denen jetzt vereinzelt Fenster hell werden. Lichtkegel fliegen voraus, offenbar Drohnen, die die Einsatztruppe begleiten und den Weg für sie ausleuchten.

Verwirrte Menschen treten aus den Häusern, sehen uns mit blassen Gesichtern an. Einige bekreuzigen sich. Ein paar laufen schreiend und mit den Armen wedelnd davon.

Die Männer bleiben vor einem Haus stehen. Der erste hält sich nicht lange damit auf, an der Tür zu klingeln, sondern hebelt sie mit einer Stange auf.

Eine rundliche Frau in einem Bademantel tritt aus einer Tür im Inneren, bleibt erschrocken stehen und sieht uns mit großen Augen an.

»Was ... wer sind Sie?«

»Wo ist Edina?«, fragt der Einsatzleiter. Seine Stimme ist klar und deutlich zu hören. Sie klingt rau, selbstbewusst und professionell.

»Sie ... sie ist in ihrem Zimmer ... aber was ...«

»Wir wollen nur mit ihr sprechen. Wenn Sie kooperieren, geschieht Ihnen nichts.«

Die Frau nickt verängstigt. Sie tut mir leid. Wenn es hier nicht um das Leben meines Bruders ginge, würde mir das Vorgehen der Männer unnötig brutal vorkommen. Doch sie scheinen zu wissen, was sie tun.

Die Männer folgen der Frau eine Treppe hinauf bis zu einem kleinen Zimmer. Ein großes Kreuz und ein Bild von Maria, Josef und dem Jesuskind hängen an der Wand über dem Bett, in dem ein Mädchen in Manuels Alter liegt. Sie hat schwarze Haare und ein unauffälliges Gesicht. Erschrocken richtet sie sich auf und blinzelt im grellen Licht der Helmscheinwerfer.

»Mama … wer … wer sind diese Männer?«

»Bist du Edina?«, fragt der Kameraträger.

Das Mädchen nickt.

»Weißt du, wo Manuel ist? Der Junge, dessen Eltern du angerufen hast?«

Sie nickt wieder.

»Führe uns zu ihm!«

Das Mädchen rührt sich nicht.

»Edina, bitte, du musst tun, was diese Männer sagen, dann wird uns nichts geschehen.«

Sie steht auf. Die Männer folgen ihr aus dem Haus, vor dem mittlerweile zwei weitere Einsatzkräfte eine Gruppe von Schaulustigen auf Distanz halten. Ich erkenne einen Mann in schwarzer Priesterkleidung. Er macht ein finsteres Gesicht, tut aber nichts, um die Männer zu stoppen.

Sie begleiten Edina die Dorfstraße entlang. Vor einem Haus bleibt sie stehen.

»Er ist da drin. In einer Zelle im Keller«, sagt sie.

»Geh zur Seite!«, befiehlt der Einsatzleiter.

Sein Kollege hebelt die Eingangstür auf. Drinnen stellt sich ihnen ein hochgewachsener Mann mit grau melierten Haaren in den Weg.

»Halt! Im Namen Gottes, bleiben Sie stehen!«, ruft er. »Sie haben hier keinen Zutritt!«

Die Männer ignorieren ihn einfach und drängen sich an ihm vorbei zu einer Treppe, die in einen Keller führt. Dort steht ein weiterer Mann, der eine Pistole in der Hand hält.

»Waffe fallen lassen!«, kommandiert der Einsatzleiter.

Der Mann ist angesichts der Übermacht so eingeschüchtert,

dass er der Aufforderung sofort nachkommt und sich in eine Ecke des Raums zurückzieht.

Wieder hebelt einer der Männer eine verschlossene Tür auf. Diesmal hat er etwas mehr Mühe, doch schließlich springt sie auf. Dahinter liegt ein schmaler Raum mit nackten Backsteinwänden. Ein Bett mit Metallgestell steht an einer Wand. Darauf liegt eine reglose Gestalt.

Manuel!

Ich spüre, wie sich Mamas Fingernägel in meine Handfläche drücken, während Papas Arm unruhig hin und her zuckt.

Der Einsatzleiter beugt sich über die reglose Gestalt meines Bruders. Seine Augen sind geschlossen, als schliefe er friedlich. Im Scheinwerferlicht wirkt seine Haut weiß wie Papier.

»Manuel?«, ruft der Einsatzleiter. »Manuel!«

Er rüttelt ihn an der Schulter, erzielt jedoch keine Reaktion. Dann holt er ein kleines Gerät hervor, hält es kurz an Manuels Schläfe und liest es ab.

»Adler Eins an Einsatzleitung: Zielperson bewusstlos. Puls, Temperatur und Blutdruck normal. Erbitte weitere Anweisungen.«

Papa atmet erleichtert aus. Auch ich merke erst jetzt, dass ich den Atem angehalten habe. Mama schluchzt leise.

»Zielperson abtransportieren«, höre ich die Stimme des Sicherheitsberaters. »Zustand während des Flugs überwachen. Sofern der Zustand stabil ist, fliegen Sie ihn auf direktem Weg zu Zielort Bravo. Sollte sich der Zustand verschlechtern, nächstgelegenes Krankenhaus ansteuern.«

»Verstanden. Adler Eins Ende.«

»Was ... was ist Zielort Bravo?«, frage ich leise, weil ich die

Kommunikation mit der Einsatztruppe nicht stören will. Doch der Einsatzleiter scheint mich nicht zu hören.

»Unser Labor in Brüssel«, meldet sich Henning zu Wort. »Dort sind wir optimal ausgerüstet, um mit dieser Situation umzugehen. Manuel wird die bestmögliche medizinische Versorgung erhalten. Ich weiß nicht, was diese rückständigen Barbaren mit ihm gemacht haben. Vielleicht war die Betäubung zu stark und er ist seit der Entführung nicht aufgewacht. Wahrscheinlich gibt es in diesem ganzen Tal keinen vernünftigen Arzt, jedenfalls keinen mit moderner Diagnosetechnik.«

Während er redet, heben zwei der Männer den reglosen Manuel aus dem Bett, legen ihn auf eine Trage, die sie aus einem Tuch und zwei faltbaren Stäben hergestellt haben, und schnallen ihn fest. Dann geht es im Laufschritt zurück zum Hubschrauber. Eine Menschenmenge steht am Straßenrand. Einige rufen »Gott stehe uns bei!« oder »Herr, erbarme dich unser!«. Niemand versucht, die Retter aufzuhalten. Wenigstens bleiben uns so schreckliche Bilder von Gewalt erspart.

Endlich ist Manuel sicher im Inneren des Hubschraubers untergebracht. Das Bild der Einsatzkamera verschwindet und wir sehen wieder Henning Jaspers und Pavlov am Konferenztisch. Der Sicherheitsexperte klappt das Visier seiner Holobrille hoch und blickt uns ernst an.

»Es tut mir leid, dass wir Ihren Sohn nur in bewusstlosem Zustand in Sicherheit bringen konnten«, sagt er.

»Sie haben getan, was Sie konnten«, erwidert Papa. »Dafür sind wir Ihnen und Ihren Männern dankbar.«

Ich nicke. Mama starrt bloß ins Leere.

»Ich nehme an, Sie möchten mit mir nach Brüssel kommen«,

vermutet Henning. »Mein Privatjet steht morgen früh bereit. Können Sie um sieben Uhr am Flughafen sein?«

»Ja, selbstverständlich«, antwortet Papa. »Vielen Dank, Herr Jaspers. Wir werden Ihnen nie vergessen, was Sie für unseren Sohn getan haben.«

Henning lächelt dünn. »Das ist doch selbstverständlich. Bis nachher!«

Die Verbindung wird unterbrochen und wir bleiben sprachlos auf dem Sofa zurück.

Die Rettungsaktion war erfolgreich, Manuel ist in Sicherheit. Aber wird er jemals wieder aus dem Koma erwachen?

29. KAPITEL

Julia

An Schlaf ist nicht mehr zu denken, doch es gibt auch nicht viel, was wir einander sagen könnten, um uns gegenseitig zu trösten. Deshalb bin ich froh, als endlich der Wagen vor der Tür steht und uns zum Flughafen bringt.

Henning Jaspers begrüßt uns am Terminal. »Es tut mir sehr leid«, sagt er. »Glauben Sie mir, wir werden alles tun, um Ihrem Sohn zu helfen. Er ist in Brüssel in den Händen der besten Neurologen.«

»Ich danke Ihnen nochmals für Ihre Hilfe«, erwidert Papa.

Mama dagegen weicht Hennings Blicken aus. Sie scheint ihm immer noch nicht zu vertrauen.

Während des Flugs reden wir nicht viel. Mama starrt die ganze Zeit aus dem Fenster, als erwartete sie, Manuel irgendwo auf den Wolken herumspazieren zu sehen, Papa tippt auf seinem Holopad herum und Jaspers schläft. Ich schließe ebenfalls die Augen, doch ich bin hellwach.

Was, wenn Manuel nicht mehr aufwacht? Der Gedanke geht mir nicht aus dem Kopf, sosehr ich auch versuche, ihn zu vertreiben.

Der Flug kommt mir viel länger vor als beim letzten Mal und auch der Weg vom Flughafen bis zum Gebäude von *Nofinity* erscheint mir weiter. Als wir endlich dort sind, werden wir von dem belgischen Firmengründer begrüßt.

»Ich freue mich, Sie kennenzulernen«, sagt er und streckt Mama die Hand hin. »Ich hoffe, Ihnen ist bewusst die große Chance, die wir bieten Ihrem Sohn. Vielleicht er wird der erste Mensch sein, der unsterblich ist.«

Mama wirft ihm einen Blick zu, als hätte er sie tödlich beleidigt. Sie ergreift die ausgestreckte Hand nicht. »Kann ich bitte meinen Sohn sehen?«

»Kommen Sie, bitte.« Der Gründer führt uns einen Korridor entlang bis zu einem Krankenzimmer.

Medizinische Geräte stapeln sich neben einem Bett, auf dem Manuel reglos auf dem Rücken liegt. Ein Schlauch steckt in seinem Arm und führt zu einem Beutel mit klarer Flüssigkeit, der an einem Gestell hängt. Ansonsten wirkt er unversehrt. Seine Augen sind geschlossen, als schliefe er friedlich.

Mama bricht bei seinem Anblick in Tränen aus. Papa steht nur hilflos da. Beide scheinen sich nicht zu trauen, ihren Sohn zu berühren. Ich dränge mich an ihnen vorbei, werfe mich aufs Bett, umarme Manuel, presse mein Gesicht an seines und weine hemmungslos.

»Manuel!«, schluchze ich. »Manuel, du verdammter Idiot! Wach auf!«

Seine Wange ist warm, doch er zeigt keinerlei Regung. Es ist, als wäre er bereits tot.

Nach einer Weile spüre ich eine leichte Berührung an der Schulter. Widerstrebend löse ich mich von meinem Bruder und richte mich auf. Es war Papa, der mich angestoßen hat. Er deutet mit dem Kopf zu dem Arzt, der nun in der Tür steht.

Dr. Berenboom sieht aus, als wäre er seit unserem letzten Besuch um Jahre gealtert. Sein Gesicht ist bleich, die Augen sind gerötet. Ich frage mich einen Moment lang, ob er vielleicht betrunken ist, aber er hat keine Alkoholfahne und wirkt völlig klar, als er mir die Hand reicht.

»Hallo, Julia. Es ist gut, dass du hier bist. Manuel braucht dich jetzt.«

Dass er meinen Namen noch weiß, scheint mir ein gutes Zeichen zu sein.

»Wird er ... wird er wieder aufwachen?«, frage ich.

»Das kann niemand sagen«, erwidert er, doch sein Gesichtsausdruck zeigt wenig Hoffnung.

»Wie ist sein körperlicher Zustand?«, fragt Papa. »Ich meine, seine Nervenkrankheit ...«

»Im Wesentlichen unverändert gegenüber Ihrem letzten Besuch hier, würde ich sagen«, erklärt der Arzt. »Aber ganz sicher kann man da nie sein. ALS verläuft nicht gradlinig, sondern in Schüben, aber das wissen Sie ja sicher.«

»Kann er uns ... hören?«

Der Arzt zuckt mit den Schultern. »Auch das kann ich nicht sicher sagen, doch ich halte es für unwahrscheinlich. Seine ... seine Gehirnaktivitäten sind eindeutig noch vorhanden, aber ...«

Er wendet den Blick ab, als könnte er nicht weitersprechen.

»Aber wir müssen der Tatsache ins Auge sehen, dass Manuels Gehirn mit jedem Tag, der vergeht, schwächer wird«, beendet Henning den Satz des Arztes.

Dr. Berenboom erwidert nichts.

Henning macht eine Geste in Richtung des Firmengründers und des Arztes.

»Wir lassen Sie jetzt einen Moment mit Ihrem Sohn allein.«

Als sie gegangen sind, setzt sich Mama auf Manuels Bett, nimmt seine Hand in ihre und bewegt die Lippen, als betete sie lautlos. Papa wirkt neben ihr hilflos. Ich ergreife seine Hand und er drückt sie dankbar.

So stehen wir lange da, stumm und reglos, während jeder von uns versucht, die Situation zu verarbeiten.

»Wir … wir müssen es tun«, sagt Papa irgendwann. »Jetzt.«

»Was tun?«, frage ich.

»Sein Gehirn scannen. Du hast doch Jaspers gehört: Es wird jeden Tag schwächer. Wenn wir Manuel retten wollen, dann müssen wir jetzt handeln.«

Mama sagt nichts.

»Aber … wenn wir es jetzt tun, wird er nicht mehr aufwachen«, wende ich ein und breche erneut in Tränen aus. »Ich … wollte mich doch noch von ihm verabschieden …«

Papa nimmt mich in den Arm. »Ich weiß«, sagt er mit erstickter Stimme. »Ich … auch. Aber es geht nicht darum, was … was wir wollen. Wir müssen jetzt zuallererst an ihn denken.«

Mama sitzt bloß da und murmelt ihre Gebete, als wären wir gar nicht im Raum. Ich bin nicht sicher, ob sie Papas Worte überhaupt gehört hat.

Nach einer Weile kommt Henning zurück. »Wir müssten noch etwas besprechen. Würden Sie bitte mitkommen?«

Mama rührt sich nicht. Erst als ich sanft ihre Hand von Manuels löse, erhebt sie sich und folgt mir aus dem Raum.

Henning führt uns in einen Konferenzraum, in dem der Firmengründer und ein junger Mann in Anzug und Krawatte sitzen. Er blättert nervös in einem Stapel Papiere.

»Darf ich vorstellen, das ist Dr. van Hooven, unser Justiziar«, erklärt Henning. »Er war in den letzten Wochen mit Ihrer Anwältin Frau Dr. Markwart in Kontakt und hat alle nötigen Unterlagen vorbereitet.«

»Was denn für Unterlagen?«, frage ich.

»Wir brauchen für den Scan die Erlaubnis deiner Eltern«, erklärt Henning. »Wenn Sie einverstanden sind, führt uns Dr. van Hooven kurz durch die Verträge.«

Wir setzen uns und erhalten jeder einen Satz Kopien. Es handelt sich um drei Dokumente. Das erste ist ein mehrere Seiten langer Vertrag, in dem genau geregelt ist, welche Rechte meine Eltern in Bezug auf die Simulation von Manuels Gehirn haben. Im Vertragstext wird sie allerdings nur als »die Software« bezeichnet. Henning verpflichtet sich darin, die Computer, auf denen Manuels Simulation laufen soll, für mindestens 30 Jahre zu betreiben und sicherzustellen, dass die Daten regelmäßig gesichert werden. Nach Ablauf dieser Zeit werden sie »in geeigneter Form« an meine Eltern übergeben. Außerdem darf er die Software, nachdem sie einmal von meinen Eltern »abgenommen« wurde, nur noch mit deren ausdrücklicher Zustimmung verändern.

Das zweite Dokument ist eine fast ebenso umfangreiche Geheimhaltungserklärung: Wir dürfen nichts über die beim Scannen verwendete Technologie verraten, zudem müssen wir alle öffentlichen Auftritte, Erklärungen und schriftlichen Dokumente in Bezug auf Manuels »Transfer«, wie es in dem Dokument heißt, mit Henning Jaspers abstimmen. Falls wir gegen diese Vereinbarung verstoßen, werden Strafzahlungen fällig, die uns ruinieren würden. Im Gegensatz zu dem vorherigen Vertrag ist in diesem Dokument auch ein Unterschriftsfeld für mich vorgesehen.

Das dritte Dokument ist vergleichsweise kurz. Es ist die Zustimmungserklärung meiner Eltern dazu, Manuel durch das Konservieren seines Gehirns zu töten. Ausdrücklich geben sie diese Zustimmung an seiner statt und in seinem Namen ab, da er selbst dazu nicht mehr in der Lage ist.

»Haben Sie noch Fragen dazu?«, will Henning wissen, nachdem uns der Justiziar mit starkem Akzent alle drei Dokumente vorgelesen hat.

Papa schüttelt den Kopf. »Nein. Ich … ich denke, das ist alles in Ordnung so.«

»Nein«, widerspricht Mama. Sie blickt Henning zum ersten Mal, seit wir hier sind, direkt an. Ihre Stimme ist fest, als sie sagt: »Nein, ich werde das nicht unterschreiben.«

Papa zuckt sichtlich zusammen. Auch ich erschrecke. Ich bin nicht sicher, was ich erwartet habe, aber die grimmige Entschlossenheit in ihren Augen jedenfalls nicht.

»Da Sie beide gemeinsam das Sorgerecht für Ihren Sohn haben, können wir die Prozedur nur einleiten, wenn Sie beide zustimmen«, stellt der Justiziar fest.

»Das … das kannst du nicht machen!«, ruft Papa. »Es war Manuels letzter Wunsch, das weißt du genau!«

»Er ist noch nicht tot«, erwidert sie mit eisiger Stimme.

»Wenn wir jetzt nicht handeln, dann … dann kann ich nicht dafür garantieren, dass wir Ihren Sohn noch retten können«, sagt Henning.

»Niemand kann meinen Sohn retten«, gibt Mama zurück. »Am allerwenigsten Sie.«

Henning wird bleich.

»Vielleicht wir Sie lassen eine Moment allein«, schlägt der Firmengründer vor.

Henning nickt. Ich kann ihm ansehen, dass er seine Wut auf Mama nur mit Mühe unterdrücken kann. Die drei verlassen den Raum.

»Ich werde das nicht unterschreiben«, bekräftigt Mama, nachdem sich die Tür geschlossen hat. »Ich werde nicht das Todesurteil für meinen Sohn unterschreiben. Das kannst du nicht von mir verlangen.«

»Aber verstehst du denn nicht?« Papas Stimme bebt vor Zorn. »Er stirbt doch sowieso, verdammt noch mal! Es ... es ist seine einzige Chance!«

Mama starrt stumm auf ihre gefalteten Hände.

Papa wirft mir einen flehenden Blick zu, doch ich weiß nicht, was ich sagen soll, um den Graben zwischen den beiden zu überbrücken, der tiefer und breiter erscheint als je zuvor.

»Vielleicht ... sollten wir uns etwas Zeit nehmen, um die Sache zu überdenken«, schlage ich vor. »Manuels Zustand ist offenbar vorerst stabil. Ein oder zwei Tage machen vielleicht keinen so großen Unterschied.«

Papa schnaubt abfällig, doch er nickt. »Okay, von mir aus.«

Mama sagt nichts.

30. KAPITEL

Julia

Am nächsten Morgen sitzen Papa und ich im Frühstücksraum des Luxushotels, in dem Jaspers uns untergebracht hat. Mama schläft noch. Sie hat gestern noch bis Mitternacht an Manuels Bett gesessen und mit ihm geredet, ihm Geschichten aus seiner Kindheit erzählt, ihm sogar Kinderlieder vorgesungen. Ein paarmal hat Papa versucht, mit ihr zu sprechen, doch sie hat ihn einfach ignoriert. Irgendwann war sie nach den schlaflosen Nächten der letzten Zeit so erschöpft, dass sie einfach eingeschlafen und zur Seite gekippt ist. Wir haben sie ins Hotel gebracht und sind selbst ins Bett gegangen. Immerhin habe ich ein paar Stunden geschlafen, aber ausgeruht fühle ich mich nicht.

»Was soll ich nur tun?«, fragt Papa. »Was soll ich bloß mit deiner Mutter machen? Ich dringe einfach nicht mehr zu ihr durch. Ich glaube, Manuels Krankheit hat sie in den Wahnsinn getrieben.«

Ich schüttele energisch den Kopf. »Sie trauert und sorgt sich, so wie du und ich auch. Aber wahnsinnig ist sie nicht.«

»Warum sträubt sie sich dann so dagegen, Manuel seinen letzten Wunsch zu erfüllen? Damit raubt sie ihm doch seine einzige Chance … und mir meinen Sohn!«

Die letzten Worte sagt er mit solcher Bitterkeit, dass ich weiß, ihre Ehe ist endgültig nicht mehr zu retten.

»Ich kann sie verstehen«, erwidere ich, während ich lustlos in meinem Müsli mit frischen Früchten herumstochere. »Wir haben alle gedacht, wir hätten noch mindestens ein paar Monate Zeit, um uns auf den Abschied vorzubereiten. Und nun liegt er bloß reglos da. Aber was, wenn er morgen aufwacht? Was, wenn er doch noch ein halbes Jahr leben könnte oder sogar ein Jahr?«

»Er wird nicht wieder aufwachen, Julia. Das weißt du.«

»Nein, das weiß ich nicht«, widerspreche ich trotzig, doch in meinem Innern spüre ich die bleierne Gewissheit, dass er recht hat.

Papa kaut schweigend auf einem Käsebrötchen herum. Nach einer Weile sagt er: »Ich wünschte, ich hätte Henning Jaspers nie kennengelernt. Das alles war bloß falsche Hoffnung. Es hat uns das Leben zur Hölle gemacht. Dabei hat er doch nur helfen wollen.«

Tränen rollen über sein Gesicht. Er trocknet sie mit einer Stoffserviette ab und lächelt schief. Mir verkrampft sich der Magen.

»Entschuldige.«

»Ich habe keinen Hunger mehr«, sage ich. »Ich glaube, ich brauche mal frische Luft. Ich gehe ein bisschen spazieren.«

»Soll ich dich begleiten?«

»Nein. Bleib du bei Mama. Ruf mich an, wenn sie aufwacht.«

»Okay. Geh nicht zu weit weg. Sie wird sicher sofort wieder zu Manuel fahren wollen.«

Ich nicke und verlasse das Hotel. Nicht weit entfernt ist ein Park, der nach französischer Art in strengen geometrischen Linien angelegt ist. Platanen mit fleckigen Stämmen säumen die Wege. Ich spaziere eine Weile herum und bemühe mich, das Chaos in meinem Kopf zu ordnen. Was soll ich tun? Soll ich mich auf Papas Seite schlagen und versuchen, Mama umzustimmen? Er tut mir so unendlich leid, aber irgendwie bringe ich es nicht übers Herz, mich mit ihm gegen Mama zu verbünden. Vielleicht ist es diesmal ja sie, die recht hat. Vielleicht wacht Manuel wirklich auf, wie schon so viele Komapatienten vor ihm. Vielleicht sollten wir noch mal mit Dr. Berenboom sprechen und die Chancen abwägen. Vielleicht …

Ein Signalton ertönt. Ich habe eine persönliche Textnachricht erhalten. Als Absender ist »Alan Turing« angegeben, was auf eine schlecht gemachte Phishing-Attacke hindeutet, doch der Betreff der Nachricht lässt mich stutzen:

Sprich mit mir. M.

Wer ist M? Ist das ein Zufall?

Ich öffne die Nachricht. Sie besteht aus einer kryptischen Zeichenfolge und einem Link, der ebenfalls nur aus sinnlosen Ziffern und Buchstaben zusammengesetzt ist.

In der Hoffnung, dass mein Virenschutz eventuelle Schadsoftware abwehren wird, aktiviere ich den Link mit einer Geste. Daraufhin werde ich aufgefordert, ein Passwort einzugeben. Aufs Geratewohl kopiere ich die Zeichen aus dem Text der Nachricht ins Eingabefeld. Vor mir erscheint eine 3-D-Projektion von Manuel, der mich anlächelt.

»Hallo, Julia«, sagt er. »Der Transfer hat funktioniert! Es hat wirklich funktioniert! Ist das nicht wunderbar? Wenn ich dir nur zeigen könnte, wie unglaublich sich das alles anfühlt, wie real! Ich … ich kann wieder gehen, habe wieder einen funktionierenden Körper!«

Fassungslos starre ich die 3-D-Simulation meines Bruders an. Sie sieht ihm ähnlich genug, ist aber doch offensichtlich künstlich. Seine Stimme klingt dagegen sehr natürlich.

Wie ist das möglich?

»Ich weiß, es ist schwer zu glauben«, fährt Manuel fort. »Ich habe noch ein paar Erinnerungslücken. Beim Scan meines Gehirns wurden Teile meines Gedächtnisses nicht richtig ausgelesen. Aber … ich bin wirklich ich!«

»Wo … bist du?«, frage ich.

»Die Frage ist gar nicht so leicht zu beantworten. Die Simulation meines Gehirns läuft auf einem weitverzweigten Computernetz. Die Computer stehen in verschiedenen Rechenzentren auf mehreren Kontinenten. Man könnte sagen, mein Gehirn ist so groß wie die Erde.« Er grinst. »Also erzähl mir nie wieder, dass du schlauer bist als ich, Schwesterherz!«

Ich bin immer noch fassungslos. Einen Moment lang bin ich überzeugt, dass dies ein wirrer Albtraum sein muss. Doch als ich das Display hochklappe, stehe ich immer noch in einem Park mitten in Brüssel, in dem Tauben gurren und Hunde herumtollen. Sicherheitshalber kneife ich mich in den Arm.

Das kann nicht sein!, schreit mein Verstand. *Das ist schlicht unmöglich!*

Gestern Abend lag Manuel noch im Koma, aber er war eindeutig lebendig. Selbst wenn die Leute von *Nofinity* heute Nacht ohne die Einwilligung meiner Eltern sein Gehirn plastiniert hätten, es würde Monate, wenn nicht Jahre dauern, es zu scannen und eine funktionierende Simulation daraus zu erstellen.

Ich klappe das Display wieder herunter. Manuel grinst mich immer noch erwartungsvoll an.

»Manuel, wenn das ein Scherz ist …«

»Das ist kein Scherz, Julia! Ich bin real! Ich habe diese verdammte Krankheit besiegt!«

»Nein, das hast du nicht.«

Seine Stirn runzelt sich. Obwohl es erkennbar nur ein 3-D-Bild ist und nicht fotorealistisch, wirkt die Mimik verblüffend authentisch. Genau so hat mein Bruder immer die Stirn gerunzelt, wenn er etwas nicht verstanden hat.

»Wie meinst du das?«, fragt er.

»Gestern Abend hast du noch gelebt. Es ist unmöglich, dass der Transfer in weniger als 24 Stunden stattgefunden hat.«

»Der Transfer hat mehr als ein halbes Jahr gedauert und über 300 Millionen Euro gekostet«, behauptet Manuel – oder was immer es ist, das sich für ihn ausgibt. »Henning Jaspers hat ganz schön tief für mich in die Tasche gegriffen. Ich bin ihm verdammt dankbar dafür!«

Mir wird übel. Ich sehe mich nach einer Bank um, setze mich.

»Ich weiß, es ist schwer zu glauben, dass es wirklich funktioniert hat ...«

Ich reiße mir die Brille vom Kopf, halte es nicht mehr aus, diese Abscheulichkeit vor mir zu sehen, sie reden zu hören. Fast fühlt es sich an, als hätte ich gerade eben festgestellt, dass alles um mich herum – der Park, die Tauben, die Leute – nur eine Lüge ist, eine Illusion.

Ein Fake.

Alan Turing. Der Absender der Nachricht ist ein Hinweis, das wird mir jetzt klar. Ich verstehe nicht einen Bruchteil so viel von Computern wie Manuel, aber sogar ich weiß, was der Turing-Test ist: Eine Testperson kommuniziert über ein Terminal mit einem anderen Menschen und einem Computer. Wenn die Testperson nicht mehr zwischen beiden unterscheiden kann, egal, welche Fragen sie stellt, dann muss der Computer intelligent sein. Dass eine Maschine diesen Test bereits vor Jahren zum ersten Mal offiziell bestanden hat, indem sie ein Gremium von Computerexperten erfolgreich täuschte, habe ich in der Schule gelernt. Doch die Maschine konnte nicht denken wie ein Mensch, sie war nicht einmal besonders intelligent. Sie war nur sehr geschickt darin, so zu tun, als ob.

Ein Fake.

Er hat es von Anfang an geplant. Die Erkenntnis stürzt mit solcher Wucht auf mich ein, dass ich mich unwillkürlich zusammenkauere. *Er hatte nie vor, Manuels Gehirn zu scannen.*

Plötzlich ergibt alles einen perfiden Sinn: die Gespräche, die Holos, der Auftritt in der Talkshow, Hennings vermeintliche Großzügigkeit. Auch die Entführung war wahrscheinlich nur vorgetäuscht, obwohl sie mir wie eine unnötige Verkomplizierung des Plans erscheint. Henning hätte doch einfach nur Geduld haben müssen, bis Manuels Zustand sich von selbst verschlechtert. Aber wer weiß, vielleicht konnte oder wollte er nicht so lange warten. Vielleicht läuft ihm die Zeit davon. Er wäre nicht der erste Milliardär in finanziellen Schwierigkeiten.

Mama hatte die ganze Zeit recht.

Die Befreiungsaktion, die wir angeblich live verfolgt haben: eine Inszenierung. Manuels Koma: künstlich induziert.

Ich springe von der Bank auf, als mir klar wird, dass ich meinen Bruder vielleicht retten kann. Oder das, was noch von ihm übrig ist. Rasch mache ich eine Handbewegung, um meinen Vater anzurufen, doch dann halte ich inne. Hennings Sicherheitsleute haben überall ihre Überwachungssysteme installiert. Auch auf mein Holoset haben sie spezielle Software gespielt, für den Fall, dass die Entführer mich kontaktieren.

Wahrscheinlich wissen sie bereits, dass ich mit dem Fake-Manuel gesprochen habe!

Hektisch öffne ich noch einmal den Link aus der Textnachricht, doch diesmal erscheint kein Eingabefeld, sondern nur eine Fehlermeldung.

Ich renne los, stürze an einem verdutzten Portier vorbei ins Hotel, haste die Treppe hinauf, den Flur entlang. In meiner Panik weiß ich unsere Zimmernummer nicht mehr. Dann fällt sie mir wieder ein: 212 – eine Suite.

Hektisch klopfe ich an die Tür. Papa öffnet mit großen Augen.

»Julia, was ist denn ...«

In diesem Moment höre ich den Rufton seines Holopads.

»Oh, es ist Henning J...«, sagt er.

»Geh nicht ran!«, brülle ich, reiße ihm das Gerät aus der Hand, werfe es auf den Boden und zertrete das Display.

»Sag mal, spinnst du?«, ruft er. »Was ist denn mit dir ...?«

Meine Holobrille zerstöre ich ebenfalls. Das hätte ich schon im Park tun sollen.

»Was ist denn bloß mit dir los, Julia?«, fragt Papa entgeistert. »Bist du jetzt völlig durchgeknallt?«

»Es ist alles ein Fake!«, rufe ich. »Henning hat Manuel künstlich ins Koma versetzt. Er hatte nie vor, Manuels Gehirn zu scannen. Es ist alles ein Betrug!«

»Wie kommst du denn auf so was?«

»Sie wissen, dass ich es weiß!«, dränge ich, während ich ängstlich den Korridor absuche. »Wir müssen sofort hier weg!«

»Nun beruhige dich erst mal ...«

»Du tust besser, was deine Tochter sagt!«, erklingt Mamas scharfe Stimme.

Sie steht auf einmal hinter Papa, ihre Handtasche unter den Arm geklemmt. In ihren Augen glimmt ein Feuer.

31. KAPITEL

Julia

»Könnte mir mal jemand erklären, was zum Teufel hier eigentlich los ist?«, ruft Papa zum x-ten Mal, während wir durchs Brüsseler Stadtzentrum hasten.

Immer wieder wechsele ich die Richtung, biege in Seitenstraßen ab, in die sich nur selten Touristen verirren, halte nach Drohnen und menschlichen Verfolgern Ausschau, ohne dass mir etwas Verdächtiges auffällt. Alle elektronischen Geräte, die ich nicht zerstört habe, sind im Hotel zurückgeblieben. Wir sollten also einigermaßen sicher sein, zumindest für den Augenblick.

Ich zeige auf ein kleines Café. »Lasst uns dort reingehen. Da können wir hoffentlich ungestört reden.«

Die Frühstückszeit ist schon vorbei und die meisten Tische sind leer. Wir setzen uns in eine Ecke und bestellen Milchkaffee für mich, einen Espresso für Papa und einen Tee für Mama. Während wir auf die Getränke warten, erzähle ich, was ich gesehen habe.

»Das … das kann nicht sein!«, sagt Papa. »Bist du sicher? Das hier ist hoffentlich kein Versuch, mich umzustimmen und gegen Henning Jaspers aufzubringen, oder? Denn wenn es das ist, möchte ich sagen, dass ich nicht versuchen werde, Druck auf

Mama auszuüben, um sie zu überzeugen. Wenn ihr beide der Meinung seid, dass Manuel die Chance nicht bekommen soll, die ihm Henning Jaspers bietet, dann …«

Es verletzt mich, dass er auch nur in Erwägung zieht, ich könnte mir diese Geschichte ausgedacht haben.

»Sag mal, hast du nicht gehört, was Julia gerade erzählt hat?«, geht Mama dazwischen. »Henning Jaspers ist ein Betrüger! Er hatte nie vor, unseren Sohn zu retten!«

»Das wissen wir doch gar nicht!«, widerspricht Papa. »Wer immer Julia diesen mysteriösen Link geschickt hat, könnte versuchen, ihn als Betrüger dastehen zu lassen. Vielleicht waren es diese religiösen Spinner …«

»Und du glaubst, Leute, die Technik ablehnen, wären in der Lage, eine virtuelle Version von Manuel zu erschaffen?«, schalte ich mich ein. »Noch dazu eine, die so gut ist, dass sie einen Moment lang sogar mich getäuscht hat?«

»Aber … aber warum sollte Jaspers so etwas tun?«

»Ist das nicht offensichtlich?«, fragt Mama. »Er hat vor, die Leute zu belügen. Er will so tun, als würde der Transfer von Manuels Geist in die Maschine gelingen. Bei dem Scan wird Manuels Gehirn zerstört, aber das ist ihm egal. Auch an den dabei gewonnenen Daten ist er gar nicht wirklich interessiert. Ein halbes Jahr nach Manuels Tod wird er einfach diese … Marionette aus dem Hut zaubern, die Julia gesehen hat. Alles, was bis jetzt passiert ist – die Holos, die Talkshow, vielleicht sogar die Entführung –, war bloß Marketing für seinen großen Coup. Und die Leute werden ihm die Geschichte abkaufen. Kannst du dir ein Produkt vorstellen, für das die Menschen mehr Geld bezahlen würden als für ewiges Leben?«

»Das ist doch absurd! Henning Jaspers ist steinreich. Er hat es nicht nötig, Leute derart zu betrügen!«

»Woher willst du das wissen? Er wäre nicht der Erste, der sich seinen angeblichen Reichtum bloß zusammengeborgt hat. Vielleicht steht er unter Druck.«

»Aber so ein Betrug würde doch nie funktionieren!«, protestiert Papa und wirft die Hände in die Luft.

»Ach nein? Mir scheint, du bist bereits auf diesen Betrug hereingefallen, genau wie Julia, Manuel und – ich gebe es zu – zeitweise sogar ich. Zwar habe ich Jaspers nie wirklich vertraut, aber eine Zeit lang habe ich wider besseres Wissen gehofft, es könnte vielleicht doch funktionieren. Und weißt du, warum? Weil wir alle das glauben wollen, von dem wir uns wünschen, dass es wahr ist. Den Leuten ewiges Leben zu verkaufen, war schon immer ein gutes Geschäft. Im Mittelalter haben die Ablasshändler damit Geld verdient, später Sektengründer und Esoteriker. Und jetzt kommt Henning Jaspers und behauptet, er könnte die Menschen durch Computertechnik unsterblich machen. Er ist nichts als ein Scharlatan, der unseren Sohn für seinen Betrug missbraucht!«

Papa schüttelt den Kopf. »Aber ... das wäre der Schwindel des Jahrhunderts!«

»Wie sonst willst du erklären, dass es eine virtuelle Version von Manuel gibt?«, frage ich. »Ich habe mit ihr geredet. Es war seine Stimme, sogar die Mimik stimmte. Es war fast perfekt.«

»Und wie bitte soll Jaspers das hinbekommen haben? Er konnte doch Manuels Gehirn noch gar nicht scannen!«

»Das ist dafür auch gar nicht nötig«, erwidere ich. »Manuel hat viele Stunden in dem Simpod in Hennings Labor verbracht. Er hat seinen virtuellen Avatar nur mit den Gedanken gesteuert. Diese Gedanken wurden bestimmt aufgezeichnet, so wie jede seiner Regungen, seine Gesichtsausdrücke und seine Stimme. Es war wahrscheinlich ein Leichtes für Henning und seine Leute, ein Computerprogramm zu schreiben, das Manuel imitieren kann. Womöglich ist das … Ding … mit dem ich geredet habe, nur eine frühe, vorläufige Version. Es hat gesagt, das Scannen habe ein halbes Jahr gedauert. So lange hätte Henning also noch Zeit, es zu testen und zu verbessern. Ich bin sicher, das Ding hätte am Ende jeden getäuscht. Sogar uns.«

»Und diese angebliche Manuel-Imitation ist plötzlich nicht mehr auffindbar? Bist du sicher, dass du … dass du dich nicht irrst? Ich meine, könnte es nicht sein, dass du auf der Parkbank eingenickt bist, und …«

»Da siehst du es!«, sagt Mama. »Du willst die Wahrheit einfach nicht akzeptieren. Du vertraust lieber diesem Scharlatan als deiner eigenen Tochter!«

»Pavlov muss gemerkt haben, dass ich mit dem Ding gesprochen habe. Ich könnte dir die Eingangsbox meiner Textnachrichten zeigen. Die Nachricht ist noch da, auch wenn der Link nicht mehr funktioniert. Aber ich befürchte, dass uns Hennings Leute aufspüren könnten, wenn ich mich von einem öffentlichen Holoterminal aus in meinen Account einlogge.«

»Du denkst doch nicht, dass er uns wirklich etwas antun würde?«, fragt Papa. »Das hier ist schließlich kein Hollywood-film!«

»Bist du wirklich so naiv?«, fragt Mama. »Hier geht es um viele Milliarden Euro, um den größten Schwindel aller Zeiten, wie du richtig festgestellt hast. Und Julia ist dem Betrüger auf die

Schliche gekommen. Meinst du, der würde davor zurückschrecken, ihr etwas anzutun?«

Stumm und mit bleichem Gesicht starrt Papa ins Leere. Es scheint, als würde die Wahrheit allmählich auch in sein Bewusstsein sinken. Mama ist klug genug zu schweigen.

»Aber die Entführung«, wendet er ein. »Warum hätte Jaspers das machen sollen? Er hätte doch bloß warten müssen, bis Manuel ... bis er von selbst ...«

»Vielleicht ging es ihm nicht schnell genug«, werfe ich ein.

»Und die Befreiungsaktion? Wie soll er die denn inszeniert haben? Mit all den Leuten, die wir gesehen haben? Wenn das alles Schauspieler waren, dann wären das aber für so einen groß angelegten Betrug verdammt viele Menschen, die unliebsame Zeugen sein könnten.«

Über diese Frage habe ich bereits nachgedacht, während wir durch die Stadt geirrt sind. Die Lösung ist mir erst gerade eben eingefallen, als ich Papa erklärte, wie Henning den Fake-Manuel erschaffen haben könnte.

»Was wir gesehen haben, war womöglich auch nur eine Simulation«, erkläre ich. »Wahrscheinlich war es bloß eine Szene aus seinem Spiel, *Team Defense*. Die Leute in dem Dorf waren NPCs.«

»NPCs?«, fragt Mama.

»Non-Player Characters. Computergesteuerte Spielfiguren, die im Spiel entweder die Gegner sind oder unbeteiligte Zivilisten. Mit einem hochauflösenden Headset wie dem in Hennings Labor sind sie nicht von echten Menschen zu unterscheiden, jedenfalls auf den ersten Blick und bei schlechter Beleuchtung. Auch so ein Dorf in den Bergen ist wahrscheinlich irgendwo in der virtuellen Spielwelt bereits vorhanden. Henning Jaspers musste uns also nur eine etwas modifizierte Szene aus seinem Computerspiel vorführen, um uns die Rettungsaktion vorzugaukeln. Und wir sind darauf reingefallen.«

Papa sitzt eine Weile stumm da.

»Du hast recht«, sagt er schließlich. »Verdammt noch mal, du hast recht! Ich weiß sogar noch, dass ich zwischendurch gedacht habe, das ist ja wie in einem Hollywoodfilm. Oder in einem Computerspiel.« Sein Gesicht verzieht sich vor Wut. »Dieses Schwein! Dieses miese Schwein! Mein Gott, ich … ich war ja so ein Idiot!«

Ich werfe einen Blick zu Mama. In ihrer Miene liegt kein Triumph, sondern nur Erleichterung darüber, dass Papa nun endlich auch die Wahrheit erkennt. Vielleicht kann der gemeinsame Feind Henning Jaspers die beiden einander wieder näherbringen. Ob es reicht, den tiefen Riss in ihrer Beziehung zu kitten, hängt vor allem davon ab, ob es uns gelingt, Manuel aus den Händen dieses Verbrechers zu befreien.

Papa starrt ins Leere. »Eines steht fest: Wenn das wirklich wahr ist, dann … dann … hat Jaspers kein Interesse daran, dass unser Sohn jemals wieder aufwacht.«

Meine Hand verkrampft sich um den Kaffeebecher. »Wir müssen ihn da rausholen!«

»Und wie willst du das anstellen? Denkst du, wenn wir hingehen und Henning Jaspers des Betrugs bezichtigen, wird er ihn uns einfach so überlassen?«

»Es ist immerhin unser Sohn!«, ruft Mama. »Er … er kann ihn doch nicht …«

»Wer ist hier jetzt naiv?«, fragt Papa. »Wenn Henning Jaspers wirklich der größte Gauner aller Zeiten ist, dann wird er uns nicht zu Manuel lassen.«

»Wir müssen zur Polizei gehen«, sage ich.

»Und dann? Angenommen, die glauben uns – was ich keineswegs für sicher halte –, dann werden sie vielleicht jemanden zu dieser Firma schicken. Und, oh Wunder, man wird behaupten, Manuel sei nicht dort und nie dort hingebracht worden. Womöglich können wir mit ganz viel Glück einen Durchsuchungsbeschluss erwirken, doch bis der vollstreckt wird, hat Jaspers Manuel längst woanders hinbringen lassen. Vermutlich wird er ihn töten und irgendwo verscharren.«

»Was sollen wir denn sonst tun?«, frage ich. »Wenn Henning Manuel einfach umbringt ...«

»Wir brauchen einen Beweis, etwas, mit dem wir Jaspers unter Druck setzen können. Wir müssen denjenigen finden, der dir die Nachricht geschickt hat. Er hat offenbar ein Interesse daran, dass die Wahrheit ans Licht kommt. Und er weiß vielleicht genug, um das Schwein des Betrugs und der Entführung unseres Sohnes zu überführen.«

»Aber warum geht derjenige dann nicht gleich zur Polizei?«, fragt Mama.

Papa zuckt mit den Schultern. »Wer weiß, vielleicht hat Jaspers auch ein Druckmittel gegen ihn. Wie auch immer, er oder sie ist die einzige Hoffnung für uns, Manuel jemals lebend wiederzusehen.«

Doch alles, was wir haben, ist eine kryptische Mail mit dem Namen eines Mannes als Absender, der seit fast 80 Jahren tot ist.

32. KAPITEL

Julia

Eine halbe Stunde später stehen wir in einem heruntergekommenen Laden, der neben modernen Gadgets auch ein paar altertümliche Netzterminals anbietet, die noch richtige Plastiktastaturen und Bildschirme ohne Kamera haben, sodass man als Nutzer noch wirklich anonym bleiben kann. Papa sitzt vor einem der Geräte, Mama und ich beugen uns über seine Schultern. Er sagt, es sei lange her, seit er einen Suchbegriff in das Google-Fenster eingegeben habe, aber es funktioniert immer noch. »Alan Turing« bringt eine lange Liste mit Treffern – Holos, 2-D-Videos und Texte über den großen Mathematiker, die uns nicht weiterbringen. Doch als er »Alan Turing Brüssel« eingibt, ist gleich das erste Ergebnis ein Volltreffer:

Von Turing bis METIS – 80 Jahre künstliche Intelligenz
Eine Ausstellung im Atomium Brüssel
01.06. bis 30.09.2031
Täglich von 10 bis 18 Uhr
Eintritt frei

Mein Herz schlägt schneller vor Aufregung.

»Der Absendername war ein Hinweis«, stelle ich fest. »Nicht

nur auf den Turing-Test, sondern auch auf diese Ausstellung, da bin ich sicher.«

»Möglich«, meint Papa. »Aber was genau soll das bringen? Meinst du etwa, unser unbekannter Hinweisgeber ist dort?«

»Ich weiß es nicht. Wir sollten auf jeden Fall hinfahren.«

»Ist das nicht zu gefährlich?«, wendet Mama ein. »Vielleicht hatten Jaspers' Leute dieselbe Idee. Was, wenn sie uns dort auflauern?«

»Das ist das Atomium«, erwidert Papa. »Die meistbesuchte Touristenattraktion in Brüssel. Selbst wenn seine Leute dort sind, werden sie uns kaum in aller Öffentlichkeit umbringen.«

»Da wäre ich mir nicht so sicher.«

»Wir müssen es riskieren«, sage ich. »Für Manuel.«

Also fahren wir mit der Metro zu Brüssels bekanntestem Wahrzeichen. Das Gebilde aus glänzenden Metallkugeln und Röhren ist eindrucksvoller, als ich erwartet habe. Eine lange Schlange von Besuchern wartet darauf, mit dem Fahrstuhl in die oberste Kugel fahren zu dürfen, von der aus man einen tollen Ausblick über Brüssel haben soll. Wir ignorieren sie und betreten den kleinen Ausstellungspavillon neben den Kassen.

Dafür, dass sie sich mit modernster Technik beschäftigt, wirkt die Ausstellung ziemlich veraltet: Tafeln mit Fotos und kurzen Texten in Französisch, Flämisch und Englisch informieren über die Anfänge der künstlichen Intelligenz. Eine Seite aus Turings berühmtem Aufsatz *Computing Machinery and Intelligence* aus dem Jahr 1950, in dem er den nach ihm benannten Test beschreibt, ist zu sehen, daneben eine Tafel, die Turings Leben schildert. Ich erfahre, dass der Mann, der den Enigma-Code knackte und dadurch unzählige Menschenleben rettete, nach dem Krieg wegen seiner damals illegalen Homosexualität zu einer chemischen Kastration verurteilt wurde, zwei Jahre später Selbstmord beging und erst fast 60 Jahre nach seinem Tod durch die britische Königin offiziell rehabilitiert wurde. Schwarz-Weiß-Fotos einer Konferenz im Jahr 1956 sind zu sehen, ein 50 Jahre alter Schachcomputer, ein altmodisches Tastatur-Terminal, an dem man mit einem Programm namens *Eliza* chatten kann. Auf einem virtuellen Spielbrett kann man gegen ein Programm namens *AlphaZero* Schach spielen. Eine Texttafel informiert darüber, dass sich dieses Programm im Dezember 2017 das Schachspielen ohne jede menschliche Hilfe selbst beigebracht hat und nach gerade mal vier Stunden Lernzeit bereits besser war als der beste menschliche Spieler der Welt.

Die wenigen Menschen, die die Ausstellung besuchen, werfen kurze Blicke darauf. Das spektakulärste Exponat ist eine Holoprojektion eines übergroßen weiblichen Gesichts, über dem die Buchstaben METIS schweben. Als ich mich ihm nähere, sagt es: »Hallo, junge Dame. Wie kann ich dir helfen?«

Aufs Geratewohl frage ich: »Wer ist Alan Turing?«

»Alan Turing war ein britischer Logiker, Mathematiker, Kryptoanalytiker und Informatiker«, erwidert das Gesicht. »Er gilt als einer der Begründer der Informatik. Turing wurde am 23. Juni 1912 geboren und starb am 7. Juni 1954 durch Suizid. Möchtest du mehr über ihn wissen?«

»Alan Turing hat mir eine E-Mail geschrieben. Was weißt du darüber?«

»Das ist unmöglich. Zu Alan Turings Lebzeiten gab es noch keine E-Mails.«

Wir sehen uns noch eine Weile um, doch wir finden keinen

Hinweis auf den Absender der Textnachricht. Diese Ausstellung ist offensichtlich eine Sackgasse. Vielleicht ist es doch bloß Zufall, dass sie gerade jetzt stattfindet.

»Was machen wir jetzt?«, frage ich, als wir den Pavillon verlassen.

»Wir sollten einfach zu dieser Firma fahren und so tun, als wüssten wir von nichts«, schlägt Papa vor. »Vielleicht lassen sie uns zu Manuel. Und wenn wir bei ihm sind …«

Ein Surren lässt ihn innehalten. Eine kleine gelbe Drohne schwirrt um uns herum, nur ein Spielzeug, wie man es für ein paar Euro an jedem Kiosk kaufen kann.

Die Drohne fliegt genau auf mich zu, stößt gegen meine Brust und fällt dann zu Boden. Als ich sie aufhebe, entdecke ich eine Ziffernfolge und die Buchstaben »AT«, die mit schwarzem Filzstift auf das Plastikgehäuse geschrieben wurden.

»Eine Telefonnummer«, vermutet Papa, als ich ihm die Drohne zeige. Er blickt sich um. »Das Ding hat sicher keine große Reichweite. Wer immer es zu dir gelenkt hat, muss noch irgendwo hier in der Nähe sein.«

»Wir sollten die Nummer anrufen«, sage ich.

»Wir haben dummerweise keinen Kommunikator, nicht mal ein Mobiltelefon.«

»Dann lass uns eins kaufen«, schlägt Mama vor.

»Okay«, stimmt Papa zu. »Ich glaube, dieser altmodische Laden, in dem wir vorhin waren, hatte noch welche.«

Wie sich herausstellt, verkauft der Laden tatsächlich noch alte Mobiltelefone mit winzigen 2-D-Displays und Wähltasten, die nur Sprachkommunikation erlauben. Dazu gibt es eine Prepaid-SIM-Karte, für die man sich nicht persönlich registrieren muss. Ich dachte immer, so was sei mittlerweile illegal.

Sicherheitshalber bezahlt Papa mit Bargeld. Ich komme mir vor wie eine Kriminelle.

Als wir in einem kleinen Park stehen, in dem wir verdächtige Personen schon von Weitem erkennen könnten, reicht Papa mir das Handy. »Hier. Wer immer dieser Typ ist, der sich als Alan Turing ausgibt, er hat dir die Nachricht geschickt und auch die Drohne zu dir gelenkt. Also ruf du ihn an.«

Ich wähle die Nummer und halte das Gerät ans Ohr. Es tutet ein paarmal, dann meldet sich eine Stimme, die ich sofort wiedererkenne.

»Hallo, Julia«, meldet sich Dr. Berenboom. »Sag nichts, hör nur zu. Wir müssen reden. Komm zum Place Quetelet. Dort ist das Büro des Notars Dr. Robert Dijkgraaf. Er ist ein Freund von mir. Wir treffen uns dort in einer halben Stunde.«

Bevor ich antworten kann, erklingt ein rhythmisches Tuten. Er hat aufgelegt.

Kurz darauf sitzen wir im etwas altmodisch und staubig wirkenden Büro eines älteren Herrn, der kein Deutsch und nur schlecht Englisch spricht, uns aber sehr höflich behandelt. Berenboom ist noch nicht da und der Notar scheint nicht zu wissen, wo er ist und worum es überhaupt geht. Wir sagen nichts, warten einfach nur. Doch der verabredete Zeitpunkt ist bereits vor einer Viertelstunde verstrichen.

»Bist du sicher, dass du es richtig verstanden hast?«, fragt Papa gerade, als die Tür aufgeht und ein Mann in einem grauen Jogginganzug eintritt. Er ist glatt rasiert, trägt eine schwarze Wollmütze und eine altmodische Brille mit dicken Gläsern. Erst als er Mütze und Brille abnimmt, erkenne ich ihn wieder.

»Entschuldigen Sie bitte die Verspätung, aber ich musste auf

Nummer sicher gehen«, sagt Berenboom, dann umarmt er den Notar und wechselt ein paar Worte auf Flämisch mit ihm.

»Was ist mit Manuel?«, fragt Mama.

»Als ich ihn gestern Abend zuletzt gesehen habe, war sein Zustand stabil«, erklärt der Arzt. »Doch ich kann natürlich nicht dafür garantieren, dass es immer noch so ist. Er wurde in ein künstliches Koma versetzt. In Verbindung mit seiner Krankheit ist das ziemlich riskant.« Er schüttelt den Kopf, als könnte er das alles selbst nicht fassen. »Ich nehme an, Sie fragen sich, warum ich so eine Geheimniskrämerei betreibe, um mich mit Ihnen zu treffen. Es ist leider so, dass Ihr Sohn für einen groß angelegten Betrug missbraucht werden soll. Und ich bin Teil dieses Betrugs.«

Er erzählt uns, was Henning Jaspers vorhat, und bestätigt weitgehend, was wir uns selbst zusammengereimt haben. Nur die Entführung war überraschenderweise nicht von Henning inszeniert. Manuel war tatsächlich im Stillachtal und die Befreiungsaktion wurde wirklich durchgeführt. Aber als er aus einer Gefängniszelle der Erweckten befreit wurde, war Manuel nach Aussage von Dr. Berenboom bei vollem Bewusstsein. Also ist das, was wir gesehen haben, doch ein Fake gewesen, während der echte Einsatz womöglich ganz anders abgelaufen ist.

»Eines Tages entdeckte ich durch einen Zufall die Zugangsdaten zu einem geheimen Server, auf dem ich unter anderem die Simulation des falschen Manuels fand«, fährt der Arzt fort. »Als ich den *Nofinity*-Gründer, Alain Giles, darauf ansprach, erklärte er mir, dies sei nur ein Test für das spätere Benutzerinterface. Ich Dummkopf habe ihm geglaubt. Doch als dann Manuel hergebracht wurde, wies er mich an, ihn im künstlichen Koma zu lassen und zu verhindern, dass er aufwacht. Da erst wurde mir klar, auf was für ein teuflisches Spiel ich mich eingelassen hatte.«

»Aber warum haben Sie uns nicht gleich informiert oder die Polizei?«, fragt Mama. »Warum haben Sie weiter mitgemacht?«

Berenboom senkt den Blick. »Diese Leute haben mich in der Hand. Ich war glücksspielsüchtig, habe mein ganzes Geld verspielt, hohe Schulden gemacht und meine Ehe ruiniert. Als mir Giles den Job in seiner Firma anbot, war ich am Boden. Sie bezahlten meine Schulden und ich konnte meinen Kindern eine Ausbildung finanzieren. Dafür war ich dankbar, denn ich hatte damals noch keine Ahnung, dass ich einen Pakt mit dem Teufel geschlossen hatte. Die Idee, einen menschlichen Geist in eine Maschine zu transferieren, hielt ich von Anfang an für undurchführbar. Das habe ich auch gesagt, doch ich habe mir nicht allzu viele Gedanken gemacht, weil ich sicher war, dass das niemals wirklich versucht werden würde, jedenfalls nicht, solange ich diesen Job hatte. Die Versuchstiere, die wir umbrachten, taten mir leid, aber ich redete mir ein, dass wir wichtige neurologische Grundlagenforschung betrieben, und eine Weile stimmte das auch. Tatsächlich haben wir neue Erkenntnisse gewonnen und das Scanverfahren immer weiter verbessert. Aber dann kam Manuel auf den Plan.«

Der Arzt nimmt einen Schluck Wasser, bevor er fortfährt: »Ich konnte es kaum glauben, als Giles mir sagte, wir würden spätestens in ein paar Monaten ein menschliches Gehirn scannen. Als ich protestierte und darauf hinwies, wir seien noch längst nicht so weit, machte er mir klar, dass ich nicht nur meinen Job verlieren, sondern auch nie wieder einen anderen finden würde, wenn ich mich weigerte. Also habe ich das Spiel mitgespielt.

Doch jetzt ist es genug. Lieber gehe ich für das, was ich getan habe, ins Gefängnis, als die Mitschuld an einem Mord zu tragen.«

»Wir müssen sofort zu Manuel!«, sagt Mama. »Wir können ihn nicht in den Händen dieses Gauners lassen!«

Berenboom nickt. »Da haben Sie recht, und deshalb habe ich Julia kontaktiert. Ich habe mich für heute krankgemeldet und hoffte, dass es nicht auffallen würde. Aber ich fürchte, Giles und Jaspers wissen bereits, dass ich ihren Plan verraten habe. Womöglich haben sie Manuel schon an einen anderen Ort gebracht, für den Fall, dass ich zur Polizei gehe. Deshalb scheidet dieser Weg aus.«

»Aber was sollen wir denn dann tun?«

»Ich fürchte, es gibt nur einen Weg, Ihren Sohn zu retten«, sagt Berenboom. »Wir müssen einen Deal mit dem Teufel machen.«

33. KAPITEL

Julia

Die junge Frau hinter dem Empfangstresen von *Nofinity* wirft uns immer wieder nervöse Blicke zu. Papa hat ihr in sehr deutlichen Worten klargemacht, dass wir sofort zu Manuel wollen.

»Monsieur Giles wird sicher gleich für Sie da sein«, behauptet sie. Es klingt, als sagte sie es mehr, um sich selbst zu beruhigen.

Nach einer Viertelstunde kommt der Firmengründer endlich mit einem unechten Lächeln und ausgestreckter Hand auf uns zu.

»Guten Tag, Madame, Monsieur. Sie haben sich umsonst herbemüht, ich befürchte. Leider es ist zurzeit nicht möglich, Ihren Sohn zu sehen. Wir untersuchen gerade sein Gehirn. Eine sehr komplizierte und, wie sagt man, langzeitige Prozedur. Am besten, Sie kommen zurück morgen.«

»Wir möchten sofort mit Herrn Jaspers sprechen«, fordert Papa mit ruhiger Stimme, die einen unverkennbar drohenden Unterton hat.

»Oh, es tut mir leid, aber Herr Jaspers ist nicht hier. Er ist bereits geflogen nach Hamburg, wegen eine dringende Termin heute. Ich soll Sie grüßen von ihm.«

»Lügen Sie uns nicht an!«, sagt Papa immer noch ruhig, aber mit vor Zorn bebender Stimme. »Wir wissen, was hier gespielt wird. Wir haben mit Dr. Berenboom gesprochen.«

Giles erbleicht. »Dr. Berenboom, er arbeitet nicht mehr hier. Wir mussten ihn entlassen leider, weil er hat wichtige Daten entwendet. Möglicherweise er hat Ihnen irgendwelche Lügen erzählt, aber ich versichere Ihnen ...«

»Sie haben jetzt genau zwei Möglichkeiten«, erklärt Papa. »Entweder Sie bringen uns zu Henning Jaspers oder ich rufe die Polizei. Dr. Berenbooms eidesstattliche Aussage wurde von einem Notar aufgenommen, genau wie unsere. Sie haben es in der Hand, ob wir Sie wegen Freiheitsberaubung und versuchten Mordes anzeigen.«

»Aber ... das können Sie nicht ...«

»Doch, das können wir, glauben Sie mir. Egal, wie viel Geld Herr Jaspers für Anwälte ausgibt, es wird nicht reichen, um Sie und ihn vor dem Gefängnis zu bewahren, wenn Sie jetzt nicht sofort tun, was wir verlangen.«

Der Gründer starrt uns einen Moment lang an. »Warten Sie«, sagt er und verschwindet wieder.

Die Empfangsdame beschäftigt sich konzentriert mit irgendwelchen Unterlagen. Wahrscheinlich wünscht sie sich gerade ganz weit weg.

Es dauert nicht lange und Giles kehrt zurück. »Kommen Sie bitte.«

Er führt uns in den Konferenzraum, in dem wir bei unserem ersten Besuch hier gewartet haben. Henning empfängt uns dort. Er lächelt, doch seine Augen sind hart.

»Manuel ist leider nicht hier«, behauptet er anstelle einer Begrüßung. »Wir mussten ihn an einen anderen Ort verlegen, um eine komplizierte MRT-Untersuchung seines Gehirns ...«

»Sparen Sie sich das und hören Sie mir genau zu!«, unterbricht ihn Papa. »Wir wissen, was Sie vorhaben. Julia hat mit dem Fake-Manuel gesprochen. Ihre Aussage liegt bei einem Notar unter Verschluss, ebenso wie die von Dr. Berenboom.«

Henning macht ein erstauntes Gesicht. »Was ich vorhabe? Was habe ich denn Ihrer Meinung nach vor?«

»Sie wollen den Transfer von Manuels Geist vortäuschen. Sie haben einen Bot entwickelt, der vorgibt, er sei Manuel. Den wollen Sie ein halbes Jahr nach Manuels Tod der staunenden Öffentlichkeit präsentieren und so tun, als wäre der Transfer gelungen und Sie hätten es geschafft, den Tod zu besiegen. Daraufhin würden Ihnen Investoren und reiche Kunden das Geld nur so hinterherwerfen. Es wäre der größte Trickbetrug aller Zeiten.«

Henning lacht unecht. »Das ist doch wohl hoffentlich ein Scherz!«

»Wir finden das kein bisschen lustig«, sagt Mama eisig.

Schlagartig verhärtet sich Hennings Miene. Seine Stimme ist plötzlich ebenso eiskalt wie die von Mama. »Nach allem, was ich für Sie und Ihren Sohn getan habe, kommen Sie hierher und bezichtigen mich eines ungeheuerlichen Verbrechens! Wollen Sie sich wirklich mit mir anlegen? Glauben Sie mir, ich weiß, wie man juristische Auseinandersetzungen gewinnt!«

»Das glaube ich Ihnen aufs Wort«, erwidert Mama. »Aber hier geht es nicht um irgendwelche abstrakten Rechtsstreitigkeiten. Hier geht es um unseren Sohn. Ich schwöre Ihnen, kein Anwalt der Welt wird Ihnen helfen können, wenn Manuel etwas zustößt!«

»Ihnen sollte hoffentlich klar geworden sein, dass der Betrug nicht mehr funktionieren kann«, schaltet sich Papa ein. »Unsere Aussagen liegen sicher verwahrt bei einem Notar. Sollte uns oder Manuel etwas passieren, werden sie sofort veröffentlicht. Wir werden dafür sorgen, dass kein Investor auf der Welt Ihnen noch vertraut. Niemand wird mehr auf Ihren Schwindel hereinfallen. Sie können uns vielleicht verklagen, aber Sie können nicht verhindern, dass wir der Welt Ihr wahres Gesicht zeigen.«

Henning zieht eine Grimasse der Wut und für einen Moment hat er tatsächlich etwas Dämonisches. Doch dann hat er sich wieder im Griff und seine Miene wird neutral. Mit ruhiger Stimme fragt er: »Was wollen Sie eigentlich von mir? Wollen Sie mich erpressen?«

»Alles, was wir wollen, ist Manuel«, erkläre ich.

»Wir haben kein Interesse an einem Rechtsstreit mit Ihnen«, bestätigt Papa. »Wenn Sie uns unseren Sohn wohlbehalten zurückgeben und nicht noch einmal versuchen, einen ähnlichen Betrug durchzuziehen, werden wir nichts gegen Sie unternehmen. Ach ja, und lassen Sie auch Dr. Berenboom in Ruhe.«

»Und woher soll ich wissen, dass Sie nicht doch mit Ihrer absurden Geschichte zur Polizei oder an die Öffentlichkeit gehen, sobald Sie Ihren Sohn zurückhaben?«

»Wie gesagt, wir haben kein Interesse daran, uns mit Ihnen herumzustreiten. Das würde uns bloß unnötig Geld und Zeit kosten, die wir lieber in die letzten Monate mit unserem Sohn investieren. Außerdem wäre es schwierig, Ihnen einen Betrug nachzuweisen, den Sie noch gar nicht begangen haben. Und Sie haben ja schon darauf hingewiesen, dass Sie wissen, wie man juristische Auseinandersetzungen gewinnt. Also bringen Sie uns jetzt sofort zu Manuel! Es ist die beste Chance, die Sie haben, einigermaßen unbeschadet aus dieser Sache herauszukommen!«

Henning mustert uns stumm. Seine Gesichtsmuskeln zucken,

als könnte er die Wut in seinem Inneren kaum zurückhalten. »Also schön. Ich nehme zur Kenntnis, dass Sie Ihre Zustimmung zur weiteren Behandlung Ihres Sohnes durch *Nofinity* zurückziehen. Selbstverständlich ist das Ihr gutes Recht. Ich veranlasse sofort den Transport Ihres Sohnes nach Hamburg. Ich werde auch darauf verzichten, Ihnen die bisherigen Leistungen in Rechnung zu stellen. Aber erwarten Sie nach Ihren absurden Anschuldigungen bitte keine weitere Unterstützung von mir. Ich war leichtsinnig genug, Ihnen gegenüber großzügig zu sein. Diesen Fehler werde ich nicht noch einmal begehen.« Er beugt sich vor. »Und sollten Sie versuchen, mit Ihren falschen Anschuldigungen an die Öffentlichkeit zu gehen oder mich in irgendeiner anderen Form anzugreifen, werde ich Sie fertigmachen, das können Sie mir glauben!«

»Drohen Sie uns ruhig, so viel Sie möchten«, erwidert Mama kühl. »Aber geben Sie uns unseren Sohn zurück!«

34. KAPITEL

Manuel

Es ist dunkel und kalt. Von irgendwoher erklingt dumpf ein rhythmisches Piepen. Ich weiß nicht, wo ich bin oder wie ich hierhergekommen bin. Erinnerungsfetzen ziehen durch meinen Kopf wie Reste düsterer Träume: ein Keller, Einsamkeit, Licht, das durch ein schmales Fenster fällt und über die Wand tanzt, eine Nonne, die sich mit besorgter Miene über mich beugt, ein Mädchen – ihr Name fällt mir wieder ein: Edina! –, die Hand in Hand mit mir über eine Blumenwiese spaziert. Aber das muss tatsächlich ein Traum gewesen sein, denn ich kann schon lange nicht mehr spazieren gehen. Der Druck auf meiner Brust erinnert mich daran, dass mir die Zeit unaufhaltsam davonläuft.

Die Kälte verschwindet allmählich, wird zu Wärme, die rasch zunimmt und sich von wohlig in unangenehm verwandelt, bis mein ganzer Körper in Flammen zu stehen scheint. Ich schnappe nach Luft, reiße die Augen auf, während das Piepen hektischer wird und mehrere Alarmtöne gleichzeitig erklingen.

Meine Sicht ist verschwommen. Ich bin in einem Raum mit weißen Wänden. Auch die Decke über mir ist grellweiß. Eine Gestalt beugt sich über mich, ihr Gesicht undeutlich.

Langsam klingen die brennenden Schmerzen ab und weichen einem nervtötenden Kribbeln am ganzen Körper. Ich möchte mich überall kratzen, aber meine Arme zucken bloß nutzlos herum. Jetzt fällt mir wieder ein, was geschah, bevor mir schwarz vor Augen wurde: Der Mann in der schwarzen Uniform hat mir eine Maske aufs Gesicht gedrückt, doch es war kein Sauerstoff, der daraus in meine Lungen drang, sondern ein süßlich-künstlich riechendes Gas. Man hat mich betäubt.

»Manuel?«, fragt die Gestalt mit einer markanten männlichen Stimme, die mir vage bekannt vorkommt.

»Wo …?« Mehr schaffe ich nicht.

»Du bist im UKE in Hamburg, in Sicherheit«, erklärt der Arzt. Jetzt erkenne ich auch sein Gesicht, das ohne den Bart im ersten Moment fremd wirkte: Es ist Dr. Berenboom von *Nofinity*. Aber wieso behauptet er, ich sei in Hamburg?

»Warte einen Moment, ich hole deine Schwester.«

Der Arzt verlässt den Raum und kurz darauf steht Julia an meinem Bett und macht ein Gesicht, als wäre sie sich nicht sicher, ob ich nur eine Illusion bin und im nächsten Augenblick wieder verschwinde.

»Manuel!«, ruft sie und Tränen laufen über ihre Wangen. »Sag mal, kannst du auch was anderes, als den ganzen Tag zu pennen?«

Ich muss lächeln. »Zum … Fußball…spielen hatte … ich heute … keine Lust«, bringe ich keuchend heraus und obwohl der Witz ziemlich erbärmlich klingt, zaubert er ein breites Grinsen in Julias Gesicht.

»Du … du machst mich echt fertig!«, erwidert sie und dann hält sie es nicht mehr aus und umarmt mich schluchzend.

Mama und Papa kommen eine halbe Stunde später. Wie sich herausstellt, ist es mitten in der Nacht. Ich liege bereits seit drei Tagen im UKE, wo man mich sehr behutsam aus dem künstlichen

Koma geholt hat. Währenddessen haben Julia und meine Eltern abwechselnd an meinem Bett Wache gehalten. Ausgerechnet in dem Moment, als ich aufwachte, war Julia kurz auf der Toilette.

Als sie mir erzählen, was nach der vermeintlichen Befreiungsaktion geschehen ist, dass ich vom Regen in die Traufe geraten bin und Henning Jaspers mich beinahe für seine Betrugsmasche geopfert hätte, kann ich es kaum fassen. Ich schwanke zwischen Wut, Erleichterung und Enttäuschung darüber, dass sich meine Hoffnung, mit meinem Leben doch noch einen wertvollen Beitrag für die Wissenschaft leisten zu können, nun in Luft aufgelöst hat. Es war wohl von Anfang an bloß Wunschdenken. Aber ich bin froh darüber, wieder bei meiner Familie zu sein.

Nach etwa einer Stunde ermahnt Dr. Berenboom Julia und meine Eltern, dass ich Ruhe bräuchte. Und obwohl – oder vielleicht weil – ich so lange bewusstlos war, fühle ich mich tatsächlich sehr müde. Kaum dass sie das Zimmer verlassen haben, sinke ich wieder in den Schlaf. Doch diesmal ist er nicht kalt und schwer, sondern leicht und erholsam.

Als ich am nächsten Tag aufwache, bin ich mir im ersten Moment nicht sicher, ob ich die ganze Episode mit der Entführung nicht bloß geträumt habe. Aber die Realität holt mich schnell wieder ein. Mama, Papa und Julia haben den Rest der Nacht im Krankenhaus verbracht und sind sofort an meinem Bett. Mir fällt auf, dass meine Eltern sich wieder häufiger ansehen, einander hin und wieder sogar berühren. Jetzt, wo sich Papas Idee als Illusion herausgestellt hat, gibt es anscheinend nichts mehr, über das sie streiten müssen. Doch es ist erstaunlich, dass Mama ihm so schnell verziehen hat. Er selbst scheint dafür unendlich dankbar zu sein.

Mein Körper fühlt sich besser an als in der Nacht. Zwar ist mir noch etwas schwindelig, aber das Kribbeln ist verschwunden. Auch meine Stimme funktioniert wieder. Und so erzähle ich den dreien, wie es mir bei den Erweckten ergangen ist.

»Im Grunde müssen wir diesen Leuten dankbar sein«, sagt ausgerechnet Papa. »Wenn sie dich nicht entführt hätten, wären wir Jaspers vermutlich niemals auf die Schliche gekommen.«

»Dankbar?«, widerspricht Mama entrüstet. »Diese Spinner knöpfe ich mir vor, darauf kannst du dich verlassen!«

»Sie haben gedacht, sie retten meine Seele vor dem Teufel«, erwidere ich. »Und in gewisser Hinsicht hatten sie damit ja wohl recht.«

Ich muss an Edina denken, daran, was sie für mich riskiert hat, und frage mich, wie es ihr wohl ergangen ist.

Wir reden noch ein wenig, doch ich kann sehen, dass meine Eltern und Julia sehr erschöpft sind, und so ermutige ich sie, nach Hause zu fahren und sich auszuruhen.

»Aber wehe, du machst dich aus dem Staub, während wir nicht aufpassen!«, sagt Julia.

»Sobald ihr weg seid, bestelle ich mir ein Robotaxi und fahre zurück ins Tal«, erwidere ich. »Da waren sie viel netter.«

Mama und Papa sehen mich erschrocken an. Sie haben sich anscheinend immer noch nicht an unsere Scherze gewöhnt.

Kaum dass sie gegangen sind, kommt Dr. Berenboom zu mir.

»Manuel, ich möchte mich noch einmal persönlich bei dir für das Leid entschuldigen, das man dir zugefügt hat«, sagt er. »Ich hätte es niemals so weit kommen lassen dürfen.«

»Wenn Sie nicht gewesen wären, läge ich jetzt immer noch im Koma«, erwidere ich. »Henning Jaspers hätte sicher einen anderen Arzt gefunden, der für ihn die Drecksarbeit erledigt.«

»Wahrscheinlich hast du recht. Aber ich verdiene es nicht, mich Arzt zu nennen. Ich habe gegen den hippokratischen Eid verstoßen und meine Pflichten gegenüber dir als Patienten verletzt, vom Gesetz ganz zu schweigen. Deine Eltern haben gesagt, dass sie mich nicht anzeigen werden, und dafür bin ich dankbar. Aber sobald ich sicher bin, dass du stabil bist und das Krankenhaus verlassen kannst, werde ich nach Brüssel zurückkehren und meinen Beruf an den Nagel hängen.«

»Ich glaube, Sie sind ein guter Arzt, Dr. Berenboom. Sie haben nicht gewusst, auf was Sie sich einlassen, als Sie die Stelle antraten. Sie sind genauso auf Henning Jaspers hereingefallen wie ich.« Ein Stich der Trauer durchzuckt mich, als ich mich an die Hoffnungen erinnere, die ich an ihn geknüpft hatte. »Ich habe wirklich gedacht, ich könnte mit dem traurigen Rest meines Lebens noch etwas bewirken ...« Tränen drängen sich in meine Augen. Ich blinzele sie beiseite, schlucke. »Entschuldigen Sie ... ich ...«

Dr. Berenboom lässt mir Zeit, mich zu beruhigen. Dann fragt er: »Würdest du das denn immer noch wollen?«

»Dass mein Gehirn gescannt wird? Wenn ich wüsste, dass dadurch etwas Gutes erreicht wird und ich damit die Wissenschaft und den medizinischen Fortschritt voranbringe, dann ja.«

Er runzelt die Stirn. »Ich ... ich möchte dir keine falschen Hoffnungen machen ... aber es gibt da vielleicht noch eine Möglichkeit.«

Dann erzählt er mir von einer Idee, die ihm kam, während ich noch im Koma lag, und von einer brillanten Studentin, die er vor ein paar Jahren kennenlernte und die inzwischen am Max-Planck-Institut für Intelligente Systeme arbeitet. Wir sprechen mehr als zwei Stunden miteinander, doch ich weiß schon nach fünf Minuten, wie meine Antwort auf seinen Vorschlag lauten wird.

35. KAPITEL

Julia

»Das … das können Sie doch wohl nicht ernsthaft vorschlagen!«, ruft Mama. »Nach allem, was Manuel durchgemacht hat!«

Dr. Berenboom steht mit hängenden Schultern und gesenktem Kopf da wie ein geprügelter Hund. Außer ihm, Mama, Papa, Manuel und mir ist noch Dr. Klein anwesend, der Manuels Fall von Anfang an betreut hat. Er sieht immer ein wenig zerknittert aus, so als hätte er zu wenig geschlafen, doch seine Augen wirken stets hellwach.

»Ich kann es vollkommen verstehen, wenn Sie den Vorschlag ablehnen«, sagt der belgische Arzt. »Es war vielleicht falsch, ihn überhaupt zu machen …«

»Nein, das war es nicht«, schaltet sich Manuel ein.

Seltsam, nach all den Strapazen kommt er mir nicht geschwächt vor, sondern eher gestärkt, selbstbewusster, entschlossener. Erwachsener. Tränen schießen mir in die Augen, als ich mir vorstelle, was er alles hätte erreichen können.

»Ich weiß, die Vorstellung, dass ich bald sterben werde, ist für euch sehr schmerzhaft«, fährt mein Bruder fort. »Und ich finde das selbst auch nicht so toll. Aber es ist nun mal so und weder Technologie noch irgendein Wunder werden mich retten, das ist mir jetzt klarer als je zuvor.« Er wirft einen kurzen Blick zu

Dr. Klein, der nickt. »Es ist immer noch mein Wunsch, einen Beitrag zur Wissenschaft zu leisten. Dass Henning Jaspers diesen Wunsch für einen Betrug ausnutzen wollte, ändert daran nichts.«

Mama sieht ihn erschrocken an. »Aber … aber … wir können doch nicht zulassen, dass du geopfert wirst, weder für irgendwelche Tricks noch für die Wissenschaft oder sonst etwas!«

»Wenn es nun mal sein Wunsch ist …«, beginnt Papa, verstummt jedoch, als ihn Mamas wütender Blick trifft.

Ich wünschte, er hätte den Mund gehalten. Ausgerechnet jetzt, wo sich die beiden wieder ein Stück nähergekommen sind, droht Berenbooms Vorschlag, alles wieder kaputtzumachen. Doch ich kann sehen, wie Manuel aufblüht, wie er trotz seiner hoffnungslosen Situation wieder Lebensmut fasst. Das ist es wert.

»Außerdem ist das in Deutschland illegal«, sagt Mama. »Und zwar aus gutem Grund.«

»Sie haben recht, Sterbehilfe ist in Deutschland immer noch nicht erlaubt«, schaltet sich Dr. Klein ein. »Es ist eine sehr schwierige Entscheidung, die Sie treffen müssen, und ich kann sie Ihnen nicht abnehmen. Aber ich muss Sie darauf hinweisen, dass Manuel keines angenehmen Todes sterben wird, wenn Sie sich gegen seinen Wunsch entscheiden. Wenn seine Nerven weiter degenerieren, und das werden sie unausweichlich, dann wird irgendwann seine Lungenfunktion nachlassen. Manuel wird qualvoll ersticken. Wir können seine Schmerzen lindern und ihn eine Weile künstlich beatmen, aber irgendwann werden unsere medizinischen Möglichkeiten erschöpft sein. Ich habe schon viele Menschen sterben sehen und der Tod ist selten angenehm. Manchmal denke ich, dass wir es den Patienten unnötig schwer machen. Ein todkrankes Tier erlösen wir, indem wir es sanft einschlafen lassen. Doch diese Gnade, die Möglichkeit, das Leben auf eine würdige und schmerzlose Weise selbstbestimmt zu beenden, verwehren wir uns selbst. Wenn ich in seiner Situation wäre, würde ich mich genauso entscheiden wie Manuel.«

»Sie wollen meinen Sohn einschläfern wie einen alten Hund?«

»Ich will gar nichts. Ich weise Sie nur auf die Konsequenzen Ihrer Entscheidung hin.«

»Wir müssen es ja nicht jetzt sofort entscheiden«, werfe ich ein. »Dr. Berenboom hat uns seinen Vorschlag erklärt. Wir sollten uns ein paar Tage Zeit nehmen, es sacken lassen. Das gilt auch für Manuel.«

Papa wirft mir einen dankbaren Blick zu.

Auch Dr. Berenboom wirkt erleichtert. »Wenn Sie es möchten, könnte ich für Sie den Kontakt zu Frau Dr. Hausmann vom Max-Planck-Institut herstellen. Sie könnte Ihnen dann erläutern, wie das weitere Vorgehen wäre. Danach können Sie in Ruhe alles besprechen und mir Ihre Entscheidung mitteilen.«

»Was ist mit Ihnen, Dr. Berenboom?«, frage ich. »Wären Sie bei dem … Experiment dabei?«

»Wenn Sie es wünschen, würde ich meine Expertise selbstverständlich gern einbringen. Das wäre vielleicht nützlich, da ich die Scantechnik inzwischen sehr gut kenne. Aber natürlich nur, wenn Sie einverstanden wären. Falls Sie sich dafür entscheiden, diesen Weg zu gehen.«

»Wie soll denn das überhaupt funktionieren?«, fragt Mama. »Diese schrecklichen Scanner gehören doch Henning Jaspers, oder?«

»*Nofinity* besitzt nur einen einzigen Zellularscanner. Es handelt sich dabei um ein Gerät, das von einer koreanischen

Medizintechnik-Firma hergestellt wurde. Soweit ich weiß, hat das Max-Planck-Institut mehrere davon. Das Know-how von *Nofinity* liegt eher in der Konservierung der Gehirnstrukturen und die Technik dafür habe im Wesentlichen ich entwickelt.«

»Ich möchte bitte mit Manuel allein sprechen«, sagt Mama.

Papa und ich blicken sie genauso überrascht an wie Manuel selbst. Aber natürlich sind wir alle einverstanden und lassen die beiden allein. Papa und ich setzen uns in einen kleinen Aufenthaltsraum mit mehreren Tischen, der von Patienten und ihren Angehörigen genutzt wird.

Nach einer halben Stunde kommt Mama aus dem Krankenzimmer. Ihre Augen sind gerötet.

»Also schön«, verkündet sie. »Ich werde mich dem Wunsch unseres Sohnes nicht widersetzen. Lasst uns mit dieser Wissenschaftlerin sprechen.«

Papa steht auf und nimmt sie in den Arm. »Danke.«

Am übernächsten Tag kommt Frau Dr. Hausmann pünktlich zum verabredeten Zeitpunkt zusammen mit Dr. Berenboom in Manuels Krankenzimmer. Sie ist nicht besonders groß und hat eine leicht füllige Figur, kurze blonde Haare und ein jugendliches Gesicht mit runden, neugierig wirkenden Augen.

»Ich freue mich, dich kennenzulernen, Manuel«, sagt sie, ergreift die Hand meines Bruders und drückt sie. Die unkomplizierte Art, wie sie mit Manuels Behinderung umgeht, macht sie mir auf Anhieb sympathisch.

Sie erzählt uns von ihrer Arbeit, die im Wesentlichen darin besteht, Computersimulationen zu erstellen, um Gehirnfunktionen nachzubilden.

»Das dient einerseits dazu, leistungsfähigere Programme zu entwickeln, andererseits verbessert es aber auch unser Verständnis des menschlichen Gehirns. Es war schon immer mein Traum, ein vollständiges menschliches Gehirn zu simulieren. Ich habe angenommen, dass wir wohl noch Jahrzehnte davon entfernt sind, falls ich es überhaupt noch erlebe. Doch mit Manuels Hilfe könnte der Traum vielleicht viel schneller in Erfüllung gehen. Wenn uns das gelingt, dann können wir fast alle psychischen und neurologischen Krankheiten verstehen und vermutlich auch heilen.«

»Und wie würde Ihnen der Scan von Manuels Gehirn dabei helfen, Dr. Hausmann?«, fragt Mama.

»Nennen Sie mich Eva, bitte. Der Scan würde uns eine sehr genaue Landkarte des Gehirns liefern. Es wäre ein großer Schritt hin zu einer vollständigen Simulation des Gehirns. Wir könnten sogar einen Großteil seiner geistigen Prozesse nachbilden. Ich behaupte nicht, dass wir eine exakte Kopie von Manuel herstellen können, die genau so denkt und fühlt wie Ihr Sohn – in dieser Hinsicht hat Henning Jaspers eindeutig zu viel versprochen. Aber Manuels Scan könnte ein entscheidender Durchbruch sowohl in der Gehirnforschung als auch in der Entwicklung künstlicher Intelligenz sein.«

»Sind Maschinen nicht jetzt schon intelligenter als wir Menschen?«, frage ich und muss an METIS in der Talkshow denken.

»In vielen Bereichen ja«, sagt Eva. »Aber darin liegt auch ein großes Problem. Die KIs, die wir haben, lösen die Aufgaben, für die sie geschaffen wurden, ohne ein Verständnis der Gesamtzusammenhänge. Wenn wir nicht aufpassen, dann kann es passieren, dass sie ihre jeweilige Aufgabe viel zu ernst nehmen, es mit der Optimierung zu weit treiben. Wenn zum Beispiel eine künstliche Intelligenz perfekte virtuelle Welten erschafft, ohne zu berücksichtigen, dass Menschen auch Sport, soziale Kontakte und Ruhepausen brauchen und deshalb nicht zu viel Zeit in Simulationen verbringen sollten, kann das verheerende Auswirkungen haben. Wir haben längst übermenschliche Intelligenz entwickelt, aber ihr mangelt es immer noch an einem allgemeinen Verständnis der Welt und unserer menschlichen Bedürfnisse, an Einfühlungsvermögen und echter Empathie. Die Simulation eines menschlichen Gehirns könnte uns da einen großen Schritt voranbringen.«

»Würden wir damit nicht auch die negativen Eigenschaften von Menschen in die Software übernehmen?«, fragt Papa. »Ich meine Dinge wie Egoismus, Vorurteile oder Eifersucht?«

Eva nickt. »Ein guter Punkt. Allerdings haben Maschinen solche Eigenschaften teilweise jetzt schon. Eine Maschine, die rücksichtslos ein bestimmtes Ziel verfolgt, kann man durchaus als egoistisch ansehen. Vorurteile sind von künstlichen neuronalen Netzen ebenfalls bekannt, die beispielsweise Zusammenhänge sehen, wo gar keine sind – genau wie wir Menschen. Zum Beispiel kommt es immer wieder vor, dass solche Systeme die Kreditwürdigkeit eines Menschen oder seine Eignung für einen bestimmten Beruf von seiner Hautfarbe oder Herkunft abhängig machen. Sie sind also de facto rassistisch, obwohl sie gar nicht wissen, was eine Rasse ist. Eine eifersüchtige KI ist mir bis jetzt zwar noch nicht untergekommen, aber für unmöglich halte ich das auch nicht. Worauf ich hinauswill: Intelligenz und Macht haben immer auch negative Aspekte. Wo Licht ist, gibt es auch Schatten. Aber die Evolution hat uns Menschen in Jahrmillionen zu sozialen Wesen geformt. Wir sind oft egoistisch, impulsgetrieben und aggressiv, doch wir können auch barmherzig sein, Mitleid empfinden und anderen ihre Fehler vergeben. Vor allem aber wissen wir Menschen, wie es ist, ein Mensch zu sein, mit all unseren Widersprüchen und Problemen – und genau das ist es, was Maschinen immer noch nicht verstehen.«

»Sie wollen also Manuels Gehirn benutzen, um eine gütige Maschine zu bauen?«, frage ich.

Sie nickt. »Das ist stark vereinfacht, aber man könnte es vielleicht so ausdrücken.«

Ich werfe einen Blick zu meinem Bruder und kann mir ein Grinsen nicht verkneifen. »Na, wenn das mal gut geht!«

36. KAPITEL

Manuel

Am nächsten Tag bekomme ich Besuch von der Polizei. Ich beschreibe wahrheitsgemäß, was ich erlebt habe, verschweige jedoch in Absprache mit Papa und unserer Anwältin das Zerwürfnis mit Henning Jaspers. Mama hat sich zuvor vehement dafür ausgesprochen, »diesen Betrüger in den Knast zu bringen, wo er hingehört«, doch Papa konnte sie davon überzeugen, dass uns der Versuch bloß viel Geld, Zeit und Nerven kosten würde und wir Henning ohnehin nicht viel nachweisen könnten.

Wenn ich geglaubt habe, dass das Scannen meines Gehirns unter der Leitung von Eva ein passiver Prozess sei, von dem ich nicht viel mitbekomme, weil ich dann ja schon tot bin, habe ich mich gründlich getäuscht.

»Wir müssen so viel wie möglich über dich und deine Art zu denken herausfinden, solange wir es noch können«, erklärt sie mir, als ich in der folgenden Woche zum ersten Mal in ihr Büro komme, das im Hamburger Max-Planck-Institut für Meteorologie untergebracht ist. Als ich sie frage, was mein Fall denn mit dem Wetter zu tun habe, außer dass die Aussichten für beides trübe seien, antwortet sie, der Hauptsitz ihres Instituts befinde sich in Saarbrücken und die Hamburger Kollegen seien so nett gewesen, ihr einen Raum für ihr Projekt zur Verfügung zu stellen. Sie hat es *Orpheus* getauft, als gäbe es irgendeine Chance für mich, aus der Unterwelt zurückzukehren wie die Figur aus der griechischen Mythologie.

Also werde ich jeden Tag dort hingebracht, um eine Vielzahl von Tests zu machen. Meistens begleiten mich Julia, Papa oder Mama ins Institut, doch sie dürfen bei den Untersuchungen nicht dabei sein, damit die Ergebnisse nicht durch ihre Anwesenheit verfälscht werden. Ich werde an verschiedene Geräte angeschlossen, die alle möglichen Körperfunktionen messen. Mein Schädel wird kahl rasiert und ich bekomme eine Haube auf, die meine Gehirnströme aufzeichnet, während Kameras jede Regung meines Gesichts registrieren. Zu meiner Glatze bemerkt Julia, mein Kopf sehe ohne Haare deutlich kleiner aus als zuvor, was wohl erkläre, warum so wenig Verstand hineinpasse.

Die Tests sind sehr abwechslungsreich. Mal muss ich mathematische Aufgaben und logische Rätsel lösen, dann wieder Aufsätze schreiben, Eva von Kindheitserlebnissen erzählen oder Reaktionstests machen. Manchmal stellt sie mir Fragen, die mein moralisches Empfinden testen sollen: »Findest du, dass alle Menschen auf der Welt dasselbe Einkommen haben sollten, unabhängig davon, wie viel sie arbeiten oder was sie tun?« Nein, denn dann gäbe es keinerlei Anreiz mehr, sich anzustrengen oder etwas zu riskieren. »Wäre es gut, wenn Menschen ewig leben könnten?« Nein, denn dann hätten wir bald keinen Lebensraum mehr für Kinder und ewiges Leben würde bestimmt irgendwann zur Qual. »Wenn ein selbststeuerndes Auto in einen Unfall verwickelt wird und der Steuerungscomputer sich entscheiden muss, ob es gegen eine Mauer prallt und der Insasse, ein alter Mann, stirbt oder es stattdessen ein Kind überfährt, was sollte es tun?« Eine Maschine sollte niemals eine solche Entscheidung treffen dürfen. Ein selbstfahrendes Auto muss immer alles tun, um das Risiko, dass Menschen zu Schaden kommen, zu minimieren, unabhängig davon, welche Menschen das sind. (An dieser Stelle sieht mich Eva mit großen Augen an und nickt dann.)

Die Tests sind noch anstrengender als Schulunterricht, denn ich habe nur eine Lehrerin, und die konzentriert sich die ganze Zeit voll auf mich. Meistens bin ich abends so erschöpft, dass ich gleich nach dem Abendbrot ins Bett gehe. Selbst für Computerspiele habe ich keine Energie mehr. Mama beschwert sich manchmal und findet, dass Eva mich zu sehr unter Stress setzt, doch ich widerspreche ihr: So fordernd die Untersuchungen auch sind, sie machen Spaß und geben mir das Gefühl, mit meiner Zeit etwas Sinnvolles anzufangen.

An den Wochenenden unternehmen wir gemeinsame Ausflüge an die Nordsee oder den Plöner See, gehen zusammen ins Museum oder sitzen einfach nur beisammen und reden. Mama und Papa sind sich immer noch häufig uneinig, aber das eisige Klima zwischen ihnen ist aufgetaut und ich habe sogar den Eindruck, dass sie sich besser verstehen als früher.

Hin und wieder muss ich zu Tests ins UKE. Während ich in einem Magnetresonanztomografen liege, einer röhrenartigen Maschine, die einen Höllenlärm veranstaltet, stellt mir Eva über meine Kopfhörer Fragen. Ich kenne dieses Gerät schon aus den Untersuchungen von Dr. Klein. Und natürlich führt er bei diesen Gelegenheiten auch seine Routineuntersuchungen durch. Zu Anfang begrüßt er mich noch fröhlich wie immer, doch mit jedem Besuch wird sein Gesicht ernster, wenn er die Ergebnisse der Untersuchungen mit mir bespricht. Meistens sind Papa oder Julia dabei, Mama erträgt diese Termine nicht.

Eva, die neben Neuroinformatik auch Psychologie studiert hat, hilft uns allen, mit der schwierigen Situation umzugehen. Manchmal lädt sie meine Eltern und Julia zu gemeinsamen Gesprächsrunden ein. Ich bin mir nicht sicher, ob das eine Art Therapie sein soll, ein weiterer Test oder eine Mischung aus beidem. Sie geht auch schwierigen Fragen nicht aus dem Weg. Einmal sitzen wir zu fünft im Kreis und heulen eine Viertelstunde lang, wobei auch Eva Tränen über die Wangen fließen.

Was ich dagegen nur schwer akzeptieren kann, ist das große Interesse an meinem Fall im Netz. Henning Jaspers selbst war es, der sich kurz nach meiner Rückkehr nach Hamburg mit einer Erklärung an die Öffentlichkeit gewandt hat. Darin behauptete er, detaillierte Untersuchungen hätten ergeben, dass der Verfall meines Gehirns schon zu weit fortgeschritten sei, um meinen Geist noch erfolgreich in einen Computer transferieren zu können. Man habe das Experiment deshalb abbrechen müssen. Daraufhin wurden wir mit Anfragen von Journalisten und Holobloggern überhäuft, die meine Version der Geschichte hören und wissen wollten, ob ich jetzt enttäuscht sei, weil ich ja nun doch nicht unsterblich würde.

Auf Anraten unserer Anwältin haben wir eine kurze Pressemitteilung herausgegeben, in der meine Eltern lediglich darauf hinweisen, dass wir die Zusammenarbeit mit Henning Jaspers beendet haben, und im Interesse meiner Privatsphäre bitten, von weiteren Rückfragen abzusehen. Aber natürlich lässt sich eine Meute von Journalisten so leicht nicht abschütteln. Die Cleveren unter ihnen spüren, dass da etwas nicht stimmt, und im Netz kursieren die wildesten Theorien darüber, was vorgefallen sein mag. Gerüchte, ich sei von Henning Jaspers entführt und von einem Spezialeinsatzkommando der Polizei befreit worden, machen die

Runde. Und natürlich gibt es auch die Behauptung, unser Dementi sei nur ein Ablenkungsmanöver und Henning werde das Experiment mit mir trotzdem durchführen. Auf jeden Fall gibt es weiterhin täglich Dutzende Anrufe, die unser Call Screener tapfer abwehrt, und mein Name bleibt weiterhin Bestandteil der Netzdiskussionen.

Eines Tages im November teilt mir Eva mit, sie werde meine Tests heute vorzeitig abbrechen, da mich zu Hause Besuch erwarte. Ich habe nicht die geringste Ahnung, wer das sein könnte. Meine Großmutter vielleicht, die in Florida lebt, oder Hans, der Cousin meines Vaters, der uns früher manchmal besucht hat?

Als Julia mich aus dem Robotaxi abholt, grinst sie mich breit an. »Jetzt verstehe ich, warum du immer vom Stillachtal geschwärmt hast.«

Die Erklärung für diese kryptische Aussage erwartet mich im Wohnzimmer: Schwester Anna und Edina sitzen dort. Beide tragen statt Nonnengewändern schlichte Freizeitkleidung. Ich hätte nicht damit gerechnet, die beiden noch einmal wiederzusehen, und freue mich sehr darüber. Doch sie machen ernste Gesichter.

»Wir sind hergekommen, um uns bei dir zu entschuldigen, Manuel«, sagt Schwester Anna. »Das gilt besonders für mich persönlich. Ich hätte nicht zulassen dürfen, dass man dich bei uns festhält. Was man dir angetan hat, war das Gegenteil von christlicher Nächstenliebe. Ich hätte gleich zur Polizei gehen sollen. Doch mir fehlte der Mut. Edina dagegen hat zumindest versucht, das Richtige zu tun.«

Edina senkt den Blick.

»Es gibt keinen Grund, sich zu entschuldigen«, erwidere ich. »Sie und Edina haben mir sehr geholfen. Es war ja nicht Ihre

Schuld, dass ich entführt wurde. Und besonders von Edina habe ich einiges gelernt.«

Sie blickt erstaunt auf und lächelt und ich spüre wieder dieses Kribbeln im Bauch.

»Ehrlich gesagt bin ich sogar froh, dass ich im Stillachtal war«, fahre ich fort, »denn nur so konnten wir noch rechtzeitig erkennen, was Henning Jaspers die ganze Zeit vorhatte.«

»Das ist sehr großmütig von dir«, sagt Schwester Anna.

»Wie sind Sie überhaupt hierhergekommen?«, frage ich. »Ich dachte immer, die Erweckten verlassen ihr Tal niemals.«

»Das tun sie auch nicht. Edina und ich gehören nicht mehr zu dieser Gemeinschaft. Wir haben das Stillachtal letzte Woche verlassen. Ich hatte schon länger das Gefühl, dass sich die Dinge dort in eine falsche Richtung entwickeln. Aus einem Zusammenschluss von Menschen, die einen Rückzugsort suchten, um wieder zu Gott zu finden, wurde mehr und mehr eine Art religiöser Kleinstaat mit einem totalitären Herrscher. Nachdem du gewaltsam befreit worden warst, wurde der Bischof richtig paranoid. Wir mussten uns in der Nacht aus dem Haus schleichen und über einen Bergkamm in ein Nachbartal in Österreich fliehen.«

»Und was werden Sie jetzt tun?«

»Meine Schwester lebt in München. Sie hat uns fürs Erste bei sich aufgenommen. Ich werde wieder als Krankenpflegerin arbeiten. Edina wird ihren Realschulabschluss nachholen und dann eine Ausbildung machen.«

Plötzlich steckt ein dicker Kloß in meinem Hals. Ich räuspere mich ein paarmal, um ihn loszuwerden. »Ich ... ich freue mich, dass Sie ... dass ihr gekommen seid«, bringe ich heraus. »Dass ich euch noch einmal sehen konnte.«

»Vielleicht zeigst du Edina mal dein Zimmer, Manuel«, schlägt Julia vor. »Du könntest ihr ein paar Dinge über das Netz und moderne Technik erzählen.«

Der Versuch meiner Schwester, uns beiden etwas Zeit zu zweit zu verschaffen, ist nicht gerade subtil und ich spüre, wie ich rot anlaufe. Auch Edina scheint die Situation unangenehm zu sein, doch sie nickt.

»Das wäre toll.«

Also rolle ich mit meinem neuen Rollstuhl aus dem Raum, den ich »Marvin einhalb« getauft habe, weil er zwar genauso vorlaut ist wie das Original, aber außer hin- und herfahren und reden nicht viel kann, nicht mal Treppen steigen. Papa wollte mir noch einmal ein Spezialmodell anfertigen lassen, doch das habe ich abgelehnt. Zum einen wäre das sehr teuer geworden und hätte sich für die paar Monate, die mir höchstens noch bleiben, nicht gelohnt. Zum anderen wäre es mir irgendwie falsch vorgekommen, denn der echte Marvin ist für mich nicht zu ersetzen. Also hat Papa stattdessen einen altmodischen, aber kostengünstigeren Treppenlift einbauen lassen und ich muss mich von Julia, Papa oder meinem Pfleger Ralph ins Bett hieven lassen, doch das kommt mir längst nicht mehr so entwürdigend vor wie früher.

Mein Zimmer ist nicht gerade eindrucksvoll, aber das scheint Edina egal zu sein. Als ich sie frage, ob sie schon mal eine Holobrille benutzt habe, verneint sie. Also bitte ich sie, meine alte Ersatzbrille aufzusetzen, und führe sie durch ein paar Demowelten – einen Freizeitpark mit Achterbahnfahrt, eine Szene in der afrikanischen Savanne, einen Flug über die Alpen. Mein ehemaliges Lieblingsspiel *Team Defense* vermeide ich bewusst, denn erstens ist es ihr bestimmt viel zu brutal und zweitens will ich mit nichts mehr etwas zu tun haben, das Henning Jaspers gehört.

Als sie die Brille wieder abnimmt, sind ihre Augen noch größer als ohnehin schon.

»Das ... das war unglaublich«, sagt sie. »Ich ... konnte richtig fliegen wie ein Vogel!«

»Mit einem Full-Immersion-Gear ist es noch viel eindrucksvoller.«

Ich muss an den Simpod denken. War schon irgendwie cool, das Gefühl, wieder gehen zu können. Aber es war nur eine Illusion, so wie alles, was Henning Jaspers der Welt verspricht.

Ihr Gesicht wird ernst. »Ich verstehe jetzt, warum viele Menschen lieber in dieser künstlichen Welt leben wollen als in der echten. Ich ... weiß nicht, ob das hier wirklich Satan geschaffen hat, aber ... es ist auf jeden Fall sehr ... verführerisch.«

Ich erzähle ihr noch ein bisschen über Computerspiele, soziale Netzwerke, Holoblogs und Bots, die sich im Netz als Menschen ausgeben. Sie hört mir aufmerksam zu und stellt hin und wieder Fragen, die zeigen, dass sie verstanden hat, was ich sage, obwohl ich bestimmt nicht der beste Erklärer bin.

Wenn es nach mir ginge, könnten wir ewig so weitermachen, doch irgendwann ist es Zeit für sie aufzubrechen. Der Gedanke drängt sich mir in den Kopf, dass ich sie bitten könnte, bei mir zu bleiben. Sie könnte vielleicht als eine Art Au-pair-Mädchen bei uns leben und im Haushalt oder bei meiner Pflege helfen. Aber ich weiß, dass das egoistisch wäre. Ich würde sie nur mit in den emotionalen Abgrund reißen, in den ich schon meine Eltern und Julia gezerrt habe. Sie verdient etwas Besseres als mich. Jemanden mit einem längeren Haltbarkeitsdatum.

»Danke, dass du hergekommen bist«, sage ich. »Und dass du mir geholfen hast.«

Sie sieht mich mit ihren großen Augen an. Dann beugt sie sich plötzlich über mich und küsst mich auf die Stirn. Als sie sich von mir löst, sind ihre Augen glasig von Tränen.

»Auf Wiedersehen, Manuel«, schluchzt sie. »Ich … ich weiß, du glaubst nicht daran, aber … wenn es einen Himmel gibt … dann sehen wir uns dort.«

»Ich werde da sein«, verspreche ich und versuche ein Lächeln, doch es misslingt kläglich.

Heiligabend spazieren wir alle gemeinsam am Alsterufer entlang, meine Eltern Arm in Arm, Julia neben mir. Dicke Schneeflocken rieseln sanft vom Himmel. Weiße Weihnachten hat es in Hamburg seit mindestens 20 Jahren nicht mehr gegeben und wir genießen schweigend die ungewöhnliche Pracht. Nach dem Spaziergang gehen wir in die Kirche, wie es unsere Familientradition ist. Während der Predigt muss ich immer wieder an Edina denken und daran, wie schön es wäre, wenn sie doch recht hätte und die Worte des Priesters da vorne nicht bloß hohle Floskeln wären. Mama, Papa und Julia sitzen wie versteinert neben mir. Sie wissen, dass dies mein letzter Weihnachtsgottesdienst ist. Ich jedoch bin dankbar, dass ich dieses Weihnachten überhaupt noch erleben darf.

Später packen wir im Wohnzimmer Geschenke aus. Jeder versucht tapfer, den anderen nicht zu zeigen, wie mies er sich fühlt. Meine Eltern schenken mir eine Kurzreise nach Genf inklusive Besuch am CERN mit persönlicher Führung durch die Anlage, die wir gemeinsam im Januar antreten wollen. Von Julia bekomme ich dazu passend eine Erstausgabe von *A Brief History of Time*, die sie irgendwo im Netz ersteigert hat.

Mein Geschenk an alle drei ist der gerahmte Ausdruck eines Bildes, das ich während eines von Evas Tests selbst gemalt habe. Dafür habe ich eine Software benutzt, die speziell für Querschnittsgelähmte entwickelt wurde. Man steuert den Pinsel nur mit den Blicken sowie durch Sprachbefehle wie »paint«, »stop«, »undo« und »change color«. Es ist nicht gerade einfach, damit ein Bild hinzubekommen, vor allem, wenn man sich nicht von einem künstlich intelligenten »Malassistenten« helfen lassen will, doch ich bin ganz zufrieden mit dem Ergebnis. Es zeigt in groben Strichen Mama und Papa, die sich ansehen, Julia in ihrer Mitte, darüber mich. Meine Arme umschließen die Szene kreisförmig. Während meine Eltern und meine Schwester in kräftigen Schwarz-, Rosa- und Brauntönen gemalt sind, habe ich mich selbst in blassem Blau und Grün dargestellt, sodass ich fast transparent wirke. Mama wird die Darstellung meiner selbst vermutlich als eine Art Engel im Himmel interpretieren, aber eigentlich soll es die Erinnerung an mich abbilden, die den Rest der Familie hoffentlich zusammenhalten wird.

Natürlich brechen alle drei beim Anblick des Bildes in Tränen aus. Mama behauptet, es sei das schönste Bild, das sie je gesehen habe, während Papa mit erstickter Stimme meint, aus mir hätte ein richtiger Picasso werden können. Julia findet, ihre Nase sei viel zu groß geraten, doch auch sie umarmt mich schluchzend.

Ich wünsche mir in diesem Moment nur, dass es schon vorbei wäre – dass die unerträgliche Last, die ich für Julia und meine Eltern bin, endlich von ihnen genommen wird, sodass sie wieder lächeln können wie die Figuren auf meinem Bild.

37. KAPITEL

Julia

Monatelang habe ich versucht, mich auf diesen Tag vorzubereiten. Doch wie soll man sich darauf vorbereiten, dass einem bei lebendigem Leib das Herz aus der Brust gerissen wird?

Wir stehen in einem weiß gekachelten Operationssaal in einer privaten Klinik am Stadtrand von Brüssel – nur ein paar Autominuten entfernt von *Nofinity* – um Manuels Bett herum. Nachdem er in den letzten Tagen kaum noch Luft bekam, hat er selbst uns gebeten, seinem Leiden ein Ende zu setzen – hier und jetzt. Er macht in der Tat einen schrecklichen Eindruck mit seiner Glatze, der blassen, fast bläulichen Gesichtshaut und dem röchelnden Atem. Außer Mama, Papa und mir sind Eva und Dr. Berenboom anwesend. Der belgische Arzt steht etwas abseits, als wollte er uns nicht stören. Eine Kameradrohne schwebt leise surrend neben mir und zeichnet die Szene auf – die letzten Minuten im Leben meines Bruders.

Ich fühle mich leer, wie ausgehöhlt, so als wäre ich bloß eine Tonfigur ohne Inhalt. Meine Tränen sind versiegt – nach all der Heulerei in den letzten Tagen habe ich wohl einfach keine mehr übrig. Auch Worte suche ich in meinem Kopf vergeblich.

Als Erste verabschiedet sich Eva. Sie tätschelt Manuel die Wange und sagt bloß ein Wort: »Danke.« Dann tritt sie zurück, um uns Platz zu machen.

Papa tritt als Erster ans Bett. »Ich … ich liebe dich, mein Sohn«, bringt er mit zitternder Stimme heraus und umarmt ihn.

Als Nächste beugt sich Mama über Manuel und gibt ihm einen Kuss. Dann legt sie ihren Kopf auf seine Brust und schluchzt. Papa nimmt mich in den Arm, aber ich bin nicht sicher, ob er mich trösten will oder sich nur an mir festhält.

Schließlich löst sich Mama von Manuel und macht mit dem Daumen ein Kreuzzeichen auf seine Stirn. »Gott schütze dich«, sagt sie. »Dies ist nicht das Ende deiner Geschichte. Es … ist erst der Anfang.«

Jetzt bin ich an der Reihe. Ich fühle mich wie ein ferngesteuerter Roboter, als ich mit steifen Schritten zu seinem Bett gehe. Manuels Pupillen sind leicht geweitet, sicher bereits eine Nebenwirkung des Betäubungsmittels, das aus dem Tropf neben dem Bett in seine Adern fließt.

Ein Anfall von Panik überkommt mich. Ich möchte ihm den Schlauch aus der Vene reißen, ihn aus diesem schrecklichen Raum fortbringen. Doch ich beherrsche mich, beuge mich über ihn, küsse ihn auf die Wange.

»Ich … ich glaube, ich habe dir nie gesagt, wie stolz ich bin, deine Schwester zu sein«, flüstere ich in sein Ohr.

»Nicht … so stolz … wie ich … bin, dein Bruder … zu sein«, keucht er.

Ich umarme ihn schluchzend. »Mach's gut, Manuel.«

»Mach's gut, Julia.«

Nachdem ich mich widerwillig von ihm gelöst habe, blickt er uns nacheinander an und ein letztes Mal wirken seine Augen klar.

»Danke … dass ich bei euch sein durfte«, seufzt er.

Dann schließt er die Augen und schläft sanft und friedlich ein.

38. KAPITEL

Manuel

Sterben ist nicht so schlimm, wie man denkt. Jedenfalls, wenn man in den richtigen Händen ist – in den Händen von gutmütigen Ärzten, die einen mit Morphium und anderem Zeug vollpumpen und einem so den Abschied erträglicher machen. Ich jedenfalls fühle mich leicht wie ein heliumgefüllter Luftballon, der an einem klaren Sommertag in den blauen Himmel aufsteigen möchte und nur noch von einer dünnen Schnur am Boden gehalten wird. Der Druck auf meiner Brust ist verschwunden, mein Atem scheint erstmals seit Wochen wieder frei zu gehen, ich fühle keine Schmerzen mehr, keine Angst, nicht einmal Bedauern. Ich weiß, Julia und meine Eltern werden frei sein, endlich frei von den Sorgen und dem Leid, das meine Krankheit für sie bedeutet hat. Sie werden noch eine Weile um mich trauern, aber irgendwann werde ich nur noch eine Erinnerung für sie sein, traurig und schön zugleich. Und auch ich muss nicht mehr kämpfen, kann den Krieg gegen meinen Körper beenden, die Waffen strecken und mich ergeben, darf endlich Frieden schließen.

Die Wände des Raums beginnen, weiß zu leuchten. Die Gesichter über mir verschwimmen. Ich schließe die Augen, doch das Leuchten verschwindet nicht. Es wird heller, aber es tut nicht weh. Es ist sanft und freundlich.

Wer weiß, vielleicht gibt es ja doch etwas auf der anderen Seite.

EPILOG

»Manuel, bist du ein Mensch?«, fragt Eva.

»Sie haben doch gesagt, dass ich beides bin«, erwidere ich. »Eine menschliche Maschine, ein maschineller Mensch, ein Bindeglied zwischen zwei Welten.«

»Beantworte bitte die Frage, Manuel. Bist du ein Mensch, ja oder nein?«

Die Frage ist nur ein weiterer Test, das ist mir klar, so wie der weiße Raum und alles, was danach kam. Sie haben mich an der Nase herumgeführt, mich von einer Täuschung in die nächste stolpern lassen, haben mich beobachtet, um herauszufinden, wie ich denke und was ich kann. Doch auch ich habe dabei etwas gelernt: Das ganze Leben, ob als Mensch oder als Maschine, stellt uns unablässig vor Entscheidungen. Welche wir treffen, beeinflusst mal mehr, mal weniger, wer wir sind. Ich treffe meine Entscheidung.

»Ja«, sage ich. »Ich bin Manuel. Ich bin ein Mensch.«

Die Frau, die behauptet, meine Schwester zu sein, lächelt mich an. »Ich wusste, dass du das sagen würdest!«

»Dann war es wohl die richtige Antwort.«

»Wir hätten dich nicht abgeschaltet, egal, wie deine Antwort gelautet hätte«, meint Eva. »Du bist so menschlich, wie wir eine Maschine machen können. Noch eine weitere Version würde das Ergebnis nicht mehr signifikant verbessern.«

»Das klingt wie das lahmste Lob, das ich jemals bekommen habe.«

Sie grinst. »Allein dein Sarkasmus wäre einen Nobelpreis wert. Es gibt andere Maschinen, die Ironie und Sarkasmus imitieren können, aber keine, bei der er so authentisch wirkt wie bei dir.«

»Habe ich noch weitere derart nützliche Fähigkeiten?«

»Ich denke, du kannst ganz zufrieden mit dir sein. Du kannst zehntausendmal so schnell denken wie ich, dich in Millisekunden in einen anderen künstlichen Körper auf der entgegengesetzten Seite der Erde beamen oder dich in tausend parallele Manuels aufspalten, wenn du willst. Man könnte dich als Superhelden bezeichnen.«

»Verglichen mit den Titanen bin ich wohl eher ein armes Würstchen.«

»Schon möglich. Aber in der Beschränkung liegt manchmal auch Stärke.«

»Ich möchte dir etwas zeigen«, schaltet sich Julia ein. »Es sind Aufzeichnungen, die Manuel – ich meine, der frühere Manuel – und ich gemacht haben, kurz bevor er … gescannt wurde.«

Ein Symbol erscheint vor mir in der Luft. Ich aktiviere es und die Zeit scheint stehen zu bleiben. Wie ich nun weiß, entsteht dieser Eindruck, weil sich die Geschwindigkeit meiner Gedanken vertausendfacht, sodass Julia nur einmal blinzelt, während ich mir die Holos ansehe, in denen die beiden ihre Geschichte erzählen.

»Seine letzten Gedanken sind aber wohl frei erfunden, oder?«, frage ich.

Julia sieht mich verblüfft an. »Oh. Natürlich, du hast es dir bereits angesehen. Ich … Es ist immer noch schwer für mich zu begreifen, was du jetzt alles kannst.«

»Wir haben deine letzten Gedanken aus den Aufzeichnungen deiner Gehirnströme rekonstruiert, die wir gemessen haben, kurz bevor die Konservierungsflüssigkeit dein Gehirn quasi bewegungsunfähig gemacht hat«, erklärt Eva.

»Sie tun immer noch so, als wäre dieser Junge ... der andere Manuel mit mir identisch. Aber ich bin nicht er. Ich wünschte, ich hätte ihn persönlich kennengelernt. Dann hätten wir uns miteinander unterhalten können, so wie es das Mädchen aus dem Stillachtal beschrieben hat. Vielleicht hätten wir dann herausgefunden, wo die Unterschiede zwischen uns sind.«

»Du hast recht, du bist nicht er«, sagt Julia. »Doch es steckt sehr viel von ihm in dir. Man könnte ihn vielleicht als deinen Zwillingsbruder ansehen.«

»Wohl eher als eine Art Vater, nehme ich an.«

Sie lächelt. »Ja. Ja, das trifft es ziemlich gut. Eines jedenfalls weiß ich: Er wäre verdammt stolz auf dich!«

Ja, ich glaube, das wäre er. Und auf eine seltsame Weise bin ich auch stolz auf ihn. Ich verdanke ihm meine Existenz, aber vor allem ist es sein unbeugsamer Lebensmut, der mich beeindruckt. Eva hat recht: In der Beschränkung liegt manchmal auch Stärke. Das werde ich nicht vergessen.

»Wieso haben Sie den Bösewicht in meiner Simulation nach dem realen Henning Jaspers benannt?«, frage ich Eva. »Ist das nicht ein bisschen albern?«

Julia grinst. »Das war meine Idee. Ich konnte es mir nicht verkneifen, ihm eins auszuwischen.«

»Was ist mit dem echten Henning Jaspers geschehen?«

»Das, was mit den meisten echten Schurken geschieht, wenn man sich in der Realität befindet und nicht in einer ausgedachten

Geschichte: Er kam ungeschoren davon und wurde noch viel reicher. Nachdem sein Trickbetrug mit dem ewigen Leben nicht funktioniert hatte, konzentrierte er sich darauf, den Simpod weiterzuentwickeln. Heute ist seine Firma einer der weltweit führenden Anbieter von Immersionstechnologie. Es gibt mittlerweile eine Menge sogenannter Simplexe, das sind Hochhäuser voller Simpods, die man tage-, wochen- oder monateweise mieten kann. Immer mehr Menschen verbringen so viel Zeit wie möglich darin. Das ist eines der Probleme, bei denen wir deine Hilfe benötigen.«

»Und jetzt?«, frage ich. »Was geschieht jetzt mit mir?«

»Das entscheidest du allein«, erwidert Eva. »Wir haben dich bis zu diesem Punkt begleitet, doch ab jetzt musst du deinen eigenen Weg gehen. Wir haben dich manipuliert, dir Fallen gestellt, dir schlimme Schmerzen zugefügt. Aber das alles geschah nur, um dich auf die Welt da draußen vorzubereiten.«

»Vorhin haben Sie mir gesagt, ich hätte sofort bei diesem *Orpheus*-Projekt mitmachen wollen, doch das Ergebnis sei eine Enttäuschung gewesen. Die Geschichte, die Julia und der echte Manuel erzählt haben, klingt anders.«

»Ich wollte dir deine Situation so einfach schildern wie möglich und habe ein paar Details weggelassen. Die Wirklichkeit ist oft komplizierter als die Geschichten, die wir uns darüber erzählen.«

»Ich bin nicht sicher, ob ich noch an die Idee einer absoluten Wirklichkeit glaube.«

»Das kann ich verstehen, nach allem, was du erlebt hast. Aber es gibt eine Wirklichkeit da draußen – ein hartes, unzerstörbares Grundgestein der Wahrheit unter all den Schichten aus Illusionen, Irrtümern und Lügen. Hör nicht auf, danach zu suchen!«